LAKEBALLS

ein Krimi

von Bent Ohle

„Jungs, das war eine großartige Golfpartie!“

Bing Crosbys letzte Worte

1

Holy crap!", sagte Wimmer, als er ausstieg. Er blickte auf ein rot verklinkertes Reihenhaus mit parallel angelegten, schlauchförmigen Gärten, die auf ein angrenzendes Feld zuführten. Auf den Terrassen von drei der vier Parteien standen Gartenmöbel aus Plastik mit floral bedruckten Schaumstoffpolstern. An den Wänden hingen riesige Außenthermometer mit Wetterhahnmotiv, Wagenräder, Hufeisen über den Terrassentüren, Hängepflanzen und schmutzige Wäscheklammerbeutel. Der Makler kam freudestrahlend hinter dem Haus hervor. Als er Wimmers Irokesenschnitt wie einen Hahnenkamm in der Sonne leuchten sah, zogen sich seine Mundwinkel unwillkürlich nach unten.

„Hallo! Sind Sie Herr Wimmer?"

„Mmmh."

„Wunderbar! Fast pünktlich."

Sie waren um drei verabredet gewesen. Jetzt war es viertel nach vier. Der Makler hielt die Gartenpforte für Wimmer auf, der eben noch seine Lederjacke aus seinem 73er Ford Taunus GXL holte und die Tür lautstark zuwarf.

„Ja, ja, sehen Sie sich alles genau an", rief der Mann, als Wimmers Blick auf das liebevoll gestaltete Mülleimerhäuschen fiel. „Ist doch genauso wie beschrieben, oder? Ihren Müll können Sie hübsch hier entsorgen. Gelb für Plastik, blau für Papier, schwarz für Restmüll und natürlich grün für den … na?" Der Kerl erwartete tatsächlich, dass Wimmer antwortete.

„Sie haben mir nicht gesagt, dass ich mitten aufm Feld wohnen werde!"

„… den Biomüll! Ja, der Blick ist herrlich, mitten auf dem Feld, das ist gut, das sollte ich in die Beschreibung aufnehmen.

„Können wir reingehen?"

„Sicher. Natürlich, Sie sind unter Zeitdruck, ich verstehe das."

Der Makler überholte ihn auf den schiefen Pflastersteinen. Unter seinem braunen Baumwollmantel lugten violette Hosenbeine hervor. Er trug schwarze Lackschuhe mit silberner Schnalle und Gummisohle. Wimmer fröstelte plötzlich.

„So, Sie wohnen ganz kuschelig im mittleren Haus. Spart Heizkosten. Kriegen Sie alles gratis von den lieben Nachbarn." Er lachte mit hoher Stimme und schloss auf. „Ganz nette Leute wohnen hier. Süße Kinder, gut erzogen, sauber und friedlich." Seine Worte hallten durch einen schummrigen, lichtlosen Flur. Der unverkennbare Alte-Leute-Geruch schwappte Wimmer entgegen. Er kannte das aus den vielen Wohnungen, die er tagtäglich betreten musste.

„Und der Vormieter?", fragte er.

„War sehr zufrieden mit der Wohnung, ist nur leider verstorben. Sein Sohn ist auch schon

in den Siebzigern und haust in einem Pflegeheim. Die Tochter ist verheiratet und begütert. So sind Sie der glückliche Dritte, der einziehen darf!" Wieder dieses hohe Lachen.
„Woran ist er gestorben?"
„Ihr Vormieter? Ach … der ist ertrunken", sagte der Makler.
Wimmer betrat die kleine, fast quadratische Küche. Eine Einbauküche mit weißem Furnier, ein Herd mit Ceranfeld, eine Arbeitsplatte aus Buche. Buchenoptik, genauer gesagt. In der Spüle tropfte der Hahn.
„Mit neunzig sollte man wohl besser nicht mehr schwimmen gehen", sagte Wimmer, während er die Schränke öffnete und hineinsah. Meistens fand man noch irgendwas, was den Vormietern gehörte.
„Na ja, schwimmen war er nicht direkt. Er war schon recht gebrechlich, der alte Herr. Er ist hier in der Küche ertrunken."
Wimmer schlug die Schranktür zu. „Bitte?"
„Ja, das war ein sehr unglücklicher Todesfall. Sogar die Polizei hat ermittelt. Aber es war wohl selbstverschuldet. Armer alter Kerl."
„Wie kann man denn in einer Küche ertrinken?"
„In der Spüle. Die Polizisten meinten, er habe sich hier unten die Haare waschen wollen. Wie alte Leute manchmal so sind. Das Shampoo stand noch daneben. Schwarzkopf. Benutze ich auch. Na ja, jedenfalls hatte er wohl vergessen, den Stöpsel rauszuziehen. Er steckte seinen Kopf in die Spüle und drehte den Wasserhahn auf. Sein Kopf muss sich irgendwie unter dem Hahn verkeilt haben. Jedenfalls bekam er ihn nicht mehr rechtzeitig heraus und… Tja, aber keine Angst, alles wurde trockengelegt und der Boden ist neu gefliest."
Wimmer blickte in die Spüle.
„Sie sagten, Sie hätten noch ein Objekt anzubieten?"
„Ja, genau. Ein Flachdachbungalow mit Garten und Blick auf die Wimmer."
„Auf die was?"
„Das ist der kleine Fluss… ah, das ist ja ein Zufall! Sie heißen ja auch Wimmer! Wenn das mal kein Zeichen ist."
„Holy crap", flüsterte Wimmer.
„Was sagen Sie?"
„Ich hasse Flachdächer."
„Oh. Das Dach ist aber abgedichtet worden."
„Nein, ich kann sie nicht ausstehen, da fällt mir die Decke auf den Kopf. Und es ist spießig hoch zehn."
„Das hier hat ein Satteldach", betonte der Makler und lächelte.
Wimmer ließ entkräftet die Luft aus seinen Lungen entweichen.
„Wo soll ich unterschreiben?"

2

Sein neuer Arbeitsplatz lag vier Kilometer von der Reihenhaussiedlung entfernt. Er wollte sich dort noch umsehen und die Kollegen kennenlernen, bevor heute Nachmittag die Möbelpacker kamen. Wenigstens wurde der Umzug vom Arbeitgeber bezahlt. Ein kleiner Trost in dieser trostlosen Einöde.
In einer recht breiten Straße fand er hinter zwei schräg angeordneten Reihenhäusern drei Flachdachbauten mit Schaufenstern und ein Gebäude mit drei Parkplätzen davor. Das eine Flachdachgebäude war ein Spar-Laden, das andere ein Bekleidungsgeschäft mit dem Namen „Kerstin's Modescheune" und das dritte die „Fahrschule All-Inclusive". Auf der gegenüberliegenden Straßenseite befand sich das „Polizeirevier I" neben dem Friseursalon mit der Leuchtschrift „Edward mit den Scherenhänden" im Fenster. Edward war ihm auf Anhieb sympathisch.
Wimmer parkte seinen braunen Ford halb auf dem Gehsteig vor der Station und trat ein. Links saß ein großer, mächtiger Typ hinter einer Glasscheibe. Er tippte etwas in einen alten Computer ein. Die Tastatur hatte einen beängstigenden Riss.
„Wie kann ich Ihnen helfen?", fragte der Beamte ihn durch das gelochte Glas hindurch. Sein Blick blieb auf Wimmers Haaren haften.
„Ich möchte zu Herrn Szcenwioszki", sagte Wimmer und las den Namen falsch von einem Blatt ab.
„Haben Sie einen Termin bei ihm?"
„Wieso, brauch ich einen?"
„Weshalb wollen Sie denn zu ihm?
„Wieso wollen Sie das wissen?"
„Damit ich Sie anmelden kann."
„Ich will ja nicht zum Papst."
„Wie ist denn Ihr Name?"
„Wimmer."
„Wimmer?"
„Ja, Wimmer. Wie der Fluss."
„Oh, herrje, das tut mir leid!" Der Beamte stand auf und kam aus dem Glaskabuff. „Wir haben Sie erst morgen erwartet", sagte er dann und gab Wimmer die Hand.
„Ja, ich wollte nur mal guten Tag sagen."
„Entschuldigen Sie. Das war nicht so gemeint, ich wusste ja nicht... Kommen Sie mit. Ich bin Tauber, Ferdinand Tauber."
„Wimmer, Lotte."
„Lotte?"
„Ja, eigentlich Luther, aber ich mag den Namen nicht. Alle nennen mich Lotte."

„Und das ist Ihnen lieber?“
„Allerdings.“
„Mich nennt man Pferdemann.“
„Pferdewas?“
„Pferdemann. Ist auch ein Spitzname. Wenn Sie Ferdinand schnell aussprechen und schon ein paar Bier intus haben, klingt's wie Pferdemann.“
„Leuchtet ein.“
Pferdemann klopfte an eine Tür und ging sogleich hinein. Ein zweiter Beamter hockte mit zusammengekniffenen Augen hinter einem Monitor. „Wo ist denn hier dieses Tabellendings?“, fragte er, ohne Wimmer zu bemerken.
„Lassie!“, ermahnte ihn Pferdemann.
Lassie sah auf, und schon stand er. Sein Stuhl fuhr rückwärts durch den Raum. „Kommissar Wimmer!“, rief er.
„Sie kennen mich?“
„Ja! Nein! Doch! Also, Ihr Foto.“
„Guter alter Computer, was?“
Sie gaben sich die Hände.
„Sie sind einen Tag zu früh. Wir haben Sie erst am Sonntag erwartet. Herr Vettel, unser Chef, ist auch nicht im Haus.“
„Ich weiß. Wollte nur mal reinschauen und sehen, was so Sache ist bei euch. Ich heiße Lotte, eigentlich Luther, aber keiner nennt mich so.“
„Okay, ich bin Lassie, eigentlich Rüdiger, Rüdiger Szcenwioszki.“
„Wie kommt man von Rüdiger auf Lassie?“, wollte Wimmer wissen und grinste dabei.
„Ich hab mal 'nen Collie ausm See gerettet. War im Eis eingebrochen.“
„Leuchtet ein.“
„Darf ich Ihnen Ihr Büro zeigen?“, fragte Lassie.
„Wir können beim Du bleiben.“
„Okay, alles klar. Komm mit.“
Wimmers Büro war klein und mit Büromöbeln vollgestellt. Ein Fenster hinter angegrauten Gardinen blickte hinaus auf die Straße. Auf der Fensterbank stand ein krummer Kaktus ohne Stacheln.
„Die typische Trostlosigkeit“, kommentierte Wimmer, und Lassie und Pferdemann lachten. „Mehr muss ich erst mal nicht sehen. Ich wünsch euch noch 'n ruhigen Tag, Jungs. Oder vielleicht lieber einen aufregenden.“
Wieder lachten beide. Wimmer mochte sie. Er würde sich mit ihnen verstehen.

3

Da stand der ganze Kram nun in seiner neuen Wohnung, in der ein Neunzigjähriger in der Küchenspüle ertrunken war.
Wimmer hockte auf seiner Couch und blickte verloren auf all die Kartons, die er noch auspacken musste. „Üble Scheiße", brummte er. Er saß noch ein paar Minuten so da und tat gar nichts. Nicht mal ein winziger Gedanke schien in seinem Schädel unterwegs zu sein. Die Geschichte mit der Spüle ließ ihm keine Ruhe.
In der Küche besah er sich das Metallbecken noch mal genauer. Die Arbeitsplatte hatte die normale Höhe, also ungefähr neunzig Zentimeter. Der Durchmesser des kreisrunden Beckens betrug vielleicht vierzig Zentimeter. Er drückte mit dem Zeigefinger gegen den Wasserhahn. Er ließ sich bewegen. Nicht sehr leicht, aber er bewegte sich. Wimmer drückte den Hahn ganz zur Seite und tauchte dann seinen Kopf ins Becken. Er stieß mit der Nasenspitze auf den Boden, testete mit der rechten Hand, ob sein Hinterkopf noch über die Platte hinausragte, und schob den Hahn darüber. Wenn er jetzt den Kopf hob, bis er dagegen stieß, blieben zwischen Beckenboden und Nase noch ungefähr fünf Zentimeter Platz. Wimmer hatte keine Vorstellung davon, wie kräftig man mit neunzig Jahren noch war, wie schnell oder wie aufmerksam. Eigentlich hätte der Alte nur über sich greifen und den Hahn wegschieben müssen, aber vielleicht war er dafür schon zu klapprig gewesen. Mit aufgestützten Händen stand er vor der Spüle. Er sah den alten Mann vor sich, wie er kämpfte und in Panik geriet.
Er hatte sich die Haare waschen wollen. Und wenn das stimmte, dann vermutlich auch nicht zum ersten Mal. Also mussten sich Haare im Abfluss oder sogar unter dem Hahn befinden. Es sei denn, der Alte hatte eine Glatze gehabt. Er ging zurück ins Wohnzimmer und machte sich an einer der Umzugskisten zu schaffen.

Das kleine lederne Etui lag geöffnet im Licht der Neonröhre unter den Hängeschränken. Pinzetten und Glasröhrchen verschiedenster Größe steckten in schwarzen Gummischlaufen. Eine Schlaufe war leer. Wimmer stand vor dem Spülbecken, das Gesicht tief unter den Wasserhahn gebeugt. Mit Lupe und Pinzette bewaffnet, untersuchte er das kleine Sieb in der Mündung. Kein Haar. Nichts. Wimmer konzentrierte sich auf den Abfluss. Die Lupe vergrößerte die Löcher um die Schraube herum. Wieder konnte er nichts entdecken.
„Was mache ich hier eigentlich?", fragte sich Wimmer laut. Er schüttelte verärgert den Kopf, ging hinaus und fuhr zur nächsten Pizzeria.

4

Tänzer fuhr seinen alten Corolla auf den verlassenen Parkplatz. Es war kurz vor sechs Uhr morgens und ein kühler Nebel lag auf dem Land. Er konnte kaum den Eingang des Clubhauses sehen, als er zehn Meter davor stand und nach den Schlüsseln kramte. „Wo sind denn diese vermaledeiten…“ Er ertastete sie in der Innentasche seiner Jacke und grunzte beleidigt.

Kaum war er drin, schaltete er in allen Räumen, in denen eines stand, das Radio ein. Da lief dieses Gewinnspiel, bei dem man ein Geräusch erraten musste und eintausend Euro gewinnen konnte. Der Moderator sagte: „So, liebe Hörer, jetzt bitte mal schön leise sein und ganz nah mit den Ohren an das Radio heranrücken. Das geheimnisvolle Geräusch kommt genau jetzt.“ Es folgte ein Pfeifen, Singen oder Kreischen, das konnte Tänzer nicht genau sagen. Er hielt es für eine Turbine. „Ab jetzt sind alle Telefonleitungen freigeschaltet. Rufen Sie an und gewinnen Sie ein-tau-send Euro!“, sagte der Moderator und spielte Phil Collins, der von irgendwelchen Farben sang. Mit Tänzers Englisch war es nicht weit her, aber er mochte den Song trotzdem. Die Küche hatte er bereits gestern Abend gemacht, also wischte er heute früh nur den Boden und stellte die sauberen Teller und Gläser aus der Spülmaschine zurück in den Schrank. Die Putzfrau hatte einen Arzttermin.

Irgendwie lag ein eigenartiger Geruch in der Luft. Vielleicht hatte er nicht genug Reiniger ins Wischwasser geschüttet. Aber er wollte auf keinen Fall alles noch mal machen. Also öffnete er die Tür vom Clubraum, die hinaus aufs Grün führte, und die Fenster in der Küche, um kräftig durchzulüften. Beim Rausgehen schloss er den Equipment-Raum und das Büro auf. Er wollte draußen die Terrasse mit Stühlen, Tischen und Sonnenschirmen eindecken. Wenn der Nebel sich erst verzogen hatte, würde es ein schöner Tag werden.

Eine Stunde später hockte er am sechsten Loch und kontrollierte einen der Bewässerungsschläuche für die Bonsaibäume. Der Greenkeeper war technisch nicht besonders versiert, sodass die Reparaturen immer Tänzer übernahm. Das tragbare Radio, das er mit Tape an den Lenker des Caddiewagens geklebt hatte, dröhnte blechern: „Genau zehn Minuten nach sieben, Zeit für eine weitere Kostprobe des geheimnisvollen Geräuschs. Rücken Sie näher an die Lautsprecher heran und schalten Sie alle anderen Geräuschquellen aus. Ohren auf! Hier kommt es.“

Wieder folgte für zwei Sekunden das Geräusch. Tänzer kniete im Beet und überlegte angestrengt. Er kam nicht drauf, schüttelte unzufrieden den Kopf und ging weiter zum Loch. Wahrscheinlich war es doch eher ein Werkzeug. Eine Schleifmaschine vielleicht. „Ich hab's!“, rief er plötzlich in die Einsamkeit des Golfplatzes hinaus. Es war eine Kreissäge. Kein Zweifel. Im selben Moment, da ihm der Gedanke kam, entdeckte er den Finger.

5

Thadeus Ganz steckte seine Füße in den Neoprenanzug und zog kräftig. Mit einem quietschenden Geräusch rutschten seine Gliedmaßen an die vorgesehene Stelle und er zog das schwarze Ding komplett über seinen Körper. Er setzte sich die Sauerstoffflasche auf und griff nach Taucherbrille und Flossen. In seinem Caddie hatte er bereits einige Körbe und den Kescher untergebracht. Es konnte losgehen. Zuerst an den See am vierten Loch.

Der kleine Wagen rumpelte über das kurz geschorene, tadellos grüne Gras und hatte nach ein paar Minuten die Senke erreicht, in der der See unter blauem Himmel leuchtete. Ganz achtete darauf, die Handbremse gut anzuziehen, und stieg aus. Mit einer nicht angezogenen Handbremse und einem versenkten Caddie hatte er schon mal Bekanntschaft machen dürfen.

Nachdem er sich für den Tauchgang präpariert hatte, watschelte er mit den langen Flossen umständlich ins Wasser und ließ sich hineingleiten. Der See hatte die Form einer Acht und maß an der tiefsten Stelle knapp zwei Meter. Wenn die Sonne schien, so wie heute, hatte man gute Sicht unter Wasser. Es wurde regelmäßig gereinigt, sodass er keine Lampen brauchen würde. Die meisten Bälle hatten sich an der tiefsten Stelle gesammelt und bildeten einen weißen Haufen, der aussah wie der Laich eines großen Raubfisches. Er stopfte den Kescher mit Bällen voll und zog seine schwere Fracht nach oben. Am Ufer schüttete er seinen Fang in den bereitgestellten Korb. Da hörte er den Schrei. Er hallte über den Golfplatz und wurde wieder zurückgeworfen.

Thadeus lauschte aufmerksam in die nachfolgende Stille hinein. Das hatte doch sehr beunruhigend geklungen. Er stellte sich vor, wie jemand von einem Golfball getroffen wurde und blutend auf dem Grün stand. Kurz bevor er wieder untertauchen wollte, entdeckte er Tänzer, der in dreißig Metern Entfernung über den Rasen in Richtung Clubhaus sprintete. Ein solches Tempo hätte er dem alten Tänzer gar nicht zugetraut. Aber das ging ihn nichts an. Er musste seine Arbeit erledigen. Später wollte er mit einer größeren Gruppe Anfänger den ersten Tauchgang in einem Badesee machen. In zwei Stunden war das Treffen in seiner Tauchschule „Ganz oder gar nicht“. Bis dahin würde er noch zweihundert Lakeballs rausholen und nach Möglichkeit noch schnell einen Blick auf die süßen Golfmäuse werfen, die sich hier morgens schon mit Prosecco oder Schampus abfüllten.

Er tauchte ab und drehte sich um seine Mittelachse. Die Sonne war jetzt schon etwas weiter über die hohen Tannen gerückt und beleuchtete bis auf zwei, drei Meter am linken Ende den ganzen See. Etwa drei Meter rechts von ihm lag ein merkwürdiger Klumpen auf dem Grund. Tänzer hätte schwören können, dass das Ding eben noch nicht dagewesen war. Er schwamm darauf zu. Als er erkannte, was es war, wäre er trotz Sauerstoffflasche und der Tatsache, dass das Wasser nur zwei Meter tief war, fast ertrunken.

6

Dr. Georgos Stefanidis war der erste Golfer an diesem Morgen. Er hatte bis zwölf Uhr Zeit, ein paar Löcher zu spielen, dann musste er in die Praxis fahren und Dr. Stecker, seinen Partner im Beruf und auf dem Golfplatz, ablösen. Er mochte es, der Erste zu sein, wenn noch alles ganz ruhig und friedlich war.

In der Herrenumkleide zog er sich um und wollte danach seinen Schlägersatz aus dem Equipment-Raum holen. Dieser Raum wurde auch Tresor genannt, weil er über eine hoch gesicherte Stahltür verfügte. Dennoch hätte Stefanidis niemals seine besten Schläger zur Aufbewahrung hiergelassen. Er stieß die Tür auf, betätigte den Lichtschalter und ging geradewegs auf seine Ausrüstung zu. Etwas erregte seine Aufmerksamkeit. Es war nur eine winzige Irritation, die ihn in das vierte Fach rechts von seinem blicken ließ. Er brauchte drei Sekunden, um zu verarbeiten, dass er einen Fuß sah, der oben zusammen mit den Schlägerköpfen aus einer Tasche guckte.

Er lief schreiend in den Clubraum, wo ihm Tänzer ebenfalls schreiend entgegenkam. Sie trafen sich vor der Bar.

„Da ist ein Finger!", schrie der eine.

„Da ist ein Fuß!", der andere. Sie sahen sich an, doch keiner konnte etwas unternehmen. Da hörten sie ein weiteres Schreien. Es kam von draußen. Ganz kam über den Rasen auf das Clubhaus zugelaufen. Er trug seinen Neoprenanzug und die Taucherbrille.

„Da ist ein Torso!", schrie er die beiden, kaum dass er durch die Tür war, mit nasaler Stimme an, weil seine Nase noch im Gummi der Brille steckte. Sie sahen ihn verständnislos an. „Da ist ein Torso im See!", schrie er erneut.

„Was ist denn das für ein verdammtes Geschrei hier?" Herr Baumhammer, der Manager des Clubs, stand in der Tür und sah ziemlich ungehalten aus. Seine Krawatte saß schief.

„Da ist ein Finger!"

„Da ist ein Fuß!"

„Da ist ein Torso!", schrien die drei gleichzeitig.

„Seid ihr völlig verrückt geworden?", fragte Baumhammer. Was er dann hörte, ließ ihn wünschen, sie wären es.

7

Es war kurz vor halb acht, als Wimmer das Haus verlassen wollte. Er hatte gefrühstückt und versucht, sich von den unausgepackten Kisten nicht irritieren zu lassen. Er würde sie am Wochenende auspacken. Jetzt musste er sich erst mal auf seine Arbeit konzentrieren. Die Leute auf dem Revier kennenlernen, sich in der Gegend zurechtfinden und so weiter. Er öffnete die Tür und stand Lassie gegenüber, seinem neuen Partner.

„Ups", sagte Wimmer überrascht.

„Morgen. Ich wollte Sie abholen."

„Ich hätte schon hingefunden. War doch gestern schon da."

„Darum geht's nicht. Wir haben ein Problem. Man hat eine Leiche auf dem Golfplatz gefunden. Das heißt ... Leichenteile."

Als sie im Auto saßen, bemerkte Wimmer, dass Lassies Hände zitterten. Er war bestimmt zehn Jahre älter als Wimmer, hatte aber offensichtlich noch nicht so viel Erfahrung gesammelt. Wie auch, hier draußen.

„Weiß man schon, wer das Opfer ist?", fragte Wimmer.

Lassie schüttelte den Kopf. „Muss schlimm aussehen da."

„Karierte Hosen sehen immer schlimm aus", meinte Wimmer und merkte sofort, dass der Scherz nicht ganz so angebracht war.

„Tut mir leid, dass so was gleich an Ihrem ersten Tag passieren muss", sagte Lassie, als sie vor dem Clubhaus anhielten.

„Ich heiße Lotte. Wir wollten uns duzen. Na, dann lass uns mal reingehen."

Das Clubheim hatte sich inzwischen gefüllt. Die Plätze an der Bar und die Lounge-Tische waren belegt mit geschockt und bestürzt wirkenden, mit iPhones bewaffneten Mitgliedern des Vereins. Pferdemann kam auf sie zu. Es waren noch weitere Beamte anwesend, doch die kannte Wimmer noch nicht.

„Morgen."

„Was ist hier los?", wollte Wimmer wissen.

„Wir haben einen Anruf vom Geschäftsführer erhalten, dass Leichenteile gefunden worden seien. Der Hausmeister hat einen Finger im sechsten Loch entdeckt, der Taucher einen Torso im See und einer der Golfer einen Fuß im Equipment-Raum."

„Wo sind die drei?", fragte Wimmer und hatte damit die Leitung dieses Falls übernommen, auch wenn sein Kollege hier schon seit Jahren arbeitete und zu Hause war.

Pferdemann deutete auf ein Grüppchen an der Bar.

„Sie haben die Leichenteile gefunden?", fragte Wimmer und ging auf Tänzer, Ganz, Stefanidis und Baumhammer zu. Die drei Männer nickten. „Sie sind aber vier, ich denke es waren nur drei?"

„Ich habe angerufen", erklärte Baumhammer.

„Wer sind Sie?“
„Der Manager.“ Seine Stimme brach.
„Und die vielen Leute hier?“ Wimmer deutete in den Raum.
„Mitglieder.“
„Die sind aber alle später gekommen, oder waren die schon da?“
„Nein, nur wir vier waren hier, der Rest kam so nach und nach.“
Wimmer drehte sich um. „Okay, alle raus“, rief er laut.
Keiner rührte sich.
„Hier ist ein Mord passiert. Sie sitzen alle mitten im Tatort und zerstören wichtige Spuren. Raus! Alle.“ Er deutete mit dem Finger auf den Ausgang.
Langsam erhoben sich die Ersten und gingen tuschelnd hinaus.
„Los, los, ein bisschen schneller. Sie sind doch alle Sportler. Und es wird nichts angefasst, verstanden? Sie gehen einfach nur raus.“ Wimmer wandte sich an Pferdemann.
„Du darfst niemals Fremde an einen Tat- oder Fundort lassen.“
„Ja, ich wusste nur nicht …“
„Kennst du die Leute?“
„Größtenteils.“
„Notier dir alle Namen. Ich will wissen, wer hier gewesen ist.“
„In Ordnung.“
Pferdemann schob ab und Wimmer gesellte sich wieder zu den vier Wartenden an die Bar.
„Was haben Sie hier alles angefasst?“
Sie wechselten schuldige Blicke.
„Die Schnapsflasche vielleicht“, beichtete Tänzer.
„Gläser auch, vermute ich.“
Tänzer nickte.
„Schön. Dann werden wir Ihre Fingerabdrücke brauchen. Brauchen wir sowieso, bei dem Publikumsverkehr. Lassie, ist die Spurensicherung schon da?“
„Ja, ist vor Ort.“
„Und haben wir schon die komplette Leiche?“
„Nein, es fehlen noch ein Bein, ein Fuß, die Arme und Hände sowie der Kopf und wahrscheinlich neun Finger.“
„Hier ist noch ein Bein!“, hörte man plötzlich jemanden aus dem Tresor rufen.
„Okay, also die Beine hätten wir“, sagte Lassie.
„Ja, ich hab's gehört. Ich möchte, dass du mit den Zeugen aufs Revier fährst und ihre Aussagen aufnimmst. Ich sehe mich hier kurz um und komme dann nach.“
„Aber du hast kein Auto.“
„Ich lass mir was einfallen.“

Lassie ging mit Tänzer, Baumhammer, Stefanidis und Ganz, der immer noch seinen Taucheranzug trug, im Schlepptau nach draußen. Wimmer folgte der Stimme, die eben gerufen hatte, in den Tresor, wo vier Männer der Spurensicherung in weißer Schutzkleidung die Schlägertaschen untersuchten.
„Morgen, Jungs. Ich bin Wimmer, der Neue. Habt ihr ein Fußkondom und ein Paar Handschuhe für mich?“
Ein Mann mit Vollbart reichte ihm beides. Wimmer zog sich den Plastikschutz über die Schuhe und betrat den Raum. Vorsichtig lugte er in die erste der beiden Taschen, aus denen bis zum Knöchel die Füße eines Mannes herausragten.
„Ist wohl ein Kerl. Größe 44 bis 45, schätze ich. Oder eine sehr große, stark behaarte Frau“, meinte Wimmer und einer der weißen Männer lachte verschämt.
Nach kurzer Überlegung entschied Wimmer: „Ich möchte, dass zwei von Ihnen hierbleiben und zwei mit mir mitkommen.“
Er verließ den Tresor und stellte sich in den Clubraum. Nach einer Weile tauchten zwei Spurensucher hinter ihm auf.
„Haben Sie die Nummer von Scz… von Lassie?“, fragte Wimmer und öffnete sein Handy. Einer der Männer zog den Reißverschluss an seinem Anzug auf und kramte ein iPhone hervor.
„Hier, ist schon gewählt“, sagte er und reichte es Wimmer.
„Lassie? Hallo, hier ist Lotte. Lotte Wimmer. Ich möchte, dass du einen Leichenspürhund organisierst. So schnell wie möglich. Ja, danke.“ Wimmer gab das Handy zurück.
„So, jetzt wollen wir mal sehen, ob wir Kommissar Rex bis zu dessen Eintreffen nicht noch ein bisschen was abnehmen können.“

8

Der Hund kam eine Stunde später, da hatten Wimmer und die beiden weißen Männer schon die Arme und Hände, an denen auch die anderen neun Finger des Opfers fehlten, in der Herrendusche gefunden. Wimmer ließ die beiden dort weiter ihre Arbeit machen, ging hinaus und instruierte den Hundeführer.
„Ihr habt umgestellt, was?“, meinte Wimmer und deutete auf den braunen Hund zu seinen Füßen, der gierig auf das Grün des Golfplatzes stierte und mit geschlossenem Maul jaulte.
„Was meinen Sie?“, fragte der Hundeführer. Er trug eine Sonnenbrille und einen Schnauzbart. Wäre er nicht etwas zu beleibt gewesen, hätte er als amerikanischer Straßencop durchgehen können. Polizisten hatten manchmal eine sehr uniforme Physiognomie.

„Na, früher hattet ihr Deutsche, jetzt sind's Belgische Schäferhunde."
„Ach so, das. Ja, den hier hab ich jetzt seit einem Jahr."
„Was machen Sie eigentlich mit all den alten Hunden?", fragte Wimmer. „Das wollte ich schon immer wissen."
„Wollen Sie einen kaufen?"
Tja, warum eigentlich nicht?, dachte Wimmer. Er lebte allein. Er mochte Hunde. Nur das mit dem Job war schwierig.
„Nee, ich kann ihn nicht so lang allein lassen, wie ich manchmal arbeite."
„Viele von uns haben privat einen Hund übernommen. Die meisten sind aber ins Ausland verkauft worden. China, die arabischen Länder. Da tun sie weiter Dienst. Sind schließlich top ausgebildet."
„Und was kann der Belgische nun besser?"
„Er hat ein feineres Näschen."
„Na, dann zeigen Sie mal."
Der Hundeführer ließ den Hund von der Leine.
„Müssen Sie Flämisch mit ihm reden?", fragte Wimmer und erntete einen schrägen Blick dafür.
„Hepp!", rief der Typ und der Hund sprintete los.
„,Hepp... klingt universell. Was macht er denn, wenn er was findet?"
Der Hund blieb am zweiten Loch stehen und bellte es an.
„Das."
„Verstehe", sagte Wimmer und sie folgten dem Tier. Im zweiten Loch lag ein Zeigefinger.
„Das hätte ein Deutscher Schäferhund nicht geschafft?"
„Doch. Aber unser Lord hier hätte den Finger auch gefunden, wenn er schon skelettiert und in einer Metallbüchse einen Meter tief im Boden vergraben gewesen wäre."
„Leuchtet ein. Weiter geht's."
„Können wir nicht einen Caddie nehmen?", fragte der Hundeführer völlig aus der Puste.
„Geht nicht, die müssen noch untersucht werden."
Sie fanden einen Finger in jedem zweiten Loch und im achtzehnten Loch beide Daumen.
Entgegen Wimmers Erwartung hatten sie im zweiten See des Kurses keinen Erfolg. Obwohl Lord sogar durch den See geschwommen war und Wimmer dachte, dass man Hunde bestimmt auch als Lakeball-Taucher abrichten könnte. Er beorderte zwei Taucher zum Golfclub, gab Carstens, dem Teamleiter der Spurensicherung, weitere Anweisungen und seine Handynummer und ließ sich von dem Hundeführer auf dem Revier absetzen.

9

Am Abend trafen sich Wimmer, Lassie, Pferdemann und Carstens im Büro und besprachen die Ergebnisse des Tages. Wimmer hatte alle im Kreis um ein Whiteboard gesetzt und stand selbst mit einem Edding an der Tafel wie ein Berufsschullehrer.

„Ich möchte mal sammeln, was wir heute alles gefunden haben. Zuerst bitte Sie, Herr Carstens. Ist die Leiche inzwischen komplett?“

„Nein, leider fehlt noch immer ein sehr entscheidendes Teil: der Kopf.“

„Also haben wir das Opfer noch nicht identifizieren können.“

„Nein. Aber der Leichnam weist noch eine prekäre Verstümmelung auf. Als die Taucher den Torso bargen, entdeckten sie, dass die Hoden fehlten.“

Wimmer, Lassie und Pferdemann verzogen mitfühlend das Gesicht.

„Sie wurden dann ebenfalls im See gefunden“, sagte Carstens betreten. „Sie lagen in dem Haufen der versunkenen Golfbälle.

„Lakeballs“, stellte Wimmer fest und schrieb das Wort an die Tafel.

„Was soll das heißen?“, fragte Pferdemann.

„Lakeballs sind die Bälle, die im See landen. Seeeier. Der Mörder hat sozusagen eine Metapher benutzt. Er macht sich lustig über sein Opfer. Ein sehr morbider Humor.“

„Was hilft uns das?

„Eine Menge. Es sagt uns etwas über seine Motivation, seine Herkunft, seinen sozialen Stand, seine Beziehung zum Opfer und so weiter. Er hat die Körperteile nicht ohne Grund auf diese bestimmte Art und Weise auf dem Golfplatz verteilt. Der Modus Operandi ist wie ein vom Täter verfasstes Gedicht. Wir müssen es entschlüsseln. Ich würde sagen, ‚Lakeballs‘ eignet sich hervorragend als Titel.“

„So was ist bei uns noch nie vorgekommen. Das ist doch ein Perverser gewesen, ein total Durchgeknallter.“

„Das glaube ich nicht. Der Kerl ist nicht verrückt. Aber verdammt wütend.“

Ein dunkles Schweigen füllte den Raum. Sie alle dachten über den Täter nach. Jeder füllte die Leerstelle in seinem Kopf mit einem Bild. Einem noch unscharfen, vagen Bild.

„Wir müssen irgendwie feststellen, wer der Tote ist. Entweder fehlt sein Kopf, weil wir ihn noch nicht gefunden haben oder weil der Täter ihn behalten hat. Pferdemann, hast du Vermisstenmeldungen reinbekommen?“

„Nein, bisher nicht.“

„Dann besorg dir bitte die Mitgliederliste des Clubs und ruf jeden an. Einer muss fehlen. Der Kerl war auf jeden Fall Mitglied in diesem Golfclub.“

Wimmer schrieb an die Tafel: Kopf: fehlt. Er malte einen Menschen und markierte die

Teile, die abgetrennt worden waren. Er schrieb daneben, wo man sie gefunden hatte. Dann malte er ein Rechteck, zeichnete den groben Grundriss des Golfclubs ein und zog einen langen Strich darunter.
„Das ist unsere Ausgangssituation. Von der Spurensicherung hängt in der nächsten Zeit das meiste ab. Ich möchte, dass Sie und Ihre Männer alle Caddies sorgfältig untersuchen. Am besten, wir lassen alle abholen. Und Sie müssen mit diesem komischen Licht, mit dem man Blut sichtbar machen kann, den gesamten Club ausleuchten. Da, wo der Kerl zerlegt wurde, muss eine Menge Blut sein. Wissen Sie schon, was er benutzt hat, um die Gliedmaßen abzutrennen?"
„Das muss der Gerichtsmediziner bestimmen, aber mir sieht das sehr nach einer elektrischen Säge aus", sagte Carstens.
„Verstehe. Haben wir alle Namen der Leute, die heute Morgen im Club waren?", fragte Wimmer Pferdemann.
„Ja, die Liste liegt schon auf deinem Schreibtisch."
„Gab es eigentlich Einbruchspuren?"
„Nein, nirgends ein Kratzer. Auch der Zaun war intakt", erklärte Lassie.
„Und die Zeugen, haben die irgendwas Ungewöhnliches bemerkt?"
„Bis auf die Leichenteile nicht. Jeder ging ganz normal seiner gewohnten Tätigkeit nach."
„Wer war als Erster vor Ort?"
„Tänzer, der Hausmeister. Um kurz vor sechs."
„Und wann hat der Club am Vorabend geschlossen?"
„Zweiundzwanzig Uhr. Tänzer war selbst der Letzte an dem Abend."
Wimmer schrieb an die Tafel: Tatzeit: Zwischen 22 und 7 Uhr.
„Gibt's eine Alarmanlage oder Kameras?"
„Ja, beides."
„Schön, dann brauchen wir die Aufnahmen. Da der Alarm nicht ausgelöst wurde, muss es jemand gewesen sein, der sich mit so was auskennt oder dem der Code bekannt ist. Ich will wissen, wer alles einen Schlüssel und die Codenummer hat. Morgen werden wir anhand der Mitgliederliste feststellen, ob jemand vermisst wird. Vielleicht ist ein Angehöriger in der Lage, die Leichenteile zu identifizieren."
Carstens hob die Hand. „Ich hätte da eine Frage: Wann kommt die Verstärkung?"
„Darum habe ich mich bereits gekümmert. Wir werden mit dem LKA Hannover zusammenarbeiten. Morgen früh kommt Unterstützung."
Jeder ging wieder an seine Arbeit. Um halb elf machten Wimmer und Lassie Feierabend und verließen gemeinsam das Revier. Draußen blieben sie unschlüssig stehen.
„Woll'n wir noch einen trinken gehen?", fragte Wimmer.
„Gern."

10

Darf ich fragen, warum man dich hierher versetzt hat?“, fragte Lassie.
„Nein, darfst du nicht.“ Wimmer nahm einen Schluck von seinem Wodka. Lassie trank Scotch. Sie saßen auf einer kleinen Bank am linken Ende der Bar in einer Kneipe mit dem Namen „Biertanke“. Es gab zehn Biere vom Fass und Wimmer und Lassie warteten auf ihr Staropramen. „Darf ich fragen, wie dein früherer Partner so war?“, fragte Wimmer im Gegenzug.
„Gonzo ist ja nicht gestorben oder so. Er ist ... er hat eine Erkrankung.“
„Krebs?“
„Nein, wieso?“
„Wenn man sich kaum über eine Krankheit äußern möchte, ist das meistens Krebs. Außerdem ist er schon fast ein halbes Jahr raus aus dem Job.“
„Er hat keinen Krebs.“
„Dann sind es Depressionen. Die zweite Krankheit, über die keiner reden möchte.“ Wimmer sah an Lassies Blick, dass er einen Treffer gelandet hatte. „Manchmal glaube ich, dass wir alle depressiv sind. Ich meine wirklich alle. Aber besonders wir Bullen. Unser Job ist echt scheiße. Komischerweise suchen wir uns nichts anderes.“
Sie bekamen ihr Bier. Steiger, der Wirt, lächelte Lassie zu und beäugte Wimmer argwöhnisch.
„Schlimme Sache, das im Golfclub. Habt ihr schon 'ne Ahnung, was da passiert ist?“, fragte er.
„Noch nicht, aber wir lassen es Sie als Ersten wissen“, meinte Wimmer und prostete ihm zu. Steiger verzog sich mürrisch.
„Du magst unsere Stadt nicht sonderlich, oder?“
„Na ja, Stadt würd' ich das nicht nennen.“ Wimmer lachte. „Ich habe in Berlin gearbeitet. Das ist 'ne Stadt. Ein Moloch. Uns verbindet so eine Art Hassliebe. Berlin ist laut, schmutzig, böse und brutal und gleichzeitig wunderschön, anmutig und liebenswürdig.“
„So wie dich hab ich noch nie einen Polizisten reden hören. Auch vorhin, das mit dem Gedicht. Hast du studiert? Ich meine, noch was anderes?“
„Ja, französische Lyrik des 17. Jahrhunderts“, sagte Wimmer und lachte schallend. „'tschuldige. Eigentlich wollte ich Kunst studieren.“
„Kunst?“
„Ja. Ich kann ganz gut zeichnen.“
„Hab ich schon gemerkt. Am Whiteboard.“
„Ja, genau. Bin aber nicht angenommen worden. Also bin ich zur Polizei gegangen.“
Lassie blickte traurig in sein Bierglas. „Glaubst du, das war ein Serienkiller?“

„Nein. Das ganze Drumherum mit der Zerteilung der Leiche – du glaubst, so was kennt man nur von Serienmördern?"
„Ich kann mir halt nicht vorstellen, dass jemand von hier ..."
„Der Mörder ist nicht nur aus der Stadt. Der Mörder ist aus dem Club. Vielleicht sitzt er sogar mit uns hier in der Kneipe."
Lassies Gesichtszüge fielen bei dem Gedanken vor Schreck wie ein Kartenhaus in sich zusammen. Er sah sich suchend um.
„Und, sind Golfer unter uns?", fragte Wimmer.
Lassie nickte.
„Wie viele?"
„Drei."

11

Der Wecker klingelte um halb sechs. Er stand auf einem Karton neben dem Bett. Wimmer linste auf das Zifferblatt und sank stöhnend ins Kissen zurück. Er hatte keine Kopfschmerzen, aber zu wenig Schlaf gehabt. Das war das Grandiose an Wodka. Egal, wie viel man trank, man hatte morgens immer einen klaren Kopf.
In der Küche machte Wimmer sich einen starken Kaffee und blickte auf das Bild, das er gestern Abend noch angefertigt hatte. Es war eine Kohlezeichnung eines in der Bildmitte zentrierten, verschlungenen, verknoteten menschlichen Körpers. Das war seine Vision des Mörders. Eine Fünf-Bier-und-fünf-Wodka-auf-nüchternen-Magen-Vision.
Als Wimmer das Revier betrat, lag noch immer keine Vermisstenmeldung vor. Das Opfer blieb unbekannt.
Pferdemann ging telefonisch die Mitgliederliste durch, aber ohne Erfolg. Verstärkung würde in Form von vier weiteren Beamten der Kripo Hannover und vor allem einer größeren Gruppe der Spurensicherung kommen. Sie sollten Wimmer, Lassie und Pferdemann bei der Findung und Befragung von Zeugen und der Clubmitglieder unterstützen. Außerdem musste das Videomaterial gesichtet werden. Die Kriminaltechniker sollten sich auf den Golfplatz konzentrieren, denn das riesige Areal auf Spuren zu untersuchen, war die größte Aufgabe, die es zu bewältigen galt.
„Wir beide machen jetzt ein paar Hausbesuche", sagte Wimmer zu Lassie. Er setzte sich mit der Liste auf den Beifahrersitz. „152 Mitglieder. Davon 39 Externe. Pferdemann hat markiert, welche telefonisch erreichbar waren. 86 bisher. Aber nur drei haben einen Schlüssel zum Clubhaus. Tänzer, Baumhammer und ein gewisser Leopold. Theodor

Leopold. Er ist der Vorstandsvorsitzende des Vereins. Mit dem fangen wir an. Kennst du ihn?"
„Allerdings."
„Wer ist der Kerl?"
„Ihm gehört eine Anwaltskanzlei in Düsseldorf. Er hat Häuser in den USA, in Südafrika, Australien und Gott weiß wo noch."
„Und hier."
„Und hier."
„Klingt gut. Den besuchen wir zuerst. Weißt du, wo er wohnt?"
„Natürlich. Das Haus wird dir gefallen."

Da war eine kleine Sprechanlage neben dem eisernen Tor. Und eine Kamera auf dem linken Sockel.
„Ja, bitte?", fragte eine männliche Stimme.
„Szcenwioszki und Wimmer von der Kriminalpolizei", meldete Lassie durch das heruntergelassene Fahrerfenster. „Wir möchten mit Herrn Leopold sprechen."
„Ich nehm außerdem noch einen Milchshake", flüsterte Wimmer, als keine Antwort erfolgte. Dann ertönte ein Summer und das Tor öffnete sich automatisch.
Lassie fuhr eine halbkreisförmige Auffahrt hinauf. Eine kreisrunde Rasenfläche erinnerte Wimmer an den Golfplatz, nicht zuletzt, weil sich ein blau schimmernder Teich in der Mitte befand.
„Sieht aus wie eine Miniaturausgabe des Fundorts", sagte er, als sie aus dem Passat ausstiegen.
Ein Mann in einem dunklen Anzug und bordeauxfarbener Krawatte kam die ausladenden Eingangsstufen heruntergelaufen. Sein kantiger Unterkiefer und scharfe Falten um seine Mundwinkel zeigten, dass es sich um einen sehr athletischen Menschen handeln musste. Zu athletisch für einen Anwalt namens Theodor Leopold.
„Guten Morgen. Herr Leopold ist leider nicht anwesend", sagte er denn auch, ohne sich vorzustellen. „Kann ich Ihnen weiterhelfen?" Mit vor dem Bauch verschränkten Händen stand er am Fuße der Treppe.
„Kommt darauf an, wer Sie sind", sagte Wimmer.
„Krüger von der Sicherheit."
„Welche Sicherheit?"
„Die von Frau Leopold."
„Ist die da?"
„Nein."
„Na, dann haben Sie ja nicht viel zu tun. Wann kommt denn Herr Leopold wieder und wo ist er gerade?"

„Er ist auf Geschäftsreise und kehrt morgen zurück."
„Morgen, aha. Hat er Kinder?"
„Herr Leopold hat eine Tochter und einen Sohn. Dürfte ich bitte Ihre Ausweise sehen?"
„Unsere... ja, aber sicher! Haben Sie Ihren Ausweis dabei, Kollege?", fragte Wimmer Lassie.
Die beiden hielten Krüger ihre Kripoplaketten unter die Nase. Der nickte.
„Könnten wir bitte mit einem Familienmitglied sprechen? Oder sind die Kinder noch zu jung?"
„Sie sind sechzehn und achtzehn."
„Tolles Alter."
Hinter ihnen waren das Geräusch eines Motors und das Surren des Toröffners zu hören. Wimmer und Lassie drehten sich um. Ein weißer Porsche 911 Cabrio fuhr die Auffahrt hinauf und hielt hinter ihrem dunkelblauen Passat. Eine adrette, teuer gekleidete Frau mittleren Alters, offensichtlich Frau Leopold, stieg aus. Ihre frisierten Haare wippten, als sie mit ihren Stilettos auf die Männer zustakste.
„Guten Morgen, Kevin. Wer sind diese Herren?"
„Sie sind von der Kriminalpolizei, Frau Leopold."
„Oh", sagte sie müde. „Na, irgendwann musste das ja kommen."
„Guten Morgen Frau Leopold. Mein Name ist Wimmer und das ist mein Kollege Scz..."
„Szcenwioszki", sagte Lassie.
„Was genau meinten Sie mit, das musste ja kommen...?"
„Ich warte schon lange darauf, dass Sie hier auftauchen. Bei all den krummen Geschäften meines Mannes haben Sie ganz schön lange gebraucht für Ihren Besuch", erwiderte Frau Leopold. Die Unterhaltung schien sie zu langweilen. „Er ist nicht da, oder Kevin?"
„Nein."
„Sehen Sie, Sie müssen leider noch mal wiederkommen."
„Was für krumme Geschäfte meinen Sie?", wollte Wimmer wissen.
„Das soll er ihnen mal schön selbst sagen. Das geht mich nichts an."
„Darum sind wir nicht hier, Frau Leopold. Es hat gestern einen Mord im Golfclub gegeben. Wir fanden eine bisher unidentifizierte Leiche. Jetzt gehen wir die Mitgliederliste durch, ob jemand vermisst wird."
„Ich vermisse meinen Mann nicht. Ich weiß nicht mal, wo er sich befindet, und es ist mir auch egal."
„Aber Sie werden doch sicher eine Telefonnummer haben, unter der wir ihn erreichen können."
Sie atmete genervt aus. „Kevin, könnten Sie den Herren bitte die Nummer meines Mannes geben? Ich werde jetzt hineingehen."
„Frau Leopold? Sie stehen auch auf unserer Liste."

„Und? Ich kann ja wohl schlecht vermisst werden, schließlich stehe ich direkt vor Ihnen, Herr Kommissar."
„Wo waren Sie in der Nacht von vorgestern auf gestern?"
„Ich verstehe die Frage nicht."
„Wo waren Sie in der Nacht von Samstag auf Sonntag zwischen 22 und 7 Uhr?"
Sie blickte zu Kevin. „Sie glauben, ich könnte jemanden getötet haben? Das ist absurd."
Damit drehte sie sich um und ging durch die angelehnte Mahagonitür ins Haus.
Kevin zuckte nur mit den Schultern.
„Wie sieht's aus, Kevin? Geben Sie uns die Nummer?"
Kevin Krüger zog sein iPhone aus der Brusttasche und diktierte ihnen nach viermal Daumentippen die Handynummer von Leopold.
„War nett mit Ihnen. Wir kommen wieder", sagte Wimmer zum Abschied.
Als Lassie vom Grundstück fuhr, sah Wimmer in einem der oberen Fenster ein Mädchen hinter einer Gardine hervorspähen.
„Hübsches Häuschen, wirklich", sagte er. „Und eine Bilderbuchehe."
„Man weiß nicht, ob man sie bewundern oder bemitleiden soll", meinte Lassie.
„Weise gesprochen. Fahr mal rechts ran und ruf den Leopold an."
Lassie drückte die Ziffern. Er hörte ein Freizeichen und irgendwo, einen Meter tief im Erdreich liegend, klingelte das Telefon.

12

Hardy Edward Lommel war der nächste Name auf der Liste. Er bat die beiden Beamten in seine Wohnung, kaum dass sie sich vorgestellt und den Grund ihres Besuchs genannt hatten. Es war eine Dreizimmerwohnung mit großzügigem Wohnzimmer, leuchtend weißen Wänden und hellem Parkett. Lommel besaß nur wenige und ausschließlich weiße Möbel. Sogar sein Laptop und die mannsgroßen Lautsprecherboxen waren weiß.
„Setzen Sie sich, ich mach die Musik leiser." Er drückte einen Knopf auf der Fernbedienung für seinen iPod. Das kleine weiße Ding steckte in einem anderen weißen Ding, das aussah wie ein Raumschiff.
„Sie mögen Weiß, was?", fragte Wimmer.
„Ja, es macht mich glücklich. Ist so sauber und rein."
Wimmer und Lassie nahmen auf der Couch Platz. Lommel setzte sich auf einen Drehstuhl im Fünfziger-Jahre-Look. Wimmer ließ seinen Blick über die Bilder an den Wänden streifen, die den einzigen Farbpunkt in dem ganzen Weiß darstellten.

„Wissen Sie schon, wer der Tote ist? War?", fragte Lommel.
„Nein. Wir fanden keine persönlichen Gegenstände oder Kleidungsstücke. Nichts außer der Leiche."
„Das ist so furchtbar und ich kann mir das gar nicht vorstellen hier bei uns ..."
„Herr Lommel, Sie waren nicht anwesend, als die Leiche gefunden wurde, richtig?"
„Nein, ich war zu Hause. Mein einziger freier Tag. Da schlafe ich gern aus."
„Haben Sie einen Golfpartner oder Freund, den Sie vermissen? Wir sind uns sicher, dass der Tote Mitglied im Club war."
„Ich spiele meistens mit Herrn Beschamel. Manchmal auch in einer größeren Gruppe mit Leopold, Stefanidis, Knappwurst und Unser."
Wimmer zog Verbindungslinien von Lommels Namen zu den anderen auf der Liste.
„Ist Ihre Frau auch im Golfclub aktiv?"
„Wie es sich für einen Friseur gehört, bin ich schwul ... und ledig."
Wimmer sah auf. „Sie sind aber nicht zufällig der ‚Edward mit den Scherenhänden', oder?"
„Doch, doch, das bin ich", sagte Lommel und machte mit Zeige- und Mittelfinger eine Schneidebewegung.
„Hervorragender Name für einen Salon. Hat mir gleich gefallen."
„Vielen Dank."
„Dann sind wir ja Nachbarn!"
„Ja, und Sie sind neu in der Nachbarschaft."
„Genau, ich ... vertrete für eine Weile den Kollegen Gonzales. Aber zurück zum Thema: Wo waren Sie in der Nacht von Samstag auf Sonntag?"
„Ich war hier in der Wohnung."
„Kann das jemand bezeugen?"
„Nicht dass ich wüsste. Bin ich denn verdächtig?"
„Alle Golfer sind verdächtig. Wir stellen diese Fragen also jedem einzelnen Clubmitglied. Tja, und das war's eigentlich auch schon, fürs Erste. Wir sprechen uns mit Sicherheit später noch mal."
„Gern."
„Was kostet ein Schnitt bei Ihnen?", fragte Wimmer im Aufstehen.
„Fünfzehn Euro, waschen, schneiden, föhnen. Aber bei Ihnen scheint alles im Lot zu sein. So was Hübsches sehe ich nicht alle Tage."
„Danke. Klingt gut, Ihr Angebot. Übrigens haben Sie auch einen guten Geschmack, was Kunst betrifft."
Während Wimmer und Lommel sich über Lucian Freud unterhielten, blieb Lassie vor einem Bild stehen, auf dem ein nackter Mann mit schlaffem Körper und ebensolchem Penis auf einer Couch lag. Er schüttelte angewidert den Kopf. Sein Handy klingelte.

„Wir müssen los!", drängte Lassie, nachdem er aufgelegt hatte.
„Wer war das?"
„Carstens. Wir sollen so schnell wie möglich in den Golfclub kommen."

Im Flur des Clubs stand Pferdemann. Er war so bleich wie die Wände in der Wohnung des Friseurs. Und er hatte einen merkwürdigen Ausdruck in den Augen.
„Pferdemann, was ist los?", fragte Lassie.
„In der Herrendusche", sagte er nur und schluckte, als würde ihm gleich das Essen wieder hochkommen.
Wimmer und Lassie zogen sich Plastikschutz über die Schuhe und betraten die Herrenumkleide. Dort warteten vier Männer von der Spurensicherung. Sie sahen aus wie diese Spermien aus dem Woody-Allen-Film „Was Sie schon immer über Sex wissen wollten, aber nie zu fragen wagten". Zwei saßen mit hängenden Köpfen auf der Bank. Carstens telefonierte, während ein anderer auf einem Wagen verschiedene Flüssigkeiten und Sprühflaschen ordnete. Carstens legte auf, als er die beiden bemerkte.
„Was ist los?"
„Ich denke, dass das der Tatort ist", sagte Carstens und deutete in die Dusche. Seine Stimme klang rau und dunkel. „Geht ihr mal vor. Bleibt bitte ganz links an der Wand."
Der Duschraum war ungefähr dreißig Quadratmeter groß und petrolfarben gefliest. Die Decke hob sich weiß davon ab. Es gab zwei pyramidenförmige Lüftungsanlagen. An der linken, der rechten und der hinteren Wand erstreckten sich kleine Duschnischen mit tellergroßen Duschköpfen und gemauerten Ablagen für Shampoo und Seife. Wimmer musste unwillkürlich an seinen Vormieter denken. An der Wand hinter ihnen waren Kleiderhaken und beheizbare Handtuchhalter angebracht. Eine komfortable Dusche, aber es gab nichts Auffälliges hier.
„Ihr bleibt hier stehen." Carstens schloss die Tür und sah die beiden an, bevor er den Lichtschalter umlegte.
Für einen Moment wurde es dunkel in dem fensterlosen Raum, dann betätigte Carstens einen weiteren Schalter. Was sie nun sahen, war ebenso befremdlich wie grausam und schockierend. In der Mitte des Raumes leuchtete ein riesiger, unregelmäßiger Fleck. Es war ein helles, irgendwie künstliches Blau. Dieser Fleck hatte etwas von einem Bild, das ein wirrer und rasender Künstler mit literweise Farbe, mächtigen Pinseln und unter Einsatz seines ganzen Körpers auf den Boden aufgetragen hatte. Breite Schlieren zogen sich über den Boden, überlappten und überdeckten sich, warfen sich auf und veränderten ihre Form. An den Wänden bis hoch unter die Decke konnte man Spritzer enormen Ausmaßes erkennen. Dicke, wie hingepeitschte Tropfen und verlaufene Flecken. Das war wildeste Pop-Art im Neon-Look. Wimmer, der Carstens selbst dazu aufgefordert hatte, den Luminoltest durchzuführen, brauchte fast zehn

Sekunden, bis er begriff, was er da vor sich sah. Das leuchtende Blau war eigentlich Rot. Die Farbe, aus der das Gemälde gemacht war, Blut. Der Künstler der Mörder. Jetzt erkannte Wimmer sogar Fuß- und Fingerabdrücke in dem Wust aus Farbe. Das Opfer war hier drinnen getötet und zerteilt worden. Es gab kaum eine Stelle, die nichts von dem Blut abbekommen hatte.
Wimmer hörte das krankhaft klingende Atmen von Lassie neben sich. Es steigerte sich immer mehr.
„Ich muss hier raus!“, sagte er.
Carstens schaltete das Licht wieder ein und das Grauen war auf einen Schlag verschwunden. Sie standen in einem sauber glänzenden Duschraum von der Größe einer Einzimmerwohnung. Sie verließen den Raum und standen einige Sekunden stumm nebeneinander in der Umkleide.
„Der Täter und das Opfer waren beide nackt. Der Täter brachte den Mann um, zerstückelte ihn, machte alles sauber und kam dann hier raus, wo er dort seine Klamotten wieder anzog.“ Carstens deutete auf einen Teil im Raum, der mit Sicherheitsband abgesteckt war.
„Wie kommen Sie darauf?“, fragte Wimmer.
„Es gibt keine Spuren von Blut in der Umkleide. Hätte der Täter Schuhe getragen, hätten wir was gefunden. Er hat ihn getötet und da drinnen verbluten lassen. Dann duschte er sich und den toten Körper ab, zog sich an und spielte den Osterhasen“, sagte Wimmer. „Gar nicht dumm.“ Er rieb sich die Stirn. „Nehmt die Abflüsse auseinander. Da ist mit Sicherheit der Schmand von tausend Leuten drin, aber er wird bei der Aktion Haare verloren haben, die vielleicht im geronnenen Blut festgepappt sind, bevor er alles weggespült hat. Das wird ’ne Höllenarbeit, aber es könnte entscheidend für uns sein.“
Carstens nickte. Wimmer und Lassie gingen hinaus. Dort stand Pferdemann in Gedanken versunken im Flur.
„Hey. Geht’s?“, fragte Wimmer.
„Ja, glaub schon.“
„Weißt du, ob die Verstärkung schon die Videoaufzeichnung gesichtet hat?“
„Ja. Zwei Kollegen aus Hannover sind gerade dabei.“
„Super. Ich wette, die entscheidenden Stellen sind gelöscht. Lass uns gleich hinfahren“, sagte Wimmer zu Lassie.

13

Wimmer kam nicht gleich dazu, sich das Video anzuschauen. Vor dem Revier war das Pressechaos ausgebrochen. Sogar Übertragungswagen standen schief geparkt am Straßenrand.

„Gibt's einen Hintereingang?", fragte Wimmer.

„Ja."

„Na dann, los."

Sie erreichten das Revier über einen kleinen Hof, den es sich mit dem angrenzenden Gebäudetrakt des Rathauses teilte. In Wimmers Büro standen drei Männer, als sie die Tür öffneten. Einer von ihnen, Wischnewski, der Bürgermeister, schaute nervös durch die Gardine nach draußen auf das Pressevolk.

„Da sind Sie ja!", rief Giessner, der Polizeipräsident. Der dritte Mann im Bunde war Vettel, der sich Wimmer als Chef der hiesigen Polizeidienststelle vorstellte. Sie schüttelten sich die Hände.

„Herzlich willkommen bei uns. Wir hatten ja noch nicht das Vergnügen", sagte er mit einem missbilligenden Blick auf Wimmers Frisur.

„Diese Meute da draußen hat es auf uns abgesehen", fing Giessner an. „Der Fall verursacht verständlicherweise einen immensen Rummel. Wir müssen jetzt sehr bedacht und trotzdem schnell reagieren."

„Leuchtet ein."

„Wimmer, Sie sind neu hier, gerade erst angekommen. Und ich habe einiges über Sie gehört, das mir nicht gefällt. Darum möchte ich, dass Sie im Hintergrund bleiben. Szcenwioszki wird mit uns eine Pressekonferenz abhalten, heute um dreizehn Uhr. Wir müssen den Leuten etwas vorsetzen, das die Gemüter beruhigt. Szcenwioszki, Sie tragen bis zwölf alles zusammen, was Sie bisher in Erfahrung bringen konnten. Allerdings bleiben diese Informationen vertraulich. Wir besprechen uns nach Ihrem Bericht und entscheiden gemeinsam, was wir weitergeben und was nicht", sagte Vettel mit erhobenem Zeigefinger.

„Aber Herr Vettel. Herr Wimmer ist wesentlich besser geeignet ..." begann Lassie.

„Wir haben keine Zeit zu verlieren. Bitte kümmern Sie sich darum", sagte Giessner. „In einer Stunde treffen wir uns wieder hier."

Lassie verließ den Raum. Jetzt war Wimmer mit den dreien allein.

„Die Stadt wird in Panik ausbrechen", jammerte der Bürgermeister.

„Wir sorgen dafür, dass das nicht passiert. Machen Sie sich keine Sorgen."

„Und wenn er nun wieder zuschlägt? Wenn das ein Serientäter ist? Was machen wir dann?"

„Ist er nicht", sagte Wimmer.

„Bitte?"
„Der Kerl ist kein Serientäter."
„Mit verfrühten Schlussfolgerungen wollen wir uns mal schön zurückhalten", sagte Giessner. Er bedeutete Wimmer, sich auf seinen Schreibtischstuhl zu setzen. Giessner nahm vor ihm Platz. Die anderen beiden setzten sich daneben, auf Stühle, die nicht in Wimmers Büro gehörten.
„Wie fühlen Sie sich denn so nach Ihrem Umzug?", fragte Giessner. „Schon ausgepackt?"
„Ja, das Hufeisen hängt schon", sagte Wimmer.
„Ist eine Umstellung von der Großstadt hier in die Provinz, was?"
„Es gibt gewisse Unterschiede, ja."
„Wissen Sie, wir sind ein wenig in Sorge. Ihre Versetzung hatte ja einen Grund. Sie sollten es mal eine Weile ruhig angehen. Und jetzt kommt es hier zu so einem Mordfall."
„Mord gibt es überall."
„Ja, schon, doch hier war es bis jetzt recht beschaulich. Nun fragen wir uns, ob Sie mit der Situation umgehen können. Das hier wird ein Menge Stress werden. Und diese Presseheinis sind ein furchtbar neugieriges Volk. Ich möchte nicht, dass der Ruf der Polizei in Mitleidenschaft gezogen wird."
„Wollen Sie mich wieder versetzen?"
„Nein, nein! Sie haben sich ja hier nichts zuschulden kommen lassen. Wie auch, nach zwei Tagen? Aber ich möchte Sie – auch im Namen von Herrn Vettel und Herrn Wischnewski – bitten, den Fall mit größter Diskretion zu behandeln und sehr eng mit uns zusammenzuarbeiten." Giessner sah ihn an wie einen kleinen Jungen, der eine Fensterscheibe zerschossen hatte.
„Bei allem Respekt, Herr Giessner, ich bin kein Anfänger. Ich habe ein paar Jahre in einer der gefährlichsten Gegenden in Deutschland auf dem Buckel. Und wenn ich dieses Fünfzehn-Quadratmeter-Büro mit Ihnen allen teilen soll, wird es mir zu eng."
Giessner zuckte zurück. „Verstehe. Ich mag Ihre Art. Wirklich. Ich denke, dass man so sein muss, in unserem Beruf. Aber wenn Sie Mist bauen, schieben Sie demnächst Dienst auf Norderney. Jeder Sender wird sich jetzt irgendwelche Klugscheißer ins Studio holen und alle werden auf uns schauen und unsere Arbeit beurteilen. Wir werden diesen verdammten Golfclub bald auf CNN bewundern können. Und wenn ich sehe, dass Sie uns schaden, sind Sie draußen. Hab ich mich klar ausgedrückt?"
„Ich will nur den Mörder finden. Ich weiß nicht, ob Sie das auch wollen."
„Worauf Sie einen lassen können! Aber mit legalen Methoden, Wimmer."
„Außerdem gibt es noch ein Problem", mischte sich der Bürgermeister ein. „Vielleicht haben Sie sich schon einmal die Mitgliederliste des Clubs angesehen?"
„Sie ist mir untergekommen, ja."

„Es stehen einige Persönlichkeiten aus Politik und Wirtschaft darauf. Niedersachsens Wirtschaftsminister Schlegel zum Beispiel. Oder Unser, der Inhaber der Weststahlwerke. Für jemanden wie Herrn Schlegel, der wie ich eine öffentliche Position bekleidet, wäre es äußerst unangenehm, mit diesem Fall in Verbindung gebracht zu werden. Das könnte unkontrollierbare Wellen schlagen."
„Sie meinen, ich soll der Presse verheimlichen, dass er hier Golf spielt? Oder soll ich ihn nicht mit auf die Verdächtigenliste setzen? Was genau meinen Sie?"
„Sie sollen mit Bedacht handeln. Und uns über Ihre Schritte informieren", sagte Giessner.
„Dann setz ich Ihre Telefonnummern mal besser auf meine Kurzwahlliste."

14

Lassie wirkte auf der Pressekonferenz wie ein dressierter Collie, der sich nach jedem Satz, den er zu sprechen hatte, mit einem Blick auf Giessner absicherte, dass er dessen Einverständnis hatte. Es war ein trauriges Laienschauspiel. Lassie drohte, an all den Mikrofonen, die ihm entgegengestreckt wurden, zu ersticken.
Man hatte sich darauf geeinigt, außer der Erklärung, man habe eine männliche, bisher unidentifizierte Leiche gefunden und arbeite mit Hochdruck an der Spurensicherung und Tätersuche, nichts über die laufenden Ermittlungen preiszugeben. Auf fast alle Fragen, die die Reporter Lassie oder den anderen stellten, wurde mit einem: „Dazu können wir aus ermittlungstechnischen Gründen noch keine Angaben machen", geantwortet.
Wimmer sah sich die Übertragung mit zwei Technikern des LKA in einem Kellerraum des Reviers an. Die Aufzeichnung der Überwachungskamera aus dem Golfclub hatten sie auf Pause gestellt. Man sah auf dem zweiten Monitor ohnehin nur ein zittriges Schwarzweißbild des Eingangsbereichs.
„Armer Kerl. Das ist ein undankbarer Job", sagte einer der Techniker.
„Ja, macht's aus und lasst uns mit dem Band weitermachen."
Sie starteten die Wiedergabe und betrachteten weiter die Glastür mit dem auf der Innenseite spiegelverkehrten Schriftzug auf dem Vereinswappen darauf. Am oberen rechten Bildrand lief eine Uhrzeiteinblendung mit.
„Spul vor", sagte Wimmer. Jetzt lief das Band mit zwei weißen Strichen über den Bildschirm, bis bei 00 Uhr 08 das Bild plötzlich heller wurde.
„Was ist jetzt los?", fragte Wimmer.
Der Techniker stellte wieder auf normale Geschwindigkeit. Von rechts oben warf ein

Scheinwerfer weißes Licht auf die flache Eingangsstufe.
„Die haben draußen einen Bewegungsmelder."
„Aber da ist niemand", meinte Wimmer. Doch dann sah man einen kleinen schwarzen Fleck, der sich ruckartig der Tür näherte. „Da, was ist das?", fragte er und tippte mit dem Zeigefinger auf den Bildschirm. Der Fleck kam noch näher.
„Das is 'ne Kröte!", sagte der zweite Techniker. Das Tier sprang vorwärts und saß jetzt direkt am Glas.
„Was macht das Vieh da?", fragte Wimmer.
„Es guckt rein."
Die Kröte stierte in den Golfclub. Dann sprang sie hoch und stand mit langen Beinen an der Scheibe, als wollte sie die Tür aufdrücken. Sie glitschte ab.
„Was macht das Biest denn jetzt?"
„Es will rein."
Die Kröte wiederholte das noch fünfmal und sprang dann seitlich in eine zu einem perfekten Ball gestutzte Buchsbaumhecke. Das Licht erlosch um 00 Uhr 16. Sie spulten weiter vor, bis um kurz vor zwei ein Lichtkegel über den Eingang glitt.
„Da war was!"
„Schon gut, hab's auch gesehen", sagte der Techniker und drosselte die Geschwindigkeit. Das Licht kam nicht wieder. Dafür aber eine Person, auf die der Bewegungsmelder reagierte. Wimmer und die beiden Techniker wuchsen dem Bildschirm entgegen und schoben synchron ihre Köpfe nach vorn.
„Hallo. Wer bist du denn?", murmelte der erste Techniker.
Es war ein Mann. Er trug eine dunkle Jacke, eine helle Bundfaltenhose und eine Baseballkappe. Sein Gesicht war nicht zu erkennen. Er zog einen Schlüssel aus der Tasche und entriegelte die Schlösser der Tür. Er blickte sich noch mal kurz um und ging dann rein. Ohne jede Umschweife knipste er drinnen das Licht an und kam auf die Kamera zu. Er blickte hoch, direkt in das Objektiv und winkte. Man konnte sein Gesicht ohne Probleme erkennen. Er lächelte sogar. Dann griff er mit beiden Händen an die Kamera und drückte sie nach oben. Jetzt filmte sie nur noch das Weiß der Decke. Sekunden vergingen, bis Wimmer sich als Erster aus seiner Starre löste.
„Spul zurück, verdammt! Das war er! Der Mörder ... oder das Opfer. Wir haben einen der beiden auf Video."
Der Techniker spulte zurück bis zu der Stelle, wo der Mann in die Kamera lächelte. Diesen Moment fror er ein.
„Wer ist das?", flüsterte Wimmer. Die beiden zuckten die Schultern. „Könnt ihr das ausdrucken?"
„Sicher."
Dreißig Sekunden später hatte der Drucker ein gestochen scharfes Bild ausgespuckt.

„Ihr macht weiter. Guckt euch die Decke an, bis morgens um acht, wenn es sein muss, verstanden? Und das andere Band aus dem Clubraum auch."
„Machen wir."
Wimmer eilte nach oben in sein Büro. Es war leer. Er ging rüber zu Lassie und trat ein, ohne anzuklopfen. Sein Kollege saß völlig fertig in einer Ecke am Fenster und hielt sich an einem Becher Kaffee fest. Giessner und Wischnewski telefonierten, Vettel notierte etwas in seinem Filofax. Sie drehten sich alle zu Wimmer um.
„Ich hab ihn."
„Wen?", fragte Giessner.
„Den Mörder oder den Täter, welchen von beiden, weiß ich noch nicht", sagte Wimmer und legte das Foto auf den Tisch.
„Ach du heilige Scheiße!", sagte Wischnewski entgeistert und klappte sein Handy zu.

15

Das große Tor öffnete sich. Lassie fuhr die Auffahrt bis zur Eingangstreppe hoch. Dort stand Kevin Krüger und erwartete sie.
„Morgen, Kevin", grüßte Wimmer. „Wir müssen dringend noch mal zu Frau Leopold."
„Sie haben Glück. Folgen Sie mir bitte."
Die beiden wurden in eine marmorgeflieste Eingangshalle geführt, die allein schon größer war als Wimmers gesamte Wohnung. Kevin ging ihnen voraus durch eine von vier Türen in einen sonnendurchfluteten Raum, in dem sich ein bestimmt sechs Meter langer Esstisch aus Teakholz und zwölf dazu passende Stühle befanden. Der Perser, auf dem dieses Monstrum stand, hatte wahrscheinlich ebenso viel gekostet wie der Porsche in der Auffahrt.
„Wenn Sie bitte kurz hier warten würden?"
„Sicher."
Kevin ging zwei Stufen hinunter in ein Wohnzimmer, das von einer mächtigen braunen, ledernen Sofalandschaft um einen aus einer Scheibe von einem Redwoodbaum oder Schlimmerem bestehenden Tisch geprägt war. Wimmer lehnte sich ein wenig nach rechts, um besser auf die linke Wand blicken zu können. Dort stand ein Plasmafernseher von vier mal zwei Meter Größe, der wie das Tor in eine andere Welt aussah. Ein Kristallkronleuchter schwebte bedrohlich schwer über diesem Arrangement. Wimmer mochte die Bilder, die von je einer kleinen goldenen Lampe beleuchtet waren. Höchstwahrscheinlich waren sie auch noch Originale.

„Anwalt müsste man sein", flüsterte Wimmer.
Kevin kam mit Frau Leopold im Schlepptau aus einem dschungelartig bewachsenen Wintergarten zurück, der hinaus in einen vier- bis fünftausend Quadratmeter großen Garten führte, in dem sich unter anderem ein Pool und ein Tennisplatz befanden.
Kurz bevor Frau Leopold sie erreicht hatte, bemerkte Wimmer in der Tür, durch die sie gekommen waren, eine Person. Ein Teenager, vermutlich Konstantin, der Sohn. Sie blickten sich eine Sekunde lang in die Augen, dann huschte er fort.
„Entschuldigen Sie, aber ich habe Ihre Namen leider vergessen", sagte Frau Leopold.
„Szcenwioszki und Wimmer", sagte Lassie.
„Frau Leopold, wir müssen etwas sehr Wichtiges und Persönliches mit Ihnen besprechen", sagte Wimmer. „Unter vier Augen."
„Unter sechs. Aber ich verstehe Sie schon. – Kevin, vielen Dank. Sie können uns allein lassen."
„Sehr wohl", sagte Kevin und entfernte sich.
„Wollen wir uns setzen?" Frau Leopold deutete auf die Sofalandschaft und sie nahmen Platz. „Es geht also um meinen Mann. Es tut mir leid, aber bis jetzt ist er nicht nach Hause gekommen."
„Genau darüber wollten wir mit Ihnen sprechen."
„Sie sagten gestern etwas von einem Mord. Mein Mann hat doch wohl keinen umgebracht?"
„Das können wir noch nicht mit Sicherheit sagen. Wir haben durch eine Videoaufnahme jedoch die Gewissheit, dass Ihr Mann nicht auf Geschäftsreise gewesen sein kann. Er war in dieser Nacht im Golfclub."
Frau Leopold zuckte erstaunt zurück, behielt sich aber unter Kontrolle.
„Was er dort gemacht hat, ist unklar. In erster Linie deshalb, weil wir die Leiche bis jetzt noch nicht identifizieren konnten. Es fehlt da ein bestimmtes ... Merkmal."
„Was für ein Merkmal?"
„Der Kopf."
„Oh."
„Genau. Frau Leopold, welche Schuhgröße hatte Ihr Mann?"
„Vierundvierzig."
Wimmer nickte mitfühlend.
„Es tut mir leid, Ihnen sagen zu müssen, dass es sich eventuell um Ihren Mann handeln könnte. Und es ist mir unangenehm, aber ich möchte Sie bitten, mit uns nach Hannover in die Gerichtsmedizin zu fahren, um zu versuchen, die Leiche zu identifizieren."
Frau Leopold wurde blass. „Geht das nicht anders?", fragte sie.
„Es gäbe andere Möglichkeiten. Dazu müssten wir eine DNA-Probe Ihres Mannes ha-

ben. Wir bräuchten Haare aus seinem Kamm oder seine Zahnbürste. Jedoch würde diese Methode mehr Zeit in Anspruch nehmen und wir sind unter Zeitdruck."
„Ich bin etwas verwirrt, muss ich gestehen. Das kommt alles sehr plötzlich ..."
„Das verstehen wir. Aber Sie würden uns wirklich sehr helfen. Bitte nehmen Sie sich einen Augenblick Bedenkzeit. Hier ist meine Karte. Sie können mich jederzeit erreichen. Ich muss nur schnell ..." Wimmer holte einen Kuli heraus und strich die alte Festnetznummer durch. „Wie ist die Nummer von meinem Büro?", fragte er Lassie. „Ich bin nämlich gerade erst hierher versetzt worden", klärte er Frau Leopold auf.
Lassie diktierte die Rufnummer und Wimmer schrieb auch seine private darunter. Frau Leopold sagte, sie würde sich in einer Stunde melden. Was sie auch tat.

16

Gegen vier Uhr dreißig fuhr Wimmer erneut die Auffahrt zu dem Anwesen hoch, um Frau Leopold abzuholen. Er wollte aussteigen und ihr die Tür aufhalten, doch sie wartete nicht darauf und setzte sich neben ihn auf den Beifahrersitz.
„Machen Sie sich keine Umstände. Ich will das schnell hinter mich bringen", sagte sie.
„Natürlich." Wimmer startete den Wagen.
Sie hatte geweint. Das konnte Wimmer sogar aus dem Augenwinkel erkennen, auch wenn sie es mit Schminke geschickt kaschiert hatte.
„Sie meinen, es könnte tatsächlich mein Mann sein?", fragte sie nach ein paar Minuten des Schweigens.
„Er ist auf dem Überwachungsvideo und nicht über Handy zu erreichen ..."
„Ich habe die Geschäftspartner angerufen, mit denen er sich am Samstag angeblich getroffen hat. Es gab überhaupt keinen Termin. Er war nie da. Er hat mich angelogen, dieser Scheißkerl. Aber das ist ja nichts Neues."
„Ihr Verhältnis ist nicht sehr gut?"
„Wir sind verheiratet, aber ein Verhältnis existiert schon lange nicht mehr zwischen uns."
„Frau Leopold, ich muss Sie noch über einige Dinge aufklären. Da wir nicht möchten, dass etwas davon zu den Medien durchdringt, habe ich Ihnen vorhin nicht die ganze Wahrheit gesagt."
„Sie machen mir Angst, Herr Wimmer. Ich mag es, wenn man offen mit mir spricht. Schon aus der Erfahrung mit meinem Mann heraus."
„Es tut mir leid, aber dieser Fall ist ziemlich delikat. Wie ich schon sagte, fehlt der Kopf

des Opfers. Und den restlichen Körper konnten wir leider auch nicht in einem Stück sicherstellen."
„Mein Gott, was wollen Sie denn damit sagen? Hat man ihm vielleicht die Eier abgeschnitten? Ich hatte das zwei-, dreimal ins Auge gefasst."
Als Wimmer nicht antwortete, drehte sie ihren Kopf zu ihm hin und sah ihn direkt an, was sie bis jetzt vermieden hatte.
„Hat man ihm wirklich ..."
Wimmer nickte nur. Frau Leopold schluckte betroffen.
„Aber das ist noch nicht alles. Wir fanden den Torso im See an Loch vier, ebenso wie die Hoden. In jedem zweiten Loch steckte einer der Finger. Die Arme lagen in der Dusche und die Beine steckten in zwei Golftaschen im Equipment-Raum."
Frau Leopold verdeckte ihr Gesicht mit beiden Händen. Dabei schüttelte sie den Kopf. „Das kann nicht sein", murmelte zwischen ihren Fingern hindurch.
„Warum nicht?"
Sie sah auf. „Weil alle meinen Mann mögen! Er hat nur Freunde. Er ist der beliebteste Mensch, den ich kenne. Nur ich mag ihn nicht."
„Immerhin haben Sie ihn geheiratet."
„Damals."
Wimmer ließ ihr ein wenig Zeit.
„Könnten Sie vielleicht das Radio anmachen? Dann ist die Stille nicht ganz so unangenehm", bat sie.
„Mach ich. Ich möchte nur noch eins sagen: Das wird nicht leicht in der Gerichtsmedizin. Die meisten Körperteile, die wir gefunden haben, sind derartig zugerichtet, dass sie für eine Identifizierung weniger geeignet sind. Sie werden Ihren Mann anhand eines Fußes identifizieren müssen." Wimmer rieb unschlüssig mit seinen Händen über das Lenkrad. „Ich kann Ihnen nicht sagen, wie, aber bereiten Sie sich darauf vor, dass es schlimm wird. Selbst wenn es nicht Ihr Mann sein sollte."
Sie nickte und tupfte sich mit einem Taschentuch die Tränen aus den Augen.

Sie erreichten Hannover und das graue Gebäude der Gerichtsmedizin eine halbe Stunde später. Wimmer klopfte das Herz bis zum Hals. Wie mochte es erst Frau Leopold ergehen?
Sie meldeten sich am Empfang. „Kommissar Wimmer. Ich möchte zu Dr. Leinebold."
„Er erwartet Sie bereits, im Untergeschoss, Abteilung 5, Raum 7. Sie können den linken Fahrstuhl benutzen."
Sie fuhren hinunter und traten aus der Kabine auf einen weiß gefliesten Flur. Mintgrüne Hinweisschilder hingen an der Wand gegenüber.
Raum 7 lag am Ende des etwa zwanzig Meter langen Flurs, der auf der linken Seite

durch einige Schächte etwas Tageslicht hereinließ. Wimmer klopfte an die Schiebetür mit der Milchglasscheibe und einer schwarzen aufgeklebten 7.
„Ja, bitte!", hallte es von innen zu ihnen heraus.
Wimmer zog die Tür auf. An einem Arbeitsplatz, der fast wie der übliche Praxisraum eines Allgemeinarztes aussah, wären da nicht die stählernen Fächer an beiden Seitenwänden, saß Dr. Leinebold. Er war grauhaarig, trug einen dichten Kinnbart und eine schwarze Brille. Während sie eintraten, warf er einen Blick auf seine Uhr.
„Sie sind pünktlich, wie schön." Er stand auf und kam ihnen entgegen. „Frau Leopold?"
„Ja."
„Mein Name ist Dr. Leopold ... Quatsch, Leinebold, ich bin der zuständige Gerichtsmediziner. – Sie sind Kommissar Wimmer?"
„Genau."
„Wir kennen uns nicht."
„Nein, ich bin gerade erst aus Berlin hierher versetzt worden."
„Berlin, so, so. Dann kennen Sie sicher den Kollegen Jülich."
„Das stimmt", bestätigte Wimmer, doch Leinebold hatte sich schon wieder Frau Leopold zugewandt.
„Frau Leinebold ... äh ... Leopold, was Sie jetzt gleich sehen werden, wird mit Sicherheit schockierend für Sie sein. Ich möchte, dass Sie mir sagen, wie es Ihnen dabei geht. Wenn Sie etwas trinken möchten, gern. Sie können sich auch hinlegen, falls Ihnen schlecht oder schwindelig wird, ja?"
„Ist gut."
„Bestens. Dann würde ich sagen, kommen wir gleich zur Sache." Er nahm eine Akte vom Tisch und fächerte sie routinemäßig auf. „Es geht um die Identifizierung einer männlichen Person anhand eines rechten Unterschenkels. Schuhgröße 44 oder 45. Dieser Körperteil wurde zusammen mit dem übrigen Corpus am 23. Juli in die Gerichtsmedizin Hannover überbracht. So weit dazu. Ich werde jetzt dieses Fach öffnen. Darin befindet sich eine Bahre mit einem schwarzen Leichensack. Ich werde den Reißverschluss so weit öffnen, dass Sie ungehindert den Fuß des Mannes begutachten können. Sollte es sich, was wir nicht hoffen, bei dem Fuß um den Fuß Ihres Mannes handeln, möchte ich Sie bitten, mir das mit einem deutlichen Ja oder einem Kopfnicken zu signalisieren. Einverstanden?"
„Können wir bitte anfangen?", drängte Frau Leopold.
„Selbstverständlich." Dr. Leinebold entriegelte das Schloss und zog mit einem kräftigen Ruck das Fach auf. Die Bahre schnellte auf den Schienen heraus und kam mit einem lauten Klacken zum Stehen. Der schwarze Sack glänzte im kalten Neonlicht. Dr. Leinebold zog den Reißverschluss dreißig Zentimeter weit auf und schob ihn aus-

einander. Der Fuß hatte eine schwach gräuliche Farbe angenommen. Wie Wachs, nur trockener.
Frau Leopold hielt eine Hand vor den Mund. Sie sah sich den Fuß an, zeigte aber keine Reaktion. Wimmer meinte, dass sich ihre Augen röteten.
„Frau Leopold?“, fragte Leinebold.
Ihre Augenlider begannen zu flattern und sie nickte einmal. „Ja.“
Sofort verschloss der Gerichtsmediziner den Sack wieder und schob die Bahre zurück ins Fach. „Es tut mir sehr leid“, sagte er.
Frau Leopold stand wie angewurzelt da.
„Mein Beileid“, sagte Wimmer und legte vorsichtig eine Hand auf ihren Rücken.
„Ich möchte jetzt nach Hause“, sagte sie und verließ den Raum ohne ein weiteres Wort.
Im Wagen schwieg sie und starrte vor sich hin. Ihre Augen waren immer noch gerötet, aber sie weinte nicht. Sie war nicht blass. Im Gegenteil, ihr Gesicht glühte.
„Ich weiß nicht, was ich sagen soll. Es tut mir leid“, versuchte Wimmer, sie zu trösten.
„Seien Sie still. Und schalten Sie endlich das Radio ein.“

17

Leopold war mit seinem Range Rover unterwegs, der nicht mehr in der Garage steht und auch nicht auf dem Parkplatz des Clubhauses abgestellt war. Die Fahndung nach dem Wagen ist raus, aber wisst ihr, was ich noch gern wüsste?“, fragte Wimmer, als er am Spätnachmittag zusammen mit Lassie, Pferdemann und Carstens in seinem Büro saß. „Wo sein Ehering abgeblieben ist.“
Die drei dachten nach.
„Er könnte im Abfluss stecken. Wenn er ihm die Finger mit der Säge abgetrennt hat, kann der Ring mit all dem Blut weggespült worden sein“, vermutete Carstens.
„Hab ich auch dran gedacht. Wenn ihr mit den Spuren dort fertig seid, sollten wir den Boden aufreißen und die Rohre untersuchen.“
„Und wenn sie ihn nicht finden?“, fragte Pferdemann.
„Dann hat der Mörder ihn mit der Kleidung entsorgt oder vielleicht behalten. Als Souvenir.“
Die Tür wurde aufgestoßen und ein Beamter kam herein.
„Entschuldigung, aber wir sollten doch immer wieder versuchen, Leopolds Handy zu orten. Als ich eben anrief, ging jemand ran! Er antwortet aber nicht und legt auch nicht auf.“ Der Polizist hielt das Telefon hoch.
Die vier sprangen auf. Wimmer nahm das Telefon entgegen und horchte angestrengt.

Er konnte Geräusche hören. Da war jemand, der atmete und grub. Es klang, als suchte er nach etwas im Erdboden.
„Hallo?“, fragte Wimmer. „Hallo, hören Sie mich?“ Es wurde still am anderen Ende der Leitung. „Mein Name ist Wimmer von der Polizei. Mit wem spreche ich?“
Keine Antwort. Aber das Atmen war wieder zu hören. Wimmer bedeckte die Sprechmuschel mit der Hand und wandte sich an Lassie, der nun als Vermittler fungierte. „Wie lange muss ich ihn hinhalten, damit wir ihn orten können?“
„Das ist egal, solange das Handy eingeschaltet bleibt. Er darf es nur nicht ausschalten“, flüsterte Lassie.
„Das weiß ich. Aber wie lange braucht ihr dafür?“, fragte Wimmer mit etwas mehr Nachdruck.
„Ein paar Minuten.“
Wimmer löste seine Hand wieder und horchte.
„Hallo? Wer sind Sie? Sprechen Sie mit mir! Falls Sie dieses Handy zufällig gefunden haben: Es ist ein Beweisstück in einem Mordfall. Bitte geben Sie es umgehend bei der Polizei ab. Sollte ich mit dem Mörder sprechen: Sie haben uns da ein hübsches Rätsel aufgegeben. Doch ich kann Ihnen aus Erfahrung sagen, dass man keinen Mord begehen kann, ohne Spuren zu hinterlassen. Es gibt heutzutage technische Möglichkeiten, die kein Mensch auch nur annähernd berücksichtigen kann, wenn er einen Mord begeht. Wir werden Stück für Stück näher an Sie herankommen. Sie werden gefasst. Früher oder später. Es gibt kein Entrinnen für Sie. Völlig aussichtslos. Wir werden Sie kriegen. Wir werden Beweise finden. Sie werden niemals sicher sein. Das Beste, was Sie tun können, ist, sich zu stellen. Alles, was Sie tun, um einer Verhaftung zu entgehen, macht es nur noch schlimmer. Sie ...“
Lassie, der die Kollegen draußen im Auge behalten hatte, gab Wimmer ein Zeichen. Sie hatten ihn.
„Hier nimm du das“, sagte Wimmer zu Carstens, drückte ihm den Hörer in die Hand und lief hinaus. „Alles bereitmachen! Wo steckt er?“, rief Wimmer.
Ein Beamter, der bereits vor dem Stadtplan stand, deutete auf einen Punkt außerhalb der Stadt, in einem nordwestlich gelegenen Waldgebiet. Wimmer überriss die Anfahrtsmöglichkeiten und ordnete an, wie sich die Einheiten nähern sollten.
„Okay, ihr fahrt los, ich bleibe hier und kümmere mich um einen Helikopter, falls wir einen brauchen sollten“, sagte Lassie und die Männer stürmten hinaus.
„Lass mich fahren!“, rief Wimmer, als er und Pferdemann am Passat ankamen. Sobald Wimmer losfuhr, verstand Pferdemann, warum. Sein letztes Fahrtraining lag schon mindestens fünfzehn Jahre zurück. Und was Wimmer da alles mit Gas, Kupplung und Bremse anstellte, hatte er noch nicht gesehen. Er hielt sich an dem Haltegriff über der Tür fest. Mit beiden Händen.

„Wo hast du das gelernt?"
„Berlin ist groß! Da muss man weite Strecken fahren. Wo lang?" Wimmer kannte sich noch nicht genügend aus, er musste sich auf die Ortskenntnis seines Kollegen verlassen.
Sie rasten auf eine T-Kreuzung zu. Die Nadel auf dem Tacho stand bei knapp 100 km/h, doch Wimmer machte keine Anstalten zu bremsen.
„Links, links, liiiiiiinkss!", brüllte Pferdemann und schloss die Augen, als Wimmer das Steuer herumriss und die Fliehkraft ihn gegen die Türe drückte. Das Heck schleuderte quietschend herum und sie drohten, gegen einen Laternenmast zu prallen. Da machte Pferdemann gerade wieder die Augen auf. Der Mast näherte sich bedrohlich seinem Fenster. „Aaaaaahhhhh!", schrie er.
Wimmer steuerte gegen und das Heck schwenkte zurück. Die Laterne zischte an der Scheibe vorbei.
„Oh, mein Gott!", rief Pferdemann, als sie im vergleichsweise gemäßigten Slalom die Autos auf der Hauptstraße überholten. Plötzlich machte es Krack und er hatte den Griff über der Tür abgebrochen. Perplex sah er auf das Stück Plastik in seinen Händen.
„Was machst du denn da?", fragte Wimmer.
„Guck du lieber auf die verdammte Straße!", gab Pferdemann zurück.
Nach sechs qualvollen Minuten hatten sie einen Waldweg erreicht, den Wimmer mit knappen 80 km/h entlangfuhr.
„Stoooopp!", rief Pferdemann. Er war völlig außer Atem. „Hier muss es sein. Lass mich raus!" Er stürzte aus dem Wagen.
Wimmer blickte zurück auf den staubumwölkten Weg. „Wo bleiben die denn?"
„Die sind ja nicht mit Mach 4 gefahren, so wie wir!"
„So lange können wir nicht warten. Komm!"
Sie mussten sich links halten, dort, wo die Wimmer sich hundert Meter weiter östlich am Waldrand entlangschlängelte. Jetzt hörten sie auch die anderen Wagen kommen. Sie liefen los und folgten einem Trampelpfad, bis sie rechts im Wald einen grasüberwachsenen Bunker entdeckten.
„Da rüber", flüsterte Wimmer und sprang über den kleinen Graben.
Pferdemanns Atem pfiff wie eine kaputte Blockflöte. Von Norden und Osten näherten sich die anderen Beamten. Mit ihren Pistolen im Anschlag gingen sie auf den Bunker zu. Die Tür war verschlossen. Und zwar von außen. Ein dickes Vorhängeschloss rostete an einem kleinen Bügel vor sich hin.
„Das müsste schon Houdini sein, der da reingekrabbelt ist", meinte Wimmer und senkte seine Pistole. Da hörten sie ein Rascheln und bemerkten eine Bewegung rechts hinter dem Bunker.
Wimmer riss seine Waffe wieder hoch und erkannte über Kimme und Korn, dass dort

etwas Rötliches durch die grünen Farne huschte.
„Waffen runter! Das is'n Fuchs." Wimmer stieg über einen abgebrochenen Ast und fand schräg hinter dem Bunker einen Fuchsbau.
Die Beamten sahen zu, wie er sich hinlegte und einen Arm in die Höhle steckte. Er zwängte ihn immer tiefer hinein.
„Komm schon!", fluchte Wimmer angestrengt. Dann setzte er einen triumphierenden Blick auf. „Hah!", machte er und zog den Arm wieder heraus.
Die Polizisten bekamen große Augen, als sie ein iPhone in seiner Hand erkannten. Wimmer hielt es mit spitzen Fingern an sein Ohr.
„Carstens?"
„Wimmer?", rief Carstens.
„Ja, ich bin's. Sie haben mit einem Fuchs telefoniert. Hat er was Interessantes gesagt?"
„Nein."
„Schön, dann kommen Sie mal mit Ihrer Truppe hier raus. Neben mir liegt auch ein angekauter Schuh. Bis gleich."

Man fand in dem Fuchsbau einen zerrissenen weißen Plastikbeutel, der alle Kleidungsstücke, das Portemonnaie und die Uhr von Leopold enthielt. In seiner Hose befanden sich drei Euro zwanzig Kleingeld, die Schlüssel zum Golfclub und ein Autoschlüssel.
„Der Mörder hat Leopold umgebracht, zerhackstückt und ist dann in den Wald gefahren, um seine Sachen loszuwerden", dachte Wimmer laut und schaute dabei nachdenklich auf den Eingang des Fuchsbaus. „Kann sein, dass der Täter den Beutel hier deponiert hat. Es kann aber auch sein, dass er ihn irgendwo im Wald weggeworfen und der Fuchs ihn dann in seine Höhle geschleppt hat. Aber mit welchem Wagen kam der Täter hierher?" Er hob das lederne Etui, an dem der Autoschlüssel hing, mit zwei Fingern hoch.
„Ich könnte wetten, dass der Täter dafür Leopolds Wagen genommen hat", meinte Pferdemann.
„Der Schlüssel gehört tatsächlich zu einem Range Rover. Nur: Wo ist er jetzt? Und wenn der Täter darin auch wieder weggefahren ist, wieso ist dann der Autoschlüssel noch hier? Findet raus, ob jemand den Wagen in der Zeit, in der Leopold angeblich auf Geschäftsreise war, gesehen hat. Wir brauchen Tankrechnungen, Blitzerfotos, alles, was wir kriegen können. Endlich haben wir was in der Hand, mit dem wir arbeiten können. Leopolds Handydaten, sein Computer, seine Akten, seine Bankdaten werden jetzt untersucht. Ich habe vorhin vier weitere Beamte angefordert, wir haben eine Menge an Informationen zu verarbeiten. Wir werden keinen Schlaf kriegen, bis wir ihn endlich haben."

18

Um ihn herum war Stille, doch seine eigenen Worte hallten wie eine Prophezeiung in seinem Kopf wider. Kein Schlaf, bis wir ihn haben. Er lag auf dem Bett. Es war vier Uhr nachts. Die Gedanken und Bilder rauschten durch seinen Kopf. Es gab noch so viel zu organisieren. Die Aussicht auf ein wenig Schlaf schmolz mit jeder weiteren Minute, die er seinen Kopf nicht abschalten konnte. Er musste sich ablenken. Fernsehen war erfahrungsgemäß das beste Einschlafmittel.

Mit seiner Decke unterm Arm schlurfte er ins Wohnzimmer, ließ sich auf die Couch fallen und schaltete den Fernseher ein. Columbo erschien auf dem Bildschirm.

„Holy crap. Nirgends hat man seine Ruhe."

Er zappte sich einmal durch alle Kanäle und musste feststellen, dass Columbo tatsächlich noch die beste Alternative war. Der Gute kannte den Täter immer von Anfang an. Das ging Wimmer leider nicht so.

Während er so dalag und sich vom Programm berieseln ließ, nahm er ein abgewetztes Kohlestück zur Hand und malte auf dem Block herum, der auf dem Wohnzimmertisch lag. Der Wohnzimmertisch war ein Karton. Wann sollte er jemals zum Auspacken kommen?

Er schlief ein und wachte nach knapp einer Stunde wieder auf. Das Sonnenlicht drang hell durch die Terrassentür und er hörte seine Nachbarn sprechen. Dünne Wände hatte die Bude auch noch.

Im Badezimmer stellte er fest, dass er sich das ganze Gesicht und seine Hände mit Kohle geschwärzt hatte. Sein Spiegelbild glich einem Kumpel, der gerade seine Schicht unter Tage beendet hatte.

Nach einer heißen Dusche zog Wimmer sich an und verließ das Haus. Kaffee und ein Frühstück würde er im Büro zu sich nehmen. Er warf noch einen kurzen Blick ins Wohnzimmer. Auf dem Block schimmerte schwarz das Profil von Frau Leopold.

Wimmer fragte sich, was das zu bedeuten hatte, und blieb sich die Antwort schuldig.

Kaum saß er an seinem Schreibtisch, klingelte das Telefon.

„Wimmer."

„Leinebold. Guten Morgen. Ich bin mit meinem Bericht fertig, meine Sekretärin wird das Ganze noch abtippen und Sie haben es dann heute Nachmittag auf Ihrem Tisch."

„Klingt gut. Was war die Todesursache?"

„Tod durch Erstechen."

„Verstehe. Ich komme heute um drei Uhr zu Ihnen, dann können Sie mir alles Weitere erläutern."

„Bericht und Fotos kommen."

„Ja, vielen Dank. Aber ich möchte mir persönlich ein Bild machen."
„Gut, dann erwarte ich Sie um drei."
Wimmer legte auf und dachte kurz nach, bevor er Lassie zu sich reinrief. Lassie brachte Kaffee mit und sie setzten sich vor das Whiteboard.
„Leinebold hat gerade angerufen. Leopold ist erstochen worden", begann Wimmer, da klopfte es. „Herei..."
Die Tür ging bereits auf. Giessner und Vettel kamen herein.
„Morgen. Haben Sie Informationen für uns?"
„Ich dachte, wir bleiben telefonisch in Kontakt?", meinte Wimmer.
„Ich höre es lieber direkt. Was gibt's Neues?"
Wimmer stand auf und nahm einen Stift zur Hand. „Setzen Sie sich doch!", bat er die beiden.
Er fügte seiner Zeichnung von gestern in der linken oberen Ecke einen Fluss und ein paar Bäume sowie einen Hügel hinzu.
„Hier haben wir gestern Kleidung, Handy und Schlüssel des Toten gefunden. Damit und mit der Identifizierung eines Fußes durch seine Frau steht eindeutig fest, dass es sich bei dem Opfer um Theodor Leopold handelt. Todesursache war Erstechen. Eine Tatwaffe wurde bisher nicht entdeckt. Täter und Opfer müssen sich gekannt haben. Leopold hat seine Frau über seinen Verbleib angelogen. Das legt den Verdacht nahe, dass er vielleicht eine Geliebte hatte. In seiner Villa sind bereits Computer und Unterlagen sichergestellt worden. Heute wird in seinem Büro in Düsseldorf weitergemacht. Ich fahre am Nachmittag nach Hannover und treffe mich mit Dr. Leinebold wegen des Obduktionsberichts."
„Das klingt alles gut, aber gibt es denn schon einen Verdacht in irgendeine Richtung? Zeugen? Hinweise? Irgendwas, das uns dem Täter näherbringt?"
„Nein. Einen Täter kann ich Ihnen jetzt noch nicht liefern. Es gibt auch keinen Verdächtigen, weil potenziell jeder verdächtig ist. Wir brauchen etwas Geduld."
„Sehen Sie, und genau die haben wir nicht! Wir müssen hier schnell ein Ergebnis vorweisen, Wimmer. Sie werden Tag und Nacht arbeiten, dass das klar ist!"
„Sie wiederholen, was ich bereits gepredigt habe", sagte Wimmer und grinste unfreundlich. Vettel und Giessner standen auf.
„Dem Wirtschaftsminister ist die Sache höchst unangenehm. Ein Politiker kann alles gebrauchen, nur so eine Publicity nicht", raunte Giessner Wimmer mit einem drohenden Unterton zu.
„Ich bin für seine Publicity nicht zuständig. Alles, was die Öffentlichkeit über den Fall weiß, weiß sie von Ihnen."
Giessner nickte. Es war ein Anerkennen ihrer Rivalität.
„Machen Sie weiter. Wir werden Sie wieder besuchen."

„Dann bringen Sie doch bitte auch den Bürgersmeister mit. Es war so nett mit allen Beteiligten“, sagte Wimmer und grinste erneut.

19

Frau Leopold saß mit gefalteten Händen auf der Couch. Sie wirkte klein in dem massigen Sitzmöbel. „Ich verstehe nicht, warum mich das so mitnimmt“, sagte sie.

„Frau Leopold, es geht um Ihren Mann. Warum sollte Sie das nicht mitnehmen?“

„Ach, wir haben doch bloß noch nebeneinander hergelebt. Da war nichts mehr zwischen uns. Dazu hat er mich zu oft verletzt. Ich hab nur noch Wut empfunden. Weiter nichts.“

„Sie müssen sich keine Vorwürfe machen. Darf ich fragen, warum Sie sich nicht haben scheiden lassen?“, fragte Wimmer. Er und Lassie saßen auf einer Doppelcouch, mit dem Rücken zum Plasmabildschirm.

„Gute Frage. Ich schätze, in erster Linie wegen der Kinder. Und ich wollte mir vielleicht auch selbst nicht eingestehen, dass es vorbei ist.“

„Es tut mir leid, aber ich muss Ihnen jetzt ein paar sehr persönliche Fragen stellen. Welcher Art waren Ihre Eheprobleme? Hatte Ihr Mann eine Affäre?“

„Eine? Ich hab schon vor zwanzig Jahren aufgehört zu zählen. Mein Mann war ein extrem kontaktfreudiger Mensch und Frauen bildeten da keine Ausnahme.“

„Kennen Sie eine Frau, mit der er aktuell ...“

„Gevögelt hat?“

„Ja.“

„Keine Ahnung. Wie gesagt, wir sprachen kaum noch miteinander. Und in diesem Haus kann man eine ganze Woche lang leben, ohne sich einmal zu begegnen.“

„Hatte Ihr Mann Feinde im privaten oder beruflichen Bereich?“

„Das hab ich Ihnen doch gestern schon gesagt. Alle mochten ihn. Er konnte jeden Menschen für sich gewinnen. Er war dabei aber nie durchtrieben oder auf seinen Vorteil bedacht. Das kam von ganz allein. Nein, er tat einfach das, was ihm Spaß machte. Und er tat es mit anderen, die auch Spaß daran hatten. Keiner konnte ihm je böse sein. Er lachte immer. Und er freute sich immer. Vielleicht war er sogar ein wenig verrückt oder gar krank, aber es war charmant.“

„Da klingen aber Ihre Sympathien für ihn durch.“

„Natürlich. Ich habe ihn ja nicht ohne Grund geheiratet. Ich habe ihn einmal geliebt. Ohne das hätte ich ihn nicht so hassen können.“

Draußen hörte man mit einem Mal einen dumpfen Schrei, der dopplereffektartig näherkam, und etwas Schwarzes fiel direkt vor dem Fenster auf den Rasen. Wie eine im Flug erlegte Ente rasselte das Ding runter. Nur war es für eine Ente viel zu groß. Lassie und Wimmer sprangen auf. Es war ein Mensch.
„Oh nein. Das ist Konni. Tut mir leid." Frau Leopold wirkte nicht überrascht.
„Konni? Aber was ...", fragte Lassie erschrocken.
„Mein Sohn Konstantin. Er hat die dumme Angewohnheit, sich umbringen zu wollen", erklärte sie und drehte sich zur Tür. „Kevin! Konni ist wieder aus dem Fenster gesprungen", rief sie durchs Haus. Schon hörte man eilige Schritte durch den Flur hallen. Wimmer und Lassie blickten fassungslos durch das Fenster auf den Rasen, wo nach ein paar Sekunden Kevin auftauchte und sich über die schwarze Gestalt am Boden beugte. Frau Leopold stand mit sorgenvollem Blick und gleichzeitig gelangweilt an der Fensterscheibe. Kevin blickte zu ihr und sie öffnete das Fenster.
„Alles okay", rief Kevin und hielt einen Daumen hoch. Er half Konstantin auf die Beine und begleitete ihn ins Haus wie einen verletzten Fußballspieler, den man vom Feld führt.
„Und das macht er öfter?", fragte Wimmer staunend.
„Er ist schon hundertmal aus seinem Fenster gesprungen. Wir mähen den Rasen nie sehr kurz, damit sein Sturz abgefedert wird. Er hat sich auch schon im Pool ertränken wollen und sich bestimmt ein Dutzend Mal in der Garage erhängt. Aber es war nie lebensbedrohlich. Die Psychologen sagen, er will nur Aufmerksamkeit."
„Dann sollten Sie ihm vielleicht welche geben."
„Glauben Sie mir, wir haben alles versucht. Ich bin mit ihm in den Urlaub gefahren, habe mit ihm gefrühstückt, zu Mittag und zu Abend gegessen, habe ihm zugehört, wenn er was erzählen wollte. Ich habe gelesen, was er so schreibt, und ihn über alle Maßen gelobt, auch wenn er nur wirren Schwachsinn fabriziert. Ich hab alles gemacht."
„Aber ... ist das nicht der Normalfall?", fragte Wimmer unsicher und blickte zu Lassie, der zustimmend nickte.
„Wenn Sie erst mal mehr als eine Million im Jahr verdienen, ist nichts mehr normal."
„Da ich keine Schmiergelder annehme, wird das sicher nicht passieren", meinte Wimmer lakonisch.
„Da können sich Ihre Kinder ja freuen."
„Ich hab keine."
„Glück gehabt", sagte sie müde. „Ich muss jetzt mit ihm ins Krankenhaus."
„Leuchtet ein. Fahren Sie ruhig. Wir kommen ein anderes Mal wieder."
Frau Leopold verließ den Raum und ließ die beiden ratlos zurück. Schweigend und nachdenklich standen sie unter dem Kronleuchter. Draußen hörten sie einen Motor anspringen. Das Geräusch entfernte sich.

„Tja dann ...", sagte Wimmer und sie gingen.
Draußen im Flur wollte Wimmer schon die Haustür hinter sich zuziehen, als er oben auf dem Treppenabsatz ein Paar nackte Füße entdeckte. Er blieb stehen.
„Hey, psst, Lassie", raunte er.
Lassie drehte sich um.
„Fahr du mal vor. Ich komm später nach."
Lassie wollte etwas erwidern, doch Wimmer war bereits wieder hineingehuscht und hatte die Tür hinter sich geschlossen.
Er stand in der Eingangshalle und horchte, während er die Füße fest im Blick behielt. Vorsichtig machte er ein paar Schritte auf die Treppe zu. Die Füße blieben, wo sie waren. Wimmer konnte jetzt die Waden und die Knie erkennen. Er machte noch einen Schritt und sah die Oberschenkel und schließlich auch ein Stück Stoff, das einen schützenden Schatten zwischen die Beine warf.
„Was machen Sie hier?", fragte eine junge Frau mit rebellischem Blick.
„Ich bin Kommissar Wimmer. Ich untersuche den Mord an deinem Vater. Du bist Elena, oder? Tut mir sehr leid."
„Dass Sie ihn untersuchen müssen?"
„Du hast mich schon verstanden."
„Warum haben Sie Ihren Kollegen allein wegfahren lassen?"
„Ich habe deine Füße gesehen."
„Meine Beine auch?"
„Ja, sie drängen sich einem irgendwie auf."
„Wollen Sie noch mehr sehen oder warum sind Sie hier?"
„Ich will mit dir sprechen."
„Kommen Sie doch rauf zu mir."
Wimmer stieg die Treppe hoch. Elena wartete, bis er vor ihr stand. Sie war höchstens eins fünfundfünfzig groß, trug ein bauchfreies weißes Top, das nur durch einen Ring zwischen den Brüsten zusammengehalten wurde, keinen BH und einen türkisen Minirock. Was sie darunter trug, wollte Wimmer lieber nicht wissen.
„Sie sind größer, als ich dachte", sagte sie, drehte sich um und führte ihn in ihr Zimmer. Es war in einer Mischung aus Landhausstil und Filmmuseum eingerichtet. Zwischen hellen Sichtbalken hingen professionell gerahmte Filmplakate an geweißten Wänden. Die Titel ließen eher darauf schließen, dass sie sich im Zimmer von Konstantin befanden. Die Klapperschlange, Reservoir Dogs, Rambo, Driver, The Hills Have Eyes, Last Man Standing, Bonnie und Clyde, Die City Cobra. Und das war nur eine kleine Auswahl. In der Mitte des Raumes baumelte ein schwerer Sandsack von der Decke und über dem Kingsize-Bett hingen drei verschieden große Samuraischwerter.
„Das ist nicht Konstantins Zimmer?"

„Wenn man hier rausspringt, landet man direkt im Wintergarten", meinte sie.
„Du hast es mitgekriegt?"
„Mama war ja nicht zu überhören."
„Interessantes Zimmer. Du stehst auf Filme, was? Hab ich fast alle gesehen."
„Schön für Sie. Was wollen Sie wissen?"
„Du bist nicht gerade in Depressionen verfallen, weil dein Vater ermordet wurde."
„Nein, es reicht, wenn alle anderen im Hause Depressionen haben. Ich bin anders als diese Weicheier."
„Wer ist ein Weichei? Dein Bruder, deine Mutter, Kevin?"
„Ja."
„Warum mochtest du deinen Vater nicht?"
„Hab ihn ungefähr zweimal in meinem Leben gesehen. Wie kann ich ihn da mögen?"
„Du bist also 'n bisschen auf Krawall gebürstet, weil dein Papa nicht oft genug zu Hause war?"
„Ich bin nicht aggro. Ich bin nur kein Weichei." Sie setzte sich aufs Bett und spreizte ihre Beine weit, sehr weit.
Wimmer, der eben noch ein Plakat bewundert hatte, konnte nicht anders, als ihr direkt unter den Rock auf ihre schwarze Unterwäsche zu schauen. Sie war aus Spitze und Wimmer hätte schwören können, dass sie einen Hollywood-Cut trug.
„Wo schaut denn der böse Kommissar hin? Dürfen Sie das überhaupt? Oder ist das schon verboten?"
„Ich ... ich ..." Diese kleine Göre brachte ihn mit ihrem Lolita-Gequatsche doch tatsächlich aus dem Konzept. Alle Fragen, die er ihr hatte stellen wollen, waren aus seinem Kopf verschwunden. Stattdessen überlegte er sich Strategien, wie er nicht auf ihren Körper starren konnte. Doch sie hatte wirklich eine Vielzahl von Reizen, die sie ausgesprochen gut einzusetzen wusste.
„Sind Sie nervös? Kann ich Ihnen irgendwie helfen?" Sie lehnte sich zurück und stützte ihre Hände hinter sich auf das Bett. Dadurch schoben sich ihre Brüste nach vorn und drückten sich gegen den dünnen weißen Stoff ihres Tops. Wimmer zwang sich, seine Augen auf ein weiteres Plakat zu richten. Das Kettensägenmassaker.
„Du magst Horrorfilme. Und Waffen?"
„Ja. Sie machen mich sicher. Ich mache Taekwondo seit meinem fünften Lebensjahr. Außerdem noch Kung-Fu, Thaiboxen und Kendo."
„Du meinst also, du bist selbst eine Waffe?"
„Was würden Sie sagen?"
„Du bist ..."
„Ja?" Sie lächelte aufreizend mit ihren jugendlich weißen Zähnen. Wimmer wollte sich davon nicht tangieren lassen.

„Wer kann deinen Vater getötet haben?", fragte er daher.
„Das weiß ich nicht."
„Wer hätte einen Grund gehabt?"
„Mama, Konstantin, ich, Kevin… Hätte nicht jeder einen Grund haben können?"
„Du hast also einen?"
„Ja, klar."
„Warst du's?"
Sie lächelte. „Finden Sie's raus."
„Hunde, die bellen, beißen nicht."
„Wer so was sagt, hat in Wirklichkeit die Hosen voll. Und, wie steht's mit Ihren Hosen so?" Sie starrte Wimmer auf den Schritt.
„Ich geh mal besser wieder."
„Machen Sie einen Rückzieher? Sie wollten doch allein mit mir sein."
„Leider muss ich jetzt los."
„Für was wollen Sie denn das Treffen mit mir einlösen, zumal wir doch ganz ungestört sind?"
„Ich seh mir gleich die Überreste deines zersägten Vaters an", sagte Wimmer und endlich zeigte mal etwas Wirkung bei ihr.

20

Die Kühlhalle war verlassen. In der Mitte des Raums standen zwei Metalltische, die mit Laken abgedeckt waren. Die Umrisse, die man durch den Stoff erkennen konnte, ließen nicht gerade den Schluss zu, dass es sich dabei um menschliche Körper oder um deren Überreste handeln könnte. Am Schreibtischstuhl von Dr. Leinebold waren zwei rote Luftballons festgemacht. Quer über dem Schreibtisch baumelte eine Girlande, die an zwei Kühlfächern befestigt war. „Alles Gute zum 20-jährigen Jubiläum", stand darauf. Auf einem Stapel Akten lag eine geöffnete Schachtel Pralinen, von denen schon einige gegessen worden waren. Wimmer vernahm das Geräusch des Fahrstuhls und ein albernes Lachen, das sich der Tür näherte. Leinebold polterte herein. Auf seinem Kopf saß ein roter Partyhut und er trug eine dieser falschen Nasen mit Brille über seiner eigenen Brille.
„Oh! Kommissar Schlimmer!"
„Wimmer."
„Natürlich. Entschuldigen Sie meine Verspätung. Eine kleine Feierlichkeit."
„Herzlichen Glückwunsch."

„Wozu?"
„Ist es nicht Ihr Jubiläum?"
„Oh, ja, doch, doch. Durchaus. Danke, danke." Er zog eine der Akten so schnell unter der Pralinenschachtel hervor, dass diese unbewegt liegen blieb. „Herr Leopold, ach ja. Der ..." Er musste ein Lachen unterdrücken. Dann konnte er sich nicht mehr beherrschen und lachte los. „Der Zauberunfall!"
„Der was?", fragte Wimmer ernst. Ihm gefiel Leinebolds Zustand überhaupt nicht.
„Ach, die Kollegen haben gesagt, dieser Leopold sei ein Zauberunfall. Der zersägte Mann. Verstehen Sie?"
„Schon, ja."
Glucksend deckte Leinebold die Tücher ab.
„Die Extremitäten befinden sich hier, der Torso auf diesem Tisch", erklärte er.
Wimmer sah ihn zweifelnd an. „Sie wollen doch nicht in dem Aufzug ..." Er deutete auf das Partyhütchen.
„Oh, selbstverständlich nicht." Leinebold riss sich das Hütchen vom Kopf und warf es auf den Schreibtisch.
„Haben Sie getrunken?", fragte Wimmer.
„Wie bitte?"
„Haben Sie Alkohol getrunken?"
„Was wollen Sie damit sagen?"
„Ich sage nichts, ich frage."
„Nein, nein, Sie unterstellen mir etwas. Hören Sie zu, ich bin seit zwanzig Jahren in diesem Haus tätig und habe bis zum heutigen Tag nicht einmal ..."
„Herr Dr. Leinebold, Jubiläum hin oder her. Ich verstehe, wenn man mal einen Sekt trinkt zum Anstoßen, aber wir sind hier bei der Obduktion eines Mordopfers und schon allein aus Respekt dem Toten gegenüber sollten Sie auf irgendwelche Verkleidungen verzichten. Ich möchte jetzt bitte an die Arbeit gehen."
„Ich hab den Hut einfach nur vergessen, Herrgott!"
„Schön, und der Nasenbesen?"
Leinebold erinnerte sich. Er zog sich rasch die Scherzbrille von der Nase und ließ sie in seiner Kitteltasche verschwinden.
„Danke", sagte Wimmer und beugte sich über den grauen Torso. „Was können Sie mir sagen?"
„Also, wie schon am Telefon erwähnt, weist der Torso eine beziehungsweise mehrere tödliche Stichverletzungen auf." Leinebold zog ein Paar Latexhandschuhe über und deutete mit dem kleinen Finger auf die Schnitte in der Haut. „Die Wunden sind zehn bis fünfzehn Zentimeter tief und an der dicksten Stelle drei Millimeter stark. Die linke Herzkammer wurde zweimal durchbohrt, was zum Tod des Opfers geführt hat. Beim

Tatwerkzeug handelt es sich vermutlich um ein großes Kampf- oder Jagdmesser. Für ein gebräuchliches Küchenmesser ist die Klinge zu stark. An einer Wunde konnte ich außerdem den Abdruck des Handschutzes feststellen. Das ist ein Hinweis darauf, dass das Opfer nackt war, als es erstochen wurde."

„Interessant", flüsterte Wimmer.

„Anhand des Blutungsverlaufs lässt sich die Reihenfolge der Verletzungen feststellen. Zuallererst trennte der Täter die Hoden ab. Ein Schnitt mit einer scharfen Klinge, höchstwahrscheinlich die der Tatwaffe. Das ließ ihn fast ausbluten."

Wimmer mochte nicht hinsehen. „Mmhmmh", machte er nur.

„Dann folgte das Abtrennen des Kopfes. Das war etwa zehn bis zwanzig Minuten nach Todeseintritt, weil hier kaum noch Blutfluss festzustellen war. Die Wunden an Hals und Extremitäten waren ebenfalls so gut wie blutungsarm und deuten auf eine kleine Handkreissäge, eine sogenannte Tauchsäge hin."

„Eine Handkreissäge? Kann es auch eine Motorsäge gewesen sein?"

„Nein, eine Motorsäge hat ein anderes Schnittbild. Die Kreissäge ist am wahrscheinlichsten. Sie ist mehrere Male angesetzt worden, weil ihr Sägeblatt nur einen Durchmesser von sechs Zentimetern hat."

„Braucht man dafür Strom?"

„Nein. Es gibt auch Sägen mit Akkus. Darf ich fortfahren?"

Wimmer nickte.

„Die Arme wurden zehn Zentimeter unterhalb des Schulterkopfes abgetrennt. Die Stümpfe an den Beinen messen knapp zwanzig Zentimeter. Insgesamt, so schätze ich, hat der Täter mindestens eine Stunde gebraucht, bis er die Leiche zerteilt hatte. Als Todeszeitpunkt habe ich zwischen 2 und 3 Uhr in der Nacht festgelegt. Und wenn ich noch eine persönliche Bemerkung machen darf: Eine Schweinerei wie diese hinterlässt Unmengen an Spuren. Blut, Gewebe, und Knochenreste müssen am Tatort und an der Kleidung des Täters zu finden sein. Eigentlich muss alles damit getränkt sein."

„Er wurde in einer Dusche umgebracht. Der Tatort war so sauber, wie es irgend ging. Können Sie mir sonst noch irgendwas sagen, was mir weiterhelfen könnte? Irgendeine Besonderheit?"

„Ach so, ja, allerdings! Das Opfer hatte kurz vor seinem Tod Geschlechtsverkehr. Einvernehmlichen Geschlechtsverkehr."

„So? Aber wie..."

„Spermaspuren im Rektalbereich."

„Im... in seinem Rektalbereich?"

„Ja, so ist es."

21

Wimmer stand etwas verwirrt vor der Kaffeemaschine im Flur des Reviers. Er hatte einen Becher unter den Ausguss geschoben und in der Maschine rumpelte und gurgelte es gefährlich.

„Haben Sie kaltes Wasser eingeschüttet?", rief Pferdemann ängstlich und kam aus seinem Kabuff.

„Ja, wieso?"

„Deckung!", rief der Eins-Neunzig-Mann und duckte sich mit schützend erhobenen Händen. Schon gab es einen lauten Knall und ein dunkles Geschoss flog durch den Raum.

Wimmer fiel rückwärts auf den Boden. Er hatte noch im Fallen seine Waffe gezogen, die er nun mit beiden Händen auf die dampfende Kaffeemaschine richtete. Der Deckel stand offen.

Pferdemann richtete sich wieder auf und fand das Plastikstück vom Wasserzulauf auf dem Boden. „War nur der Zulauf", sagte er und hielt das braune Ding wedelnd in die Luft. „Tut mir leid, war einfach zu viel los, sonst hätt ich dich früher gewarnt. Bei kaltem Wasser geht das Teil hoch wie Plastiksprengstoff."

„Verdammt, ich hätte fast die Kaffeemaschine erschossen."

„Hättest du's mal getan! Dann bekämen wir endlich 'ne neue." Er hielt Wimmer eine Hand hin und zog ihn auf die Beine.

Lassie betrat das Revier. Er war hellwach und ein wenig außer Atem. Ein kurzer Blick auf den fehlenden Zulauf in der Maschine ließ ihn kurz grinsen. „Ah, ihr habt euch bekannt gemacht! Ich hab Neuigkeiten, die dich umhauen werden, Lotte", sagte er.

„Die hab ich auch. Du zuerst."

„Wir haben in Leopolds Safe in der Kanzlei ein paar interessante Papiere gefunden. Er wollte die Scheidung einreichen. Unter anderem wegen psychischer Grausamkeit und Untreue! Und seine Lebensversicherungen sind insgesamt acht Millionen Euro wert. Begünstigte: seine Frau! Jetzt du."

„Leopold war schwul. Jemand hat's ihm unter der Dusche von hinten besorgt."

„Okay, du hast gewonnen", sagte Lassie niedergeschlagen.

„Ich wollte euch auch noch was erzählen", sagte Pferdemann.

„Kannst du das toppen?", fragte Lassie.

„Nein."

„Sag's uns trotzdem", bat Wimmer.

„Im Geräteschuppen vom Golfclub fehlt eine Säge."

„Eine Tauchsäge. So eine kleine Handkreissäge mit Akku, stimmt's?", meinte Wimmer.

Pferdemann blinzelte irritiert. „Wieso weißt du das ?"

„Ich bin ein Belgischer Schäferhund", flüsterte Wimmer.
„Ahahah!"
„So leid es mir tut, aber ich denke, wir müssen ein Meeting mit unseren drei Spezis anberaumen. Kannst du dich darum kümmern, Pferdemann?", bat Wimmer. „Heute Abend um 20 Uhr."
„Was hast du in der Leopold-Villa eigentlich noch gemacht?", wollte Lassie wissen. „Ich kam mir etwas ausgeschlossen vor."
„Ich hatte ein Date mit der scharfen Elena, Leopolds frühreifer Tochter. Hab ihre Füße oben an der Treppe gesehen."
„Und?"
„Sie ist ein gelangweiltes Luder. Und sie liebt Waffen. Scharfe Waffen. Trauern tut sie hingegen kein bisschen."
„Klingt wie ein guter Ansatz."
„Ja, ich möchte jetzt aber noch mit dem Fensterspringer sprechen."
„Da komme ich mit."

22

Das Krankenhaus lag am südlichen Ende der Stadt auf einem kleinen Hügel inmitten von großen Eichen und Buchen.
„Wir möchten zu Konstantin Leopold. Er ist heute früh eingeliefert worden."
Die Dame am Empfang, mit blonden Strähnchen und gleichgültigem Bluthund-Blick, schielte auf ihren bläulich schimmernden Bildschirm. „Sind Sie Verwandtschaft?", fragte sie gedehnt.
„Wir sind Kriminalpolizei", antwortete Wimmer und schlagartig kam Spannung in ihren schlaffen Körper. Sie hätte sich die Ausweise zeigen lassen können, doch in der Aufregung, die nun zweifelsohne für sie einsetzte, vergaß sie es und nannte gleich die Zimmernummer und die Etage.
Wimmer klopfte an eine schwere Holztür mit der Nummer 107. Als sie nichts hörten, traten sie ein. Es war ein Ein-Bett-Zimmer mit einem hohen, gardinenverhangenen Fenster. Helles Sonnenlicht fiel in den Raum und spiegelte sich verwaschen auf dem blanken Linoleumfußboden. Konstantin lag in seinem Bett, die Arme auf der Decke. Er war wach und starrte die Beamten teilnahmslos an. Seine Mutter saß im Schatten einer Zimmerecke auf einem Stuhl. Vor ihr lag eine aufgeschlagene Illustrierte. Frau Leopold schlief.
„Hallo Konstantin. Wir sind von der Polizei. Können wir einen Augenblick mit dir

sprechen?“
Konstantin sah Wimmer nur an, als hätte dieser noch nichts gesagt. Da nach fünf Sekunden immer noch keine Antwort kam, wandte sich Wimmer an Frau Leopold. Er legte ihr behutsam eine Hand auf die Schulter. „Frau Leopold.“
Sie erwachte und ihr Blick wanderte im Zimmer umher, bis sie registriert hatte, wo sie war.
„Hallo. Ich möchte gern mit Ihrem Sohn sprechen. Wie wär's, wenn Sie und mein Kollege kurz einen Kaffee trinken gehen?“
„Muss das jetzt sein?“, fragte sie.
„Wir haben keine Zeit zu verlieren. Tut mir leid.“
Lassie und Frau Leopold gingen hinaus. Wimmer nahm sich den Stuhl und stellte ihn neben das Bett.
„Na, geht's wieder? Hast du dir was gebrochen?“
Konstantin drehte den Kopf weg und blickte zum Fenster.
„Tut mir leid mit deinem Vater. Meiner starb, als ich zwanzig war. War 'ne schlimme Zeit. Hast du ihn gemocht?“
Der Junge starrte nur aus dem Fenster.
„Deine Schwester war nicht so gut auf ihn zu sprechen. Sie meinte, er sei wenig zu Haus gewesen. Stimmt das?“
Keine Regung.
„Konstantin, pass mal auf. Dein Vater ist auf grausame Weise umgebracht worden und ich will rausfinden, wer das war. Wenn du nicht mit mir redest, kann ich meine Arbeit nicht machen. Ich verstehe, dass du dich schlecht fühlst, aber gib mir wenigstens Zeichen, wenn du nicht sprechen willst. Also, für Ja klopfst du einmal auf die Decke. Für Nein zweimal. Alles klar?“ Wimmer blickte gespannt auf die Hände des Jungen. Sie waren trocken und bleich. Dann hob sich der rechte Zeigefinger und klopfte einmal auf die Decke.
„Cool. Mochtest du deinen Vater?“
Die Finger bewegten sich lange Zeit nicht, dann klopfte er einmal.
„Verstehe. Deine Mutter sagte, dass alle deinen Vater gemocht haben. Kennst du jemanden, der ihn nicht gemocht hat?“
Er klopfte einmal.
„Deine Schwester?“
Wieder ein einfaches Klopfen.
„Und deine Mutter?“
Noch eins.
„Noch jemand?“
Ein kurzes Zögern, dann tippte der Finger erneut auf die Decke.

„Kevin vielleicht?"
Konstantin klopfte einmal.
„Deine Schwester hat ihn erwähnt, als ob er zur Familie gehören würde. Warum hat Kevin deinen Vater nicht gemocht? War es was Geschäftliches?"
Konstantin klopfte zweimal.
„Also was Privates. Wusstest du, dass dein Vater sich scheiden lassen wollte?"
Zweimaliges Klopfen nach kurzem Zögern. Wimmer meinte, Konstantins Augenlider flattern zu sehen.
„Dein Vater scheint geglaubt zu haben, dass deine Mutter untreu war. Hat sie ein Verhältnis mit Kevin?"
Der Finger rührte sich nicht. Dafür zuckte Konstantin leicht mit den Schultern.
„Okay. War dein Vater untreu?"
Ein deutliches einfaches Klopfen.
„Hat dich das wütend gemacht?"
Er klopfte wieder einmal.
„Und beruflich? Hatte dein Vater Feinde, Leute, die ihn bedroht haben? Schließlich war er Anwalt."
Zweifaches Klopfen.
„Und im Golfclub? Nur Freunde? Gab es niemanden, der ihn unsympathisch fand? Neider?"
Zweifaches Klopfen.
„Spielst du auch Golf?"
Wieder zweifaches Klopfen.
„Kennst du die Leute, mit denen dein Vater spielt?"
Einfaches Klopfen.
„Und keiner von denen hätte einen Grund gehabt, ihn zu töten?"
Er klopfte zweimal.
„Hast du ihn getötet?"
Ein schnelles zweimaliges Klopfen.
Wimmer nickte. „Glaubst du, deine Schwester könnte ihn getötet haben?"
Konstantin zögerte, bevor er zweimal klopfte.
„Und deine Mutter oder Kevin?"
Zweimaliges Klopfen.
„Okay. Ich denke, das reicht fürs Erste. Nur noch das: Wart ihr alle zu Hause in der Nacht?"
Konstantins Finger klopfte zweimal auf die Decke, allerdings schwächer als zuvor.
„Wer war nicht da?"
Konstantin regte sich nicht.

„Ach, 'tschuldige. Deine Schwester?"
Keine Reaktion.
„Du willst es nicht sagen? Keine Angst, ich verhafte niemanden, der unschuldig ist. Es gehört noch mehr dazu als nur deine Aussage. Also, war deine Schwester zu Hause in der Nacht?"
Er klopfte zweimal.
„Und deine Mutter?"
Wieder klopfte er zweimal.
„Du warst aber zu Hause, nehm ich an?"
Einmaliges Klopfen.
„Vielen Dank, Konstantin." Wimmer stand auf. „Ich schick deine Mutter wieder rein. Bis bald."
Wimmer hielt schon die Türklinke in der Hand, da hörte er einen leise gesprochenen Satz.
„Coole Haare."
Wimmer drehte sich um. Konstantin lag immer noch unbeweglich da und starrte aus dem Fenster.

23

Er hat eine Thorax-Prellung. Und der Arzt sagte, ich solle einen Psychologen aufsuchen." Frau Leopold lachte traurig. „Als ob wir nicht schon bei Hunderten gewesen wären." Sie rührte in ihrem Kaffee herum, ohne auch nur einen Schluck davon getrunken zu haben.
„Wir müssten auch noch mal mit Ihnen sprechen", meinte Wimmer.
„Schießen Sie los."
„Nein, nicht hier. Das ist nicht der richtige Ort."
„Wieso? Wollen Sie mich nach meinem Alibi fragen?"
„Sie haben keins. Ihr Sohn sagte, Sie wären nicht zu Hause gewesen."
„Konstantin hat mit Sicherheit kein Wort gesagt. Er spricht so gut wie nie."
„Wir konnten uns verständigen."
„Na gut, was schlagen Sie vor?"
„Morgen früh um acht bei Ihnen."
„Also dann, bis morgen." Sie stand auf und ließ Wimmer und Lassie allein im Aufenthaltsraum zurück. Beide saßen stumm und nachdenklich da. Mit schlurfenden Schritten kam ein älterer Herr herein. Mit einer Hand schob er einen Ständer, an dem sein

Blasenkatheter hing.
„Wollen Sie auch den Tatort sehen?"
„Nein, danke", sagte Lassie. Sie erhoben sich.
„Ich weiß immer gleich, wer der Mörder ist. Und Sie?", fragte der Alte und ließ sich rückwärts auf einen Stuhl fallen.
„Ich mag keine Krimis", antwortete Wimmer und ging hinaus.
„Komischer Punker, Ihr Freund. Jeder mag doch Krimis", sagte der Alte zu Lassie.
„Er ist kein Punker."
„Na, was denn dann?"
„Kommissar."
„Ähhehehehe!" Der Alte lachte, als hätte Lassie einen schlechten Scherz gemacht.

Pünktlich um acht saßen Lassie, Pferdemann und Carstens auf Klappstühlen in Wimmers Büro. Wimmer stand nachdenklich vor dem Whiteboard. Sie alle warteten auf Giessner, Vettel und Wischnewski, die zwei Minuten später eintrafen.
Mit ein paar schnellen Strichen zeichnete Wimmer das Haus der Leopolds, das dem Original verblüffend ähnlich war. Er schrieb die Namen der Bewohner über die Handskizze. Rechts daneben zeichnete er etwas kleiner das Kanzleigebäude ein.
„Okay. Von Anfang an: Leopold ist in der Mordnacht im Golfclub gewesen. Er öffnete die Tür mit einem von drei Schlüsseln, die im Umlauf sind, und verstellte die Überwachungskameras. Er war guter Laune und grüßte sogar in die Kamera. Inzwischen ist Leopold als Opfer bestätigt worden. Das bedeutet, dass er völlig arglos war. Er kannte seinen Mörder, der vermutlich kurz nach ihm eintraf oder bereits in seiner Begleitung war, und wollte seine Identität schützen."
„Warum sollte er das tun?", fragte Wischnewski.
„Nun, Herr Leopold ging mit einer bestimmten Absicht in den Club. Einlochen wollte er zwar, aber keinen Golfball", sagte Wimmer und Lassie lächelte hinter vorgehaltener Hand.
„Was meinen Sie damit?", fragte Giessner.
„Er hatte dort Geschlechtsverkehr mit einem Mann, möglicherweise mit seinem Mörder."
„Ach, hörn Sie doch auf!", rief Wischnewski erbost.
„Die Obduktion hat das zweifelsfrei ergeben. Das Opfer wurde kurz vor seinem Tod rektal penetriert." Wimmer schrieb zwischen Leopolds Beine auf das Whiteboard das Wort „Sperma".
„Das ist doch geschmacklos! Ungeheuer!" Wischnewski war aufgestanden. „Wischen Sie das wieder ab! Haben Sie keinen Respekt?"
„Setz dich", sagte Vettel ruhig und forderte Wimmer auf: „Machen Sie weiter."

„Seiner Frau hat Leopold erzählt, er sei auf einer Geschäftsreise. Das heißt also: Leopold plante, an diesem Wochenende mit seinem Geliebten“, Wischnewski schnaubte unzufrieden, doch Wimmer ließ sich nicht irritieren, „zusammen zu sein. Das Verhältnis musste geheim bleiben, denn Leopold hatte vor, sich scheiden zu lassen. Als Grund nannte er die Untreue seiner Frau.“
Wimmer malte in das Kanzleigebäude ein Blatt mit der Aufschrift: Scheidung.
„Die Papiere fanden wir im Safe der Kanzlei.“
„Dazu kann ich noch eine Ergänzung machen“, meldete sich Pferdemann zu Wort. Alle Augen richteten sich auf ihn. „Die Kollegen vom LKA haben im Computer einen E-Mail-Austausch mit einer Detektei entdeckt. Inklusive Fotos, die ein Privatdetektiv von Frau Leopold gemacht hat. Sie zeigen sie und ihren Bodyguard sich küssend und umarmend auf dem Grundstück der Leopolds.“
„Wow! Gut“, sagte Wimmer und zeichnete das Verhältnis der beiden mit ein paar Strichen ans Whiteboard. „Leopold hatte also ein homosexuelles Verhältnis und seine Frau eins mit ihrem Bodyguard, weswegen er sich von ihr trennen wollte. Frau Leopold hat kein Alibi für diesen Abend. Ihr Sohn sagte mir, dass sie nicht zu Hause war. Das könnte heißen, dass sie bei Kevin war, was ich morgen früh herausfinden werde. So, was haben wir noch? Ach ja, die Säge. Der Mörder zerteilte die Leiche mit einer akkubetriebenen Tauchsäge, die er aus dem Geräteschuppen des Clubs entwendete. Die Säge sowie das Messer, mit dem Leopold erstochen wurde, sind von uns bisher nicht gefunden worden. Es muss sich dabei um ein Jagdmesser handeln. Klinge circa 15 Zentimeter. Zwei Stiche gingen direkt ins Herz. Nach Eintritt des Todes wurden zuerst seine Hoden, dann sein Kopf und schließlich seine Arme und Beine entfernt. Hierbei ist interessant, dass der Mörder die Hoden mit dem Messer abschnitt und dann Zeit verstreichen ließ, in der er höchstwahrscheinlich die Säge holte und sein Opfer verbluten ließ. Leopold war bei seiner Tötung nackt, das lässt für mich zwei verschiedene Schlüsse auf den Tathergang und den Mörder zu. Erstens: Der Liebhaber ist der Mörder. Er ging mit Leopold hinein, hatte Sex mit ihm, es kam zum Streit und er tötete ihn. Zweitens: Eine dritte Person ist der Mörder. Jemand kam hinzu, sah die beiden und tötete Leopold daraufhin, womöglich aus Eifersucht. Für das erste Szenario kommt nur ein Mann infrage, für das zweite eine Frau – seine Frau – oder eventuell ein zweiter Mann.“
„Sie wollen doch nicht behaupten, dass Leopold schwul war, das gibt's doch nicht“, sagte Wischnewski.
„Tja, wie's aussieht doch. Der Mörder zerstückelte ihn an Ort und Stelle und verteilte ihn auf dem Gelände.“
„Hat der Mörder die Tat nun geplant oder nicht?“, fragte Vettel.
„Ich würde sagen, nein. Vielleicht hat er von der Beziehung gewusst und wollte ihn in

flagranti erwischen. Vielleicht hat er das Messer rein zufällig bei sich gehabt oder er trägt es aus beruflichen Gründen, aber die Säge hat er aus dem Club genommen. Der Mord selbst war daher nicht geplant, denke ich. Das weitere Vorgehen hingegen ist sehr organisiert und vor allem symbolhaft. Der Täter wollte sein Opfer verhöhnen und der Welt gleichzeitig etwas über Leopold erzählen. Darum fanden wir seine Ei… seine Hoden im See. Das sagt einiges über die Täter-Opfer-Beziehung aus."
„Das da wäre?" Giessner verschränkte die Arme vor der Brust.
„Der Täter stand mit Sicherheit in einem engen Verhältnis zu Leopold. Das war eine Beziehungstat. Der Täter hat sein Opfer kastriert. Ein Indiz dafür, dass der Mörder selbst eine sexuelle Beziehung zu dem Opfer hatte. Das Verteilen der Körperteile auf dem Golfgelände sagt etwas über die Wichtigkeit des Clubs aus: Jeder im Club sollte wissen, was für ein Mensch Leopold war und welche Bestrafung er bekommen hat. Auch wenn wir in Betracht ziehen müssen, dass der Täter das Clubhaus gemeinsam mit seinem Opfer betreten hat, denke ich immer noch, dass der Täter selbst Mitglied im Club war. Er ist gebildet, intelligent, kräftig, und es kann ein Mann oder eine Frau sein."
„Das klingt gut, aber mir wär's lieber, wir hätten einen Namen", sagte Giessner.
„Den hat er leider nicht hinterlassen", stellte Wimmer fest und erntete dafür einen vernichtenden Blick.
„Das bedeutet, dass wir eigentlich nur innerhalb des Clubs suchen müssen. Gesetzt den Fall, Sie liegen richtig", meinte Vettel.
„So ist es. Und da wir Spermaspuren sichern konnten, möchte ich gerne einen Speicheltest zwecks DNA-Abgleich im Club durchführen lassen. So kriegen wir auf jeden Fall schon mal den Geliebten, Partner oder wie Sie es nennen wollen."
„Niemals", sagte Wischnewski. „Wissen Sie, wer alles im Club ist? Das können wir nicht machen, wir ruinieren den Ruf dieser Leute und des Clubs."
„Ist mir egal. Das hier ist wichtiger. Der Test wird uns enorm weiterhelfen", hielt Wimmer dagegen.
Vettel und Giessner wechselten ernste Blicke.
„Wir machen den Test", erklärte Giessner. „Aber davon wird nichts an die Öffentlichkeit dringen."
„Soll mir recht sein." Wimmer zuckte mit den Schultern.
„Gibt es sonst noch was?" Giessner rieb sich die Augen. „Obwohl mir das an schlechten Neuigkeiten für heute reicht."
„Ich hätte da noch was", meldete sich Carstens zu Wort. Wimmer zog vorsichtshalber schon mal die Schutzkappe von seinem Stift. „In Bezug auf Form, Richtung und Schichtung der Blutspuren kann ich ergänzen, dass die tödlichen Messerstiche etwa in der Mitte des Raumes erfolgten. Leopold war dabei zur Tür gewandt."

„Das könnte die Theorie einer dritten Person bekräftigen“, sagte Wimmer und zeichnete die Dusche und zwei Personen, die sich gegenüberstanden, in einem kleinen Maßstab ein. „Es lässt aber auch noch eine andere Vermutung zu …“, grübelte Wimmer laut. „Es ist durchaus möglich, dass alle drei Personen gleichzeitig in der Dusche waren, und der Täter Leopold und seinen Adonis in flagranti erwischt hat. Dann hätten wir einen unmittelbaren Tatzeugen.“

„Vielleicht ist derjenige als Zeuge höchst gefährdet. Der Mörder müsste schließlich Angst haben, dass er ihn verrät“, sagte Lassie.

„Dann hätte er ihn ebenfalls töten müssen“, wiegelte Giessner ab.

„Es sei denn, er hat ein Druckmittel, um ihn zum Schweigen zu zwingen“, entgegnete Wimmer.

„Zum Beispiel?“, fragte Wischnewski.

„Na, die Offenlegung der Homosexualität eines der angesehensten Clubmitglieder. Das könnte einige Herren sehr ins Schwitzen bringen. Minister Schlegel zum Beispiel …“

„Halten Sie den Mund! Wie können Sie es wagen, den Minister da reinzuziehen?“, zischte Wischnewski.

„Es war nur ein Beispiel.“

„Das ist doch alles hypothetischer Bockmist. Der Minister hat nicht das Geringste damit zu tun. Ich will, dass sein Name aus dem Spiel gelassen wird“, befahl Wischnewski.

Das Telefon klingelte und alle erschraken. Wimmer nahm den Hörer ab.

„Ja, Wimmer? – Oh, hallo! – Ja. – Ja. – Verstehe. – In Ordnung. Wir kommen sofort.“

„Was ist?“, fragte Giessner.

„Wenn man vom Teufel spricht …“ Wimmer räusperte sich. „Das war Minister Schlegel. Er hat Leopolds Range Rover in seiner Garage gefunden.“

24

Wimmer, Lassie, Giessner und Vettel fuhren zusammen in einem Wagen. Giessner saß auf dem Beifahrersitz. Wimmer fuhr zügig, daher wollte sich Giessner am Griff über der Tür festhalten.

„Was ist mit dem Griff passiert?“, fragte er, nachdem er zweimal ins Leere gegriffen hatte.

„Mmh? Ach, das war Pferdemann. War nicht ganz entspannt, als wir zusammen zum Bunker fuhren.“

„Kann ich nachvollziehen“, meinte Giessner und hielt sich am Griff in der Tür fest.

Sie erreichten das Viertel der Leopolds, in dem sich auch Schlegels Villa befand. Wim-

mer stellte fest, dass sie Nachbarn waren.
„Hier ist es", sagte Vettel.
Minister Schlegel stand mit besorgtem Gesichtsausdruck in der Auffahrt und erwartete sie. Das schmiedeeiserne Tor stand offen, sodass Wimmer gleich hineinfahren konnte. Vettel und Schlegel begrüßten sich zuerst. Sie nannten sich beim Vornamen und Wimmer vermutete, dass Vettel wahrscheinlich auch eine Mitgliedskarte des Golfclubs besaß.
„Kommissar Wimmer, guten Abend." Er reichte Schlegel die Hand. Der Minister war zu besorgt, als dass er sich an Wimmers Haaren gestoßen hätte.
„Guten Abend. Dort ist die Garage. Ich hab sie geöffnet und da stand der Wagen. Ich weiß aber nicht mehr, ob ich ihn angefasst habe. Die Tür vielleicht."
„Wieso haben Sie den Wagen erst heute entdeckt?", fragte Wimmer, als sie auf die Garage zugingen.
„Ich war unterwegs. Meine Frau und ich waren wegen einer Ministerkonferenz in Berlin. Ich bin erst vor einer Stunde zurückgekommen."
„Wo ist Ihre Frau?"
„Oh, die ist von Berlin aus nach Italien gereist. Ich bin allein hergekommen."
Sie standen vor einem kleinen Häuschen, in dem Wimmer sich eine großzügige Wohnung hätte einrichten können. Doch es standen nur zwei Autos darin. Links der Range Rover und rechts ein alter Mercedes SLK. Ein Oldtimer, Baujahr '69."
„Schöner Wagen. Ist das Ihrer?"
„Natürlich, darum steht er ja hier."
„Nun, der Rover gehört nicht Ihnen." Wimmer ging um den Wagen herum. „Aber eingebrochen wurde nicht?", fragte er.
„Nein."
„Jemand hat in Ihrer Abwesenheit also einfach das Auto hier hereingestellt. Oder waren Sie es selbst?"
„Wie meinen Sie das?", fragte Schlegel, der die Bedeutung der Frage ahnte.
„Herr Leopold ist ermordet worden, wie Sie wissen. Er kann es also nicht selbst gewesen sein. Bleibt nur noch der Mörder."
„Sie wollen sagen, dass ich ..." Schlegels Augen verengten sich.
„Nein, ich versuche nur zu ergründen, wie die Kiste hier reingekommen ist und warum. Bitte helfen Sie mir."
Schlegel überlegte mit gesenktem Blick. Er schien ein paar Dinge abzuwägen. Als er den Kopf wieder hob, hatte er seine Fassung zurückgewonnen, wie man es von ihm als Politiker erwartete.
„Theo Leopold und ich waren Freunde. Außerdem sind wir Nachbarn. Und letzten Freitag bat er mich um die Schlüssel für mein Haus. Da ich sowieso in Berlin sein wür-

de, gab ich sie ihm. Er ist also durchaus möglich, dass er das Auto selbst hier geparkt hat."

Wimmer ging einen Schritt auf Schlegel zu. Er sah ihm ins Gesicht und stellte fest, wie anders Menschen aussahen, wenn man sie statt im Fernsehen in der Realität erlebt.

„Warum sollte er das tun? Warum sollte er sein Auto zehn Meter weiter in der Garage seines Freundes parken statt auf dem eigenen Grundstück?"

Wieder wog Schlegel einige Dinge hinter einer professionellen Fassade ab.

„Wir waren gute Freunde. Er hat mir vertraut. Seine Ehe lief schon lange Zeit nicht mehr so, wie sie sollte, und er hatte seit geraumer Zeit eine Geliebte, mit der er sich ungestört treffen wollte. Ich habe ihm mein Haus zur Verfügung gestellt."

„Eine Geliebte?", hakte Wimmer nach. „Kennen Sie sie?"

„Nein, das allerdings nicht. Er wollte, dass das geheim bleibt."

„Hat er Ihnen gesagt, warum er das will?"

Schlegel schnaubte unzufrieden. „Weil er noch verheiratet ist, nehme ich an."

„Sie haben ihm also Ihre Schlüssel gegeben, ohne zu wissen, mit wem er sich in Ihrem Haus trifft."

„Genau genommen hab ich ihm meine Zweitschlüssel gegeben."

„Tja, das ändert einiges."

„Was heißt das?"

„Wir müssen Ihr Haus auf Spuren untersuchen. Seine Geliebte war genau genommen ein Mann. Und der könnte der Mörder sein."

Schlegel blinzelte zweimal, bevor er reagieren konnte.

„Wie ... ein Mann?"

„Leopold hat sich heimlich mit einem Mann getroffen. Bisher haben wir angenommen, dass die beiden im Range Rover in den Club fuhren oder sich dort trafen und der Mörder dann Leopolds Kleidungsstücke und auch das Auto verschwinden ließ. Jetzt sieht es so aus, als seien die beiden von hier aus gemeinsam mit dem Wagen des Geliebten gefahren."

„Geliebter klingt doch etwas ... also, er war jahrelang mein Freund, das hätte ich doch gemerkt", sagte Schlegel mit einem leichten Anflug von Ekel in seiner Stimme.

„So gut kannten Sie ihn offenbar doch nicht", meinte Wimmer nur.

„Und was bedeutet das jetzt für mich?", fragte Schlegel.

„Sie können Ihr Haus vorläufig nicht betreten, bis die Spurensicherung ihre Untersuchungen abgeschlossen hat."

25

Es war ein langer und ereignisreicher Tag gewesen. Wimmer war gegen halb zwölf nach Hause gekommen und hatte sich ein Sandwich mit frischen Gurken, Putenbrust und Remoulade gemacht, das er in schnellen Bissen hinunterschlang, weil er den unwiderstehlichen Drang verspürte, diesen Tag mit Papier und Kreide zu verarbeiten. Er wischte seine krümeligen Hände an der Hose ab und nahm sich ein knapp drei Zentimeter langes Stück schwarze Kreide. Von einer großen Rolle Papier hatte er ein fast zwei Meter langes und einen Meter hohes Blatt abgerissen, das nun zu seinen Füßen auf dem Boden lag. Es vergingen noch knapp zehn Sekunden, bevor er begann. Mit senkrecht gehaltener Kreide zog er zunächst vier, fünf kräftige Striche von oben nach unten. Dann folgten wilde halbkreisförmige Striche, die sich wie ein Dach darüberwölbten. Erst als die Kreide in seinen Fingern zerbrach, bemerkte Wimmer welchen Druck er ausgeübt hatte.

Nach zehn Minuten stand er stöhnend auf und betrachtete sein Werk. Es war kaum noch unbemaltes Papier zu erkennen. Schwarzer Staub lag auf und um das Blatt herum, aufgewirbelt von dem Tornado, der über das Bild gefegt war. Tief in den wild bewegten Strukturen meinte Wimmer etwas erkennen zu können, eine Person vielleicht, ein Gesicht, doch er verlor es immer wieder aus den Augen. Was blieb, waren abstrakte, tiefschwarze Formationen.

Wimmer warf den kümmerlichen Kreiderest auf den Boden. Er brauchte etwas zu trinken. In der Küche nahm er sich ein Bier aus dem Kühlschrank, als es plötzlich an der Tür klingelte. Als er öffnete, stand Lassie mit einem Sechserpack Staropramen vor ihm in der warmen Nachtluft.

„Stör ich?“, fragte Lassie.

Mit einem kurzen Blick auf das Bier antwortete Wimmer: „Du kommst wie gerufen.“

Sie gingen hinein. Wimmer öffnete zwei Flaschen mit einem Schraubenzieher und reichte eins davon Lassie, der grübelnd über dem Bild stand.

„Und?“, fragte Wimmer.

„Genauso fühle ich mich jetzt“, sagte Lassie und sie stießen an.

„War schon ein komischer Tag“, bestätigte Wimmer,

„Ehrlich gesagt, bin ich sehr froh, dass du da bist. Gonzo und ich wären mit dem Fall heillos überfordert gewesen.“

„Bis jetzt hab ich noch nichts geleistet. Ich bin sogar ziemlich ratlos, wenn ich ehrlich sein soll.“ Wimmer ließ sich auf die Couch fallen und legte seine Füße auf den Karton.

„Kommst gar nicht zum Auspacken, was?“

„Nee. Gibt aber auch Wichtigeres zurzeit.“

Lassie setzte sich neben ihn und pulte am Etikett des Bieres herum.

„Eigentlich denk ich, dass es nur seine Frau gewesen sein kann. Aber irgendwie will ich ihr das nicht zutrauen“, sagte Wimmer.
„Du willst nicht? Na, na, na, da hör ich doch nicht etwa Sympathie heraus, oder?“
„Weiß nicht. Ich bin ja ne Weile mit ihr allein gewesen, als sie die unschöne Aufgabe hatte, Leopold zu identifizieren. Ich kann mir einfach nicht vorstellen, wie diese Frau ihren Mann zersägt.“
„Wir müssen den geheimnisvollen Liebhaber finden“, sagte Lassie.
„Ja, mit dem Test wird's klappen. Wer ihn nicht machen will, ist automatisch verdächtig.“
„Giessner weiß, warum du versetzt wurdest, oder?“, fragte Lassie.
„Du bist verdammt neugierig, Lassie.“
„Ich bin dein neuer Partner. Ich würde gern wissen, woran ich bin. Ich verbringe schließlich mehr Zeit mit dir als mit meiner Familie. Du hast keine, oder?“
„Nein. Ich hab noch eine Tante in den USA, aber das war's.“
„Hattest du nie eine Beziehung? Du bist doch erst ... wie alt?“
„Neununddreißig. Doch, ich hatte eine Beziehung, aber ich weiß nicht, ob ich schon genug Bier intus habe, um dir das zu erzählen.“
Lassie reichte ihm eine neue Flasche. Wimmer lachte, nahm drei kräftige Züge und wurde ernst. „Ich komme eigentlich aus Ohio.“
„Ohio?“
„Ohio.“
„Das hört man aber gar nicht.“
„Ist schon ein paar Jahre her.“
„Du bist da geboren?“
„Ja, in Cincinnati. Da aufgewachsen und zur Schule gegangen. Da hab ich sie auch kennengelernt, in der Highschool.“
„Ist lange her.“
„Ja. Trotzdem. Wir waren zwar jung, aber wir haben uns geliebt. Hatten 'ne Menge Schwierigkeiten damals, weil sie schwarz war. Ende der Achtziger war das für sehr viele Menschen nicht denkbar, ein schwarzes Mädchen und 'n weißer Junge. Ihre und natürlich meine Eltern waren da keine Ausnahme. Und unsere Freunde. Aber wir haben durchgehalten. Ich ging zur Polizei nach der Schule, weil ich nicht an irgendeinem Schreibtisch sitzen wollte. Ich wollte Action und die hab ich auch bekommen. Caroline ging an die Ohio State University und studierte Journalismus. Ich nahm mir eine kleine Wohnung und wir haben uns nur an den Wochenenden gesehen. An einem Abend vor vierzehn Jahren wollte sie wie gewohnt am Freitagabend zu mir kommen. Aber sie kam nicht. Ich bin fast durchgedreht, hab alle meine Beziehungen spielen lassen, aber nichts. Wir hatten einen alten Toyota damals. Man fand ihn vier Kilome-

ter vor der Stadtgrenze am Straßenrand. Von ihr gab es keine Spur. Sie war wie vom Erdboden verschluckt. Ich war nicht mehr fähig zu arbeiten. Ich bin nachts durch die Straßen gefahren und hab Leute befragt, ihnen ihr Foto gezeigt. Ich hab einigen gedroht, wenn sie mir verdächtig vorkamen. Aber alle Hinweise, denen ich nachging, verliefen im Sand. Ich ging zum Psychologen und Caroline reihte sich in das riesige Register der vermissten Personen ein. Das war's. Und dann, ein Jahr später, erreicht mich der Anruf einer Frau, die Caroline auf dem Flughafen in Cincinnati gesehen haben will. Sie soll zusammen mit einem Mann in eine Maschine nach Frankfurt gestiegen sein. Die Frau hatte in der Wartehalle ein Plakat mit Fotos von Vermissten gesehen und gleich angerufen. Diese Frau war schwarz und darum glaubte ich ihr. Weiße können Schwarze nämlich oft schlecht unterscheiden. Das Problem hatten wir immer wieder auf dem Revier, aber diese Frau war sich sicher. Ich packte also meine Sachen und flog nach Frankfurt. Hab all meine Ersparnisse genommen und mich hier auf die Suche gemacht. Ich fand ein paar weitere Zeugen und darum entschied ich mich, hier zu bleiben und die Sprache zu lernen. Ich ging noch mal zur Schule, wechselte zur deutschen Polizei und da bin ich geblieben. Caroline habe ich bis heute nicht gefunden."
Wimmer nahm einen Schluck aus der Flasche.
„Scheiße." Mehr fiel Lassie nicht ein.
„Sicher hatte ich seither hin und wieder mal was mit einer Frau, aber das hielt nie lange. Ich bin halt etwas gestört in der Beziehung. Und ich bin Bulle."
„Ich kann nicht glauben, dass du ein Ami bist", sagte Lassie.
„Soll ich die Hymne singen?"
„Nee, lass mal."
„Hier", sagte Wimmer und schob seinen Ärmel hoch. Am Unterarm sah man eine zwanzig Zentimeter lange Narbe mit Schnitt und Stichen. „Hab ich mir beim Football gebrochen. Genau wie diesen Finger hier und den linken Knöchel."
„Du hast Football gespielt?"
„Ja, ganz gut sogar. Aber der Armbruch war das Ende. Hab mich davon nie mehr richtig erholt."
„Ich kann's immer noch nicht glauben. Dann heißt du ja gar nicht Wimmer!"
„Doch. Wimmer." Er streckte den Arm aus. „My name is Wimmer, nice to meet you."
Sie schüttelten sich die Hand.

26

Kevin führte Lassie und Wimmer ins Wohnzimmer. Sie hatten pünktlich um acht Uhr am Tor der Villa geklingelt, nur Frau Leopold ließ noch auf sich warten. Laut Kevin absolvierte sie ihr allmorgendliches Joggingpensum. Auf dem Esstisch stand das Frühstück bereit. Es war für drei Personen gedeckt, also war Konstantin bereits wieder zu Hause.

„Komische Vorstellung, dass Leopold so dreist war und nur ein Haus weiter …“, murmelte Lassie mit gesenkter Stimme, als Elena den Raum betrat. Sie setzte sich an den Frühstückstisch, schnappte sich ein Brötchen, steckte den Finger tief hinein und höhlte es aus. Erst als sie sich den Teigball in den Mund schob, bemerkte sie die beiden Beamten auf der Couch.

„Hey, wow, was machen Sie denn hier?“

„Wir sind mit deiner Mutter verabredet“, antwortete Wimmer. Sie trug nur ein Pyjamaoberteil und hatte ihre nackten Beine unter dem Tisch. Als sie sich zu ihnen umdrehte, konnten Wimmer und Lassie ihr aufgrund ihrer etwas niedrigeren Sitzposition direkt zwischen die Beine schauen. Sie trug knappe weiße Pantys. Lassie räusperte sich. Wimmer grinste.

„Wen haben Sie denn da mitgebracht, Herr Wachtmeister?“

„Das ist Kommissar …“

„Szcenwioszki“, sagte Lassie automatisch.

„Meine Mutter ist noch nicht da. Sie müssen mit mir vorliebnehmen.“ Sie ließ ihre Zehen wackeln.

„Haben Sie ein Jagdmesser?“, fragte Wimmer aus heiterem Himmel.

„Ja, sicher“, sagte Elena.

„Schön, würden Sie es bitte holen? Ich werde es mitnehmen müssen.“

„Hat man ihn damit umgebracht?“

„Ob es Ihr Messer war, finden wir raus. Auf jeden Fall war es eine Art Jagdmesser.“

„Ich bin es nicht gewesen.“

„Wo waren Sie in der Nacht, in der Ihr Vater starb? Ihr Bruder meinte, Sie wären nicht zu Hause gewesen.“

„Diese kleine Mistmade! Nein, ich war nicht hier. Ich habe mit ein paar Freunden gefeiert und bei einer Freundin übernachtet.“

„Leuchtet ein. Schreiben Sie uns doch gleich ihren Namen und die Adresse auf, wenn Sie das Messer holen.“

Die Haustür wurde geöffnet. Man hörte Kevin etwas flüstern und ein paar Sekunden später betrat Frau Leopold das Zimmer. Sie trug einen engen, graumelierten Baumwoll-Jogginganzug mit grünen Streifen. Ihre Haare hatte sie zu einem festen Knoten

gebunden. Sie war ungeschminkt und verschwitzt. Mit einem Handtuch tupfte sie ihr Gesicht ab. Sie sah großartig aus, fand Wimmer.
„Morgen", sagte sie. „Elena, lässt du uns bitte allein, du kannst in der Küche weiter in deinen Brötchen rumwühlen."
Elena stand ohne ein weiteres Wort auf und verließ den Raum.
„Möchten Sie einen Kaffee?", fragte die Hausherrin.
Wimmer und Lassie sahen sich an.
„Ja bitte", sagten sie einvernehmlich.
Frau Leopold ging hinaus und kehrte mit einem silbernen Tablett und drei Tassen dampfendem Kaffee zurück. Sie lehnte sich mit ihrer Tasse in der Hand im Sessel zurück und sah zu, wie Wimmer drei Löffel Zucker in seinen Kaffee rieseln ließ.
„Tja, wie ich gestern schon sagte, wollte ich gern noch mal mit Ihnen allein sprechen", begann er. „Es könnte vielleicht etwas unangenehm für Sie werden."
„Unangenehmer, als meinen Mann anhand seines Fußes zu identifizieren?"
„Das kann ich nicht beurteilen."
„Fangen Sie endlich an. Herrgott, Sie machen es vermutlich spannender, als es ist", sagte sie und nippte an ihrer Tasse.
„Frau Leopold, nach unseren bisherigen Erkenntnissen sieht die Sache so aus: Ihr Mann hat sich, während Sie ihn auf Geschäftsreise glaubten, mit jemandem getroffen. Er ist mit dieser Person in der Nacht seiner Ermordung in den Club gegangen. Sie hatten Sex in der Herrendusche."
„Wer ist es?", fragte sie wie eine ungeduldige Lehrerin.
„Wir wissen es noch nicht. Doch wir wissen, dass es sich nicht um eine Frau handelte."
Wimmer und Lassie sahen sie an wie eine Bombe, von der sie glaubten, dass sie jeden Augenblick detonieren würde.
„Er hat's mit einem Mann getrieben?", fragte sie.
„Ja. Tut mir leid, dass Sie das so erfahren."
„Ach, hören Sie auf mit Ihrem ständigen ‚Tut mir leid'", sagte sie und trank ihren Kaffee mit zwei Schlucken aus. Scheppernd stellte sie die Tasse auf den Tisch zurück.
„Sie sind nicht so überrascht, wie ich dachte", sagte Wimmer.
„Sie haben es erfasst. Bei Theo wundert mich gar nichts mehr."
„Wie gut kennen Sie Minister Schlegel?", wollte Wimmer wissen.
„Sie meinen, weil er unser Nachbar ist? Ich kenne ihn kaum. Theo hat mit ihm gespielt, ich nie."
„Warum nicht? Haben Sie nie zusammen gespielt, Sie und Ihr Mann?"
„Als wir uns kennenlernten, schon. Mal so zum Spaß. Aber mein Mann hat ein Handicap von 13, ich habe ein Handicap von -2."
„Ist das … besser?", fragte Wimmer ahnungslos.

„Das ist es."
„Und was ist mit Schlegel?"
„Oh Gott, der hat wahrscheinlich 26. Der golft nur, um Beziehungen zu knüpfen. Mit Sport hat das nichts zu tun."
Elena kam herein. Sie hatte sich noch nicht umgezogen, ging auf Wimmer zu und legte ihm das Messer und einen kleinen Notizzettel auf den Schoß. Wortlos verließ sie den Raum wieder.
„Was soll das?", fragte Frau Leopold.
„Das ist das Jagdmesser Ihrer Tochter. Ihr Mann wurde mit so etwas umgebracht. Ich möchte es auf Spuren untersuchen lassen."
„Elena ist sechzehn Jahre alt! Sie glauben doch nicht, dass sie ihren eigenen Vater getötet hat?"
„Sie wäre nicht die erste Tochter, die so was tut."
„Ihr Ton gefällt mir gar nicht, Herr Wimmer. Sind wir jetzt fertig?"
„Nein, tut mir ... Nein, bin ich nicht. Wussten Sie, dass Schlegel Ihrem Mann sein Haus als Liebesnest überlassen hat? Ihr Mann war direkt nebenan. Sein Range Rover steht bei Schlegel in der Garage."
Frau Leopold hatte das offenbar nicht gewusst, sie war sichtlich getroffen.
„Hatten Sie Kenntnis von seiner Affäre? Wussten Sie, dass es ein Mann ist?"
„Nein. Ich weiß seit vielen Jahren, dass er Affären hat, doch ich habe beschlossen, mich davon nicht mehr beeindrucken zu lassen."
„Er dagegen war von Ihrer Affäre sehr beeindruckt", meinte Wimmer und die Farbe ihrer grau-grünen Augen wechselte schlagartig in ein eisiges Blau.
„Wovon sprechen Sie?"
„Ihr Mann hat eine Detektei beauftragt, Sie zu beobachten. In seinem Büro fanden wir Fotos von Ihnen und Ihrem Bodyguard."
„Das ist vollkommener Unsinn!", polterte sie erzürnt.
„Ihr Mann sah das etwas anders. Wir haben Scheidungspapiere gefunden. Er wollte sich von Ihnen scheiden lassen, Frau Leopold."
„Das kann nicht sein. Ich habe keine Affäre mit Kevin. Er ist seit vielen Jahren ein Angestellter des Hauses und ich möchte die Fotos sehen, die diesen Unsinn angeblich beweisen."
Lassie griff in die Innentasche seiner Jacke und zog vier Abzüge heraus. Er reichte sie Frau Leopold, die sie ihm wütend aus der Hand riss. Sie fischte eine kleinere, lackierte Karte dazwischen heraus, hob sie vor die Augen und las: „Elasmosaurus. Länge: 14 m. Gewicht: 2 Tonnen ..."
„Oh, das gehört mir", sagte Lassie und beugte sich vor, um sie entgegenzunehmen.
„Was Sie nicht sagen." Frau Leopold reichte ihm die Karte.

„Hab mich schon gefragt, wo die hin ist."
Wimmer sah seinen Partner befremdet an. Frau Leopold konzentrierte sich unterdessen auf die Aufnahmen, die der Detektiv mit einem starken Teleobjektiv von der Straße vor der Villa aus gemacht hatte. Auf dem ersten Foto sah man Frau Leopold mit Kevin vor der Eingangstür stehen. Er hielt sie mit dem linken Arm umschlungen und küsste sie auf die Wange. Die anderen drei Bilder zeigten die beiden auf der Terrasse. Sie hielten sich fest umschlungen. Frau Leopold trug denselben Anzug, den sie gerade anhatte.
„Was soll das beweisen? Kevin hat mich getröstet. Wir haben ein freundschaftliches Verhältnis, aber mehr nicht. Auf diesen Aufnahmen hatte mein Mann mal wieder irgendeine Hure gebumst. Oder einen verdammten Stricher, wie sich jetzt herausstellt. Unglaublich, dass er das gegen mich benutzt."
„Wo waren Sie in der Mordnacht, wenn Sie nicht hier waren?"
Ihre Augen wanderten unruhig hin und her.
„Ich bin herumgefahren. Wollte den Kopf freikriegen. Ich glaube, ich habe in irgendeinem Hotel übernachtet."
„Wo?"
„Keine Ahnung. Es war so'n kleines Nest. Sanghausen, Sangheim oder so."
„Und wie hieß das Hotel?"
„Weiß ich nicht mehr."
„Haben Sie bar oder mit Kreditkarte bezahlt?"
„Bar."
„Frau Leopold, ich möchte Sie bitten, das in Erfahrung zu bringen. Wir müssen das überprüfen."
„Gut, ich werd's versuchen."
„Dann gehen wir jetzt wieder", sagte Wimmer, und Frau Leopold brachte sie zur Tür.
„Arbeitet Kevin heute Nachmittag auch für Sie?", fragte Wimmer.
„Ja, wieso?"
„Geben Sie ihm bitte frei und schicken Sie ihn um sechzehn Uhr in mein Büro. Meine Karte haben Sie ja."
Frau Leopold nickte.
Wimmer und Lassie stiegen die Stufen zu ihrem Dienstwagen hinunter.
„Was meinst du? Sagt sie die Wahrheit?", fragte Lassie.
„Nur teilweise. Ich will noch mal rüber zu den Spermientypen."
„Bitte?"
„Na, zur Spurensicherung. Die sehen doch immer aus wie Spermien."
„Du schaust zu viele Woody-Allen-Filme."
„Du spielst zu viel Quartett."

27

Um die Privatsphäre des Ministers zu schützen, standen nur zivile Wagen vor dem Anwesen und die Männer arbeiteten bei geschlossenen Türen. Vor dem Grundstück patrouillierte ein Zivilbeamter, der sich ungebetenen Gästen von der Presse annehmen sollte. Er war von der Bereitschaftspolizei und nicht von hier. Er kam sofort auf Wimmer und Lassie zu, als die beiden den Passat vor dem Tor abstellten.
„Entschuldigen Sie, Sie können hier nicht parken. Bitte fahren Sie weiter", sagte er in einem Ton, der einem klar machte, dass man ihm besser nicht widersprach. Wimmer zeigte seinen Ausweis.
„Morgen, Kollege. Wir untersuchen den Fall. Ist Carstens schon da?"
„Wer ist das?"
„Der leitende Beamte von der Spurensicherung. Groß, schlank, lange Nase?"
„Ja, ja, der ist drin."
Sie stiegen aus und der junge Mann ließ sie hinein. Wimmer hatte das Messer von Elena dabei und hielt es vorsichtig zwischen Daumen und Zeigefinger. Sie klopften an die kleine hölzerne Tür an der linken Seite der Garage. Carstens öffnete sie selbst. Auch er war mit einem weißen Schutzanzug bekleidet.
„Morgen, Herr Carstens. Wie sieht's aus?"
„Morgen! Ganz gut so weit. Wir haben ein paar Fasern auf dem Beifahrersitz entdeckt. Die Fußmatten nehmen wir komplett mit ins Labor. Eine erste Untersuchung mit Luminol im Kofferraum hat nichts ergeben. Was haben Sie da?", fragte Carstens und deutete auf das Messer.
„Oh, das ist vielleicht die Tatwaffe. Gehört Leopolds Tochter. Hier, für Sie."
„Sehr freundlich."
„Herr Carstens?", rief einer der Kollegen hinter ihm. Er drehte sich um, flüsterte etwas mit dem Kollegen und nahm einen Umschlag entgegen.
„Das haben wir eben im Handschuhfach gefunden. Ich muss es noch untersuchen", sagte er zu Wimmer und Lassie. „Wollen Sie schon mal einen Blick drauf werfen?"
Die beiden nickten neugierig. Der Brief sah offiziell aus, ein blauer Stempel war auf der Rückseite zu sehen.
„Labor für Humangenetik", las Carstens. „Ist bereits geöffnet worden." Er griff behutsam mit seinen behandschuhten Fingern hinein und zog den Brief heraus. „Humangenetische Untersuchung. Untersucht wurde das genetische Material von Konstantin Leopold und Theodor Leopold." Carstens blickte auf. „Das ist'n Vaterschaftstest!"
„Und was steht drin? Wir sind hier nicht bei einer Vormittagstalkshow", sagte Wimmer.
„Blablablabla ... ist für diese Konstellation ... blablabla ... eine Wahrscheinlichkeit der

Vaterschaft von 0,2 Prozent."
Die drei Männer sahen sich mit großen Augen an.
„Der Fensterspringer ist also nicht Leopolds Sohn", sagte Wimmer.
„Das wird ja immer besser", meinte Lassie. „Diese Familie hatte ein ernstes Problem."
„Ja, und einer hat dieses Problem beseitigt", stellte Wimmer fest. „Gibt's sonst noch irgendwelche Auffälligkeiten?"
„Abgesehen von zwölf verschiedenen Golftaschen, mit denen ich meine Hypothek abbezahlen könnte, nein."

28

„Also, lass uns noch mal Leopolds letzte Tage durchspielen. Ich bin er, und du bist mein Geliebter", sagte Wimmer.
„Wieso muss ich dein Geliebter sein?"
„Weil du dir deine Rolle nicht aussuchen kannst."
„Dann will ich aber lieber der Mörder sein."
„Wir wissen doch gar nicht, wer der Mörder ist. Vielleicht ist es ja der Geliebte."
„Aber wir spielen nicht die Duschszene."
„Nein, wir sind schließlich beim Essen. Jetzt stell dich nicht so an!"
Die beiden saßen im ersten Stock eines Chinaimbisses. Hinter Lassie hing eins dieser 3-D-Wasserfallbilder an der Wand. Beide aßen mit Stäbchen, weil Wimmer nur Stäbchen mitgebracht hatte. Lassie hätte lieber eine Gabel gehabt.
„Okay, ich habe also ein Verhältnis mit dir. Davon darf keiner wissen, denn sonst ist mein Ruf im Arsch. Aber ich bin so verknallt in dich, dass ich nicht länger mit meiner Frau zusammen sein will. Stell dir also vor, dass du unglaublich attraktiv bist. Wenn meine Frau rausfindet, was wir beide treiben, habe ich zwei Nachteile. Erstens: Es kommt alles an die Öffentlichkeit. Zweitens: Ich verliere mindestens die Hälfte meines Vermögens im Scheidungskrieg. Ich wäre sozial, beruflich und finanziell am Ende. Also versuche ich, den Spieß umzudrehen. Ich weiß, dass meine Frau ein Verhältnis hat. Und ich weiß oder vermute, dass meine Kinder nicht von mir sind. Beides triftige Gründe für eine Scheidung. Ich heuere einen Detektiv an und schicke die Zahnbürsten meiner Kinder in ein Labor. Nach ein paar Wochen erhalte ich zwei Treffer. Ein Test ist negativ und meine Frau macht mit ihrem Bodyguard rum. Alles läuft nach Plan. Was mach ich also? Ich beschließe, mit meinem scharfen Adonis den Erfolg zu feiern. Ich buche ein Wochenende im Hotel Schlegel, und weil es mich so geil macht, hab ich Sex in der großzügigen Dusche in meinem Golfclub. Alles prima. Nur plötzlich ersticht mich jemand und zerlegt mich wie einen Hummer. Warum?"
Sie kauten schweigend und denkend vor sich hin.
„Es muss deine Frau gewesen sein. Sie hat Wind davon bekommen und ist so sauer,

dass sie dich zur Rede stellen will. Sie folgt dir in den Club und erwischt dich mit … mit mir unter der Dusche. Ein selten unschöner Anblick. Sie dreht durch und bringt dich um."
„Und was ist mit dir? Warum verpfeifst du sie nicht?"
„Ich habe Angst, dass dann alles an die Öffentlichkeit kommt, weil ich …"
„Weil du …"
„Weil ich auch bekannt bin. Im Club oder in der Stadt."
„Vielleicht sogar im ganzen Land. Okay, deine Identität kriegen wir über den Speicheltest raus. Dann hätten wir den ultimativen Zeugen."
„Oder?"
„Kein Oder. Wenn der Loverboy aber gar nichts gesehen haben sollte, aus Gründen, die wir noch nicht kennen, wer kommt dann außer Frau Leopold noch in Frage?"
„Ihr Lover. Kevin. Aus Wut darüber, was Leopold vorhatte. Die beiden hätten sich mit einem schönen Scheidungsgeld ein nettes Leben machen können."
„Ja, aber da ist noch jemand: der leibliche Vater von Konstantin. Was ist mit dem? Stell dir vor, er erfährt, dass sein Sohn bei einem schwulen Mistkerl aufgewachsen ist und nicht bei ihm."
„Sollte er dann nicht eher sauer auf die Frau sein?"
„Ja. Aber wenn Männer betrogen werden und sie erwischen die Frau mit einem anderen im Bett, wem schlagen sie dann eins auf die Fresse?"
„Dem Kerl."
„Richtig. Eigentlich hat es die Frau verdient, aber abkriegen tut's der Typ. So ist das bei Männern."
„Das sind dann im Grunde nur drei Verdächtige."
„Ja, und den Dritten im Bunde könnten wir entweder durch Frau Leopold enttarnen oder möglicherweise auch durch den Test. Falls der Mann ebenfalls Clubmitglied ist, brauchen wir dazu nur die DNA von Konstantin zum Vergleich. Wir machen einen Vaterschaftstest mit allen männlichen Mitgliedern und Konstantin. Das Szenario erscheint mir im Moment am plausibelsten. Dass du ihn umgebracht hast, kann ich mir schwer vorstellen. Alles lief gut für euch beide."
„Und wenn es Schlegel war? Weil er rausgefunden hat, mit wem Leopold da in seinem Haus rummacht? Hätte ihn vielleicht auch seine Karriere kosten können."
„Kein übler Gedanke. Schwer zu glauben, dass er ihn dann gleich zerlegt, aber wir müssen sein Alibi überprüfen – und auch das von Elena. Bei der ist mächtig 'ne Schraube locker."
„Hat aber süße Unterhosen", feixte Lassie verhalten.
„Wieso macht dich das an, Baby, du bist doch schwul."

29

Die Laderampe des Lasters senkte sich auf die Straße. Im Innern des blau-weißen LKW waren zwei Reihen Caddies zu erkennen. Wimmer stand mit dem Clubmanager Baumhammer im Eingang des Clubs und sah beim Ausladen zu. Man hätte glauben können, der Verein bekäme eine neue Lieferung Fahrzeuge, wenn nicht das Wort „Polizei“ auf den Seiten des Anhängers gestanden hätte.

„Die Spurensicherung hat den Caddie behalten, mit dem die Leichenteile transportiert wurden. Den kriegen Sie später wieder.“

„Ach, das hat keine Eile.“ Baumhammer, der auf den Mord-Caddie sogar sehr gern komplett verzichtet hätte, winkte ab. „Ich bin nur froh, dass wir unseren Betrieb wieder aufnehmen können. Alle sind noch geschockt, aber es muss ja weitergehen.“

„Leuchtet ein. Können wir kurz in Ihr Büro gehen, ich muss etwas mit Ihnen besprechen.“

„Sicher“, sagte Baumhammer und hielt Wimmer die Tür auf. Sie gingen nach links und einen kleinen Flur entlang, in dem Fotoporträts einiger Spieler hingen. Als Wimmer Frau Leopold erkannte, blieb er stehen.

„Ist das eine besondere Ehre, hier zu hängen?“, fragte er.

„Allerdings. Frau Leopold ist eine sehr erfolgreiche Spielerin und hat schon zweimal die Deutschen Meisterschaften gewinnen können. Gleich neben ihrem hängt ein Porträt ihres Vaters. Er war einer der Gründer dieses Clubs und ihr Trainer.“

Wimmer sah sich den alten Mann an, hinter dessen Falten er eine gewisse Ähnlichkeit mit dessen Tochter erkennen konnte. Er hatte einen schmalen, gewissenhaften Mund, aber ein schelmisches Lächeln in den Augen.

Baumhammers Büro war hell, mit einem herrlichen Blick hinaus auf das erste Grün. Baumhammer nahm hinter einem massiven Schreibtisch aus einem schönen, dunkel marmorierten Holz Platz. Ein Flachbildschirm hing an der Wand und natürlich einige Fotos von ihm selbst. Das größte prangte direkt in seinem Rücken und zeigte ihn beim Abschlag im Sandbunker, während der Sand umherspritzte.

„Setzen Sie sich bitte. Das alles ist wie ein Film, ich kann immer noch nicht glauben, dass das wirklich passiert ist“, sagte er und sah grüblerisch aus dem Fenster.

„Das verstehe ich. Dennoch brauche ich jetzt Ihre Hilfe und Ihre Diskretion.“

Wimmer meinte, eine Träne auf Baumhammers Wange zu sehen. Als er den Gedanken gerade als abwegig verwerfen wollte, brach der Clubmanager plötzlich in einen Weinkrampf aus, der Wimmer in seiner Heftigkeit nahezu schockierte. Er seufzte, schluchzte und rang schnappend nach Atemluft. Die Tränen quollen über seine unteren Augenlider wie Wasser über den Rand einer überlaufenden Badewanne. Schnell zog er ein zerknittertes Stofftaschentuch aus seiner Hosentasche und schnäuzte lautstark hinein.

„Es tuuut miiiir leeeiiiid, ich kann einfach nicht versteeen ...", wimmerte er.
„Schon gut", sagte Wimmer steif.
Baumhammer wischte sich mit dem Taschentuch die Augen trocken und Wimmer fürchtete, dass er morgen mit einer Bindehautentzündung aufwachen würde.
„Sie waren wohl gute Freunde", sagte Wimmer.
„Nein, doch, ja, nein, schon, aber, aaach ..."
„Ist schon gut. Beruhigen Sie sich erst mal."
„Tut mir leid. Sie müssen ja denken, ich sei völlig ..." Er überlegte, was er sagen sollte, und brach dabei wieder in Tränen aus.
„Herr Baumhammer, ich kann auch später noch mal wiederkommen."
„Nein, nein, ich will Ihnen ja helfen. Ich bleibe jetzt ... ich höre jetzt auf."
Wieder wischte er sich über die Augen und setzte sich dann in seinem ledernen Chefsessel ganz aufrecht hin. „Okay. Was kann ich tun?"
„Herr Baumhammer, wir müssen zwecks eines DNA-Abgleichs einen Speicheltest durchführen, und zwar bei allen männlichen Mitgliedern und Angestellten des Clubs."
Baumhammer sah Wimmer unverwandt an. Seine nassen Wimpern schlugen irritiert aufeinander.
„Was kann ich denn da ..."
„Nun, ich möchte, dass dieser Test nicht an die Öffentlichkeit dringt. Ich brauche Ihre Mithilfe. Sie sollen am nächsten Samstag alle infrage kommenden Personen hier in den Club bitten, damit wir den Test durchführen können. Die Privatsphäre Ihrer Mitglieder soll dabei gewahrt bleiben. Verstehen Sie?"
„Ja, ich glaube schon. Aber was soll das bringen?"
„Wir haben Spuren am Tatort gefunden. Wir müssen einen Abgleich machen, weil wir denken, dass der Täter oder ein wichtiger Zeuge eventuell aus dem Club kommt."
„Oh, mein Gott." Das Wasser in seinen Augen stieg wieder.
„Meinen Sie, Sie könnten uns helfen, Samstagmorgen ab neun Uhr alle hier zu versammeln?"
Er nickte stumm, weil er sonst vermutlich wieder angefangen hätte zu flennen.
„Vielen Dank. Das wird uns einen riesigen Schritt weiterbringen." Wimmer stand auf und reichte Baumhammer seine Hand zum Abschied.
„Sie werden doch niemandem sagen, dass ich ..." Er deutete fahrig auf seine verheulten Augen.
„Nein, das bleibt unter uns."

30

Er hat geflennt wie ein kleines Mädchen."
„Was, der Baumhammer?", fragten Lassie und Pferdemann im Chor.
„Ja, der Typ ist nicht mehr ganz frisch in der Birne."
„Midlife-Crisis vielleicht", vermutete Lassie.
„Hast du da auch so rumgeheult?", fragte Wimmer.
„Nein, Lassie hatte Hitzewallungen", sagte Pferdemann und lachte laut.
„Gar nichts hatte ich, ich kenne überhaupt keine Krisen", verteidigte sich Lassie.
„Du bist ein krisenfreies Gebiet, was?" Wimmer sah auf die Uhr. Es war bereits zehn nach vier. Kevin ließ auf sich warten. „Okay, gibt's noch irgendwas Neues, bevor der Bodyguard hier aufkreuzt?"
„Nein, wir sind seinen Zahlungsverkehr durchgegangen, doch bis jetzt scheint alles unauffällig zu sein. Mein Gott, die Leute haben Summen auf ihren Konten ... Ich weiß nicht, ob ich darauf neidisch sein oder sie bedauern soll", sagte Lassie.
„Guten Tag", hörten sie Kevin leise sagen und drehten sich um. Da er sonst in Anzug und Krawatte gekleidet war und nun in Jeans und Kapuzenshirt vor ihnen stand, erkannten sie ihn kaum wieder.
„Oh, hallo, Herr Krüger", sagte Wimmer und schaute erneut auf seine Uhr.
„Ich weiß, ich bin etwas spät dran. Frau Leopold und ich standen im Stau."
„Wo waren Sie denn?"
„Wir sind die Strecke abgefahren, die sie in der Mordnacht genommen hat."
„So, so. Und, was haben Sie herausgefunden?"
„Sie hat in Simshausen in einer Pension mit dem Namen ‚Zum kühlen Grund' übernachtet."
„Schön, wir überprüfen das. Wollen wir in mein Büro gehen?", fragte Wimmer und deutete in das kleine Zimmer. Er hatte das Whiteboard mit dem Gesicht gegen die Wand gestellt. „Möchten Sie einen Kaffee?"
„Nein, danke."
„Ungewohnt, Sie ohne Anzug zu sehen."
„Ja, ich war gerade im Studio trainieren."
„Ich denke, Sie waren mit Frau Leopold unterwegs?"
„Ja, ja, vorher war ich beim Training." Er ruckte ein wenig auf dem Stuhl hin und her, wobei sich seine Halsmuskeln anspannten. Er war muskulös, aber nicht aufgepumpt. Eher wie ein Triathlet.
„Aha. Herr Krüger, ich möchte zunächst einmal wissen, wo Sie in der Mordnacht gewesen sind."
„Ich war zu Hause."

„Allein?“
„Ja.“
„Wo wohnen Sie?“
„Theresienstraße 31. Das ist nur fünf Minuten von den Leopolds entfernt.“
„Sie sind schon länger bei den Leopolds angestellt?“
Er lehnte sich zurück und blickte suchend an die Decke. „Ja, ich habe den Job 2005 übernommen. Frau Leopold hatte damals während eines Turniers ein schwerwiegendes Problem mit einem Stalker.“ Das Wort „Stalker“ sprach er fast vertraulich aus und beugte sich dabei wieder nach vorn.
„Tatsächlich? Wie ist das ausgegangen?“
„Ich musste ihn erschießen“, sagte er.
„Wie bitte?“
„Ich musste ihn erschießen.“ Er senkte den Blick ebenso wie seine Stimme.
„Das klingt etwas ... überzogen, wenn Sie das so sagen.“
„Ich weiß. Ich bin nicht stolz drauf, glauben Sie mir. Und ich red auch nicht gern drüber. Aber es war ... unvermeidlich. Frau Leopold bemerkte den Mann bereits am ersten Tag des Turniers. Sie kennen das vielleicht. Manchen Menschen sieht man an, dass sie verrückt sind. Und der Kerl war verrückt. Er folgte ihr den ganzen Tag, und später im Club sprach er sie an und bat um ein Autogramm. Sie gab ihm eins, doch er ließ nicht locker. Fragte sie aus und wollte intime Dinge von ihr wissen. Sogar als Herr Leopold dazukam, ließ er sich nicht abbringen, und schließlich bat Herr Leopold den Turnierdirektor, dass die Security den Mann rauswerfen sollte. Tja, ich war die Security und ich warf ihn raus. Er ging freiwillig mit, doch er hatte dieses Grinsen im Gesicht. Ich wusste, dass es damit nicht beendet sein würde, und sagte das auch den Leopolds. Sie boten mir sofort an, mich außerhalb des Turniers als Bodyguard einzustellen, und ich nahm an. Schon im Hotel war ich wieder im Einsatz. Irgendwie hatte er die Zimmernummer herausbekommen. Er tauchte mehrere Male oben auf, und ich schickte ihn jedes Mal wieder weg. Ich blieb die ganze Nacht auf einem Stuhl vor der Tür sitzen. Das konnte er überhaupt nicht leiden, seine Laune verschlechterte sich wie auf Knopfdruck. Mit einem Mal war seine ganze Bewunderung für Katharina, also für Frau Leopold, dahin. Er schimpfte über sie und nannte sie eine Hure und noch Schlimmeres. Er bekam Hausverbot. Am nächsten Morgen fürchteten wir, dass er wieder auftauchen würde, doch er war nicht zu sehen. Auf dem Turnier arbeitete eine Vertretung für mich, sodass ich mich voll auf Frau Leopold konzentrieren konnte. Sie spielte den ganzen Tag eine hervorragende Runde. Am 18. Loch wollte sie nach zwei Schlägen unter Par putten und da ... da kam er plötzlich aus der Zuschauermenge gesprungen. Es waren immer mehr Zuschauer geworden, die Sonne schien und er hatte sich mit einem falschen Bart verkleidet. Er lief direkt an mir vorbei, doch ich konnte ihn nicht packen.

Ich rief irgendwas und Frau Leopold duckte sich instinktiv weg. Das hat ihr das Leben gerettet. Der Kerl hatte ein Fleischermesser dabei. Ich warf mich auf ihn, und dann weiß ich eigentlich nicht mehr viel. Den Rest hat man mir erzählt. Er stach ein paarmal zu und traf mich zwischen die Rippen und in den Brustkorb. Als er auf mir saß, zog ich meine Waffe und drückte ab. Bauchschuss. Er ist noch auf dem Platz verblutet. Ich musste notoperiert werden. Meine Lunge war kollabiert. Seitdem hat Frau Leopold kein einziges Turnier mehr gespielt. Ich hab mich selbstständig gemacht und blieb bei den Leopolds. So eine Sache verbindet einen irgendwie."

Wimmer schwieg einen Augenblick.

„Wie sehr?", fragte er dann.

„Bitte?"

„Wie sehr verbindet das?"

„Was meinen Sie damit?"

„Sie wissen genau, was ich meine. Frau Leopold wird Ihnen mit Sicherheit schon von den Fotos berichtet haben. Und Beziehungen zwischen Bodyguard und attraktivem Schützling gibt's nicht erst seit Costner und Houston."

„Ich sehe Frau Leopold als einen Freund an. Ich fühle mich über den Beruf hinaus persönlich dazu verpflichtet, mich um sie zu kümmern. Ich kenne sie genau, und ihre Ängste. Diese Geschichte schweißt uns zusammen, vielleicht für immer. Aber ich liebe sie nicht. Ich habe keine Affäre mit ihr."

„Haben Sie mit ihr geschlafen?"

„Was hab ich denn gerade gesagt?"

„Das ist nicht dasselbe. Haben Sie mit ihr geschlafen?"

„Nein", sagte er fast kleinlaut.

„Haben Sie gewusst, dass Herr Leopold eine homosexuelle Beziehung hatte?"

„Nein. Außerdem glaube ich das nicht."

„Ach ja? Warum?"

„Weil er ... keine Ahnung. Ich kann mir einfach nicht vorstellen, dass er seine Frau für einen ... einen Mann verlassen wollte."

„Wussten Sie, dass Minister Schlegel Herrn Leopold manchmal sein Haus für dessen Schäferstündchen überließ?"

„Nein."

„Ihr Verhältnis zu Herrn Leopold war nicht so eng wie das zu seiner Frau?"

„Nein."

„Haben Sie mit Frau Leopold über ihre Ehe gesprochen?"

„Ja."

„Hat sie geahnt oder gar gewusst, dass ihr Mann sich scheiden lassen wollte?"

„Das glaube ich nicht, nein."

„Und wussten Sie oder weiß Frau Leopold, dass Konstantin nicht der leibliche Sohn von Herrn Leopold ist?"
„Was? Nein. Das wusste ich nicht. Ich weiß auch nicht, ob sie das weiß."
„Herr Leopold wusste es. Also brauche ich Sie auch nicht zu fragen, ob Sie wissen, wer der leibliche Vater ist?"
„Nein, keine Ahnung", sagte er und schien diese neue Information erstmal verarbeiten zu müssen.
„Wie gut kennen Sie die beiden Kinder?", fragte Wimmer.
„Ganz gut."
„Wie stehen sie zu ihrem Vater?"
Er lachte tonlos. „Elena ist wütend. Konstantin ist traurig."
„Das ist mir auch schon aufgefallen."
„Sie haben nie viel von ihrem Vater gehabt. Jeder mag ihn, weil er mit jedem Zeit verbringt und mit jedem Spaß hat. Nur seine Familie ist dabei völlig in Vergessenheit geraten."
„Hatten Sie jemals Streit mit ihm, privat oder beruflich?"
Kevin überlegte ein paar Sekunden. Wimmer machte eine geistige Notiz.
„Ich habe ihm mal meine Meinung gesagt, darüber, wie er seine Frau behandelt. Daraufhin hat er mich gefeuert. Sie hat mich wieder eingestellt. Das war 2009. Es hat ihrer Beziehung den Rest gegeben, glaube ich. Sie sprachen kaum noch miteinander und gingen sich aus dem Weg."
„War er eifersüchtig auf Sie?"
„Auf mich? Er hatte kein Interesse mehr an seiner Frau. Also nein."
„In Ordnung. Sagen Sie, übernachten Sie auch in der Villa?", wollte Wimmer wissen.
„Ja, das kommt vor. Ich habe ein Zimmer im Keller."
„Gut, Herr Krüger, das war's. Ich möchte Sie bitten, vorerst nicht mit Frau Leopold über die Sache mit Konstantin zu sprechen."
Sie standen auf und Wimmer begleitete Kevin hinaus. Pferdemann stellte sich an Wimmers Seite, während er ihm nachsah.
„Na, was sagt der Muskelmann?"
„Interessante Dinge. Wo ist Lassie?"
„In seinem Büro. Wir haben was in den Geschäftspapieren in Düsseldorf gefunden."
„Klingt gut. Ich will ein Meeting, heute Abend, zwanzig Uhr. Aber nur wir drei und Carstens. Kannst du das organisieren?"
„Klar. Was machst du jetzt?"
„Ich fahr nach Simshausen."

31

Wimmer fuhr eine kleine gewölbte Landstraße entlang, die von hübschen Linden flankiert war. Links und rechts erstreckten sich Felder, auf denen ihm unbekannte Pflanzen angebaut wurden. Eine kleine Gemeinde mit einer gelblich schimmernden Kirche schmiegte sich ein paar Hundert Meter vor ihm an einen Hügel, hinter dem ein dunkler Laubwald begann. Er passierte das Ortsschild Simshausen und folgte der Hauptstraße um drei enge Kurven, vorbei an Hofeinfahrten und einigen selbst gebastelten Schildern, die auf „Frische Kartoffeln“ oder „Frische Eier“ hinwiesen. Platt gewalzte Pferdeäpfel klebten auf der Straße und nach einer weiteren Biegung erschien rechts der Straße ein weißes Haus mit schwarzen Dachziegeln, über dessen Eingang das Schild „Zum kühlen Grund. Pension und Restaurant“ hing. Hinter einer hüfthohen Steinmauer erstreckte sich ein schmaler Grünstreifen vor den Fenstern des Lokals. Hier hatte man drei runde Tische mit jeweils zwei Klappstühlen aufgestellt. Wimmer ging durch die geöffnete Tür und stand vor einer kleinen Bar, hinter der ein Schlüsselbrett mit neun Schlüsseln hing. Der Raum war verlassen. Es roch schwach nach Frittierfett und Bierschaum.

„Hallo?“, rief Wimmer, doch es tat sich nichts. Auf dem Tresen war keine Klingel zu finden. Weil er Durst hatte und gern draußen in der Sonne sitzen wollte, ging Wimmer wieder hinaus in den kleinen „Biergarten“ des Hauses, setzte sich an eines der drei Tischchen und studierte die Speisekarte, die als laminiertes Blättchen unter dem Aschenbecher auslag.

Es gab die typischen gutbürgerlichen Gerichte und eine lokale Spezialität, die sich „Simshausener Ferkelgulasch“ nannte. Wimmer blickte auf die gegenüberliegende Straßenseite, wo sich hinter einem kleinen Brunnen die gelbe Kirche erhob. Der Wetterhahn glänzte in der Sonne. Ein Quietschen ließ ihn nach rechts zum Eingang schauen. Dort stand eine Frau mit Schürze und geschlossenen Birkenstocksandalen und hatte gerade begonnen, das getönte Fenster der Eingangstür zu putzen. Sie tauchte einen Schwamm in den blauen Eimer zu ihren Füßen und wischte mit dem Schaum über das Glas. Sie schien Wimmer nicht bemerkt zu haben.

„Entschuldigung?“, sagte Wimmer laut.

„Ha!“, rief sie erschrocken und zuckte zusammen. Dabei stieß sie gegen den Eimer, der umkippte, sodass sich das Schaumwasser in den Eingangsbereich ergoss.

„Tut mir leid, ich wollte Sie nicht erschrecken“, sagte Wimmer.

Die Frau sah ihn ängstlich an. Sie konnte sich gar nicht bewegen. Ihr Blick wanderte zwischen Wimmers Gesicht und seinem Haarkamm hin und her, wobei sie den Schwamm so fest hielt, dass das Wasser direkt auf ihren rechten Schuh tropfte. Einen Haarschnitt wie diesen bekam man in Simshausen wahrscheinlich nicht alle Tage zu sehen.

„Wer sind Sie?“, fragte sie atemlos.
„Ich wollte nur was trinken. Drinnen war niemand, also hab ich mich rausgesetzt“, erklärte Wimmer.
„Ich war Wasser holen. Unsere Küche ist noch geschlossen.“
„Macht nichts, ich wollte nur ein Hefeweizen trinken.“
„Ach so.“
Wimmer blickte auffordernd auf den Schwamm, der langsam ihren Schuh durchtränkte. Sie registrierte das endlich und schüttelte ihren Fuß.
„Wäre das möglich?“, fragte Wimmer.
„Was?“
„Ein Hefeweizen.“
„Ja, ich bring es Ihnen.“
„Danke.“
Nach fünf Minuten tauchte sie wieder auf, trat in die Pfütze vor der Tür und hinterließ dunkle Fußspuren auf dem Weg zu seinem Tisch. Vorsichtig stellte sie das Glas auf einen Bierdeckel.
„Schön, haben Sie's hier. Wie viele Zimmer haben Sie denn?“
„Neun.“
„Und, viele Gäste?“
„Es geht.“
„Bitte erschrecken Sie jetzt nicht, aber ich bin von der Polizei und hätte nur eine kleine Frage an Sie.“
Die Angst ließ ihre Augen größer werden. Sie wischte sich nervös ihre Hände an der Schürze ab. „Polizei? Was ist denn?“
„Es hat nichts mit Ihnen zu tun. Ich möchte nur wissen, ob am letzten Wochenende eine Frau Leopold hier übernachtet hat.“
„Da muss ich meinen Mann fragen. Aber der ist einkaufen.“
„Haben Sie kein Gästebuch?“
„Doch, schon.“
„Darf ich mal einen Blick hineinwerfen?“
Sie gingen gemeinsam hinter die Theke, und sie holte ein abgewetztes DIN-A4-Buch aus einem Fach und schlug es für ihn auf. „Hier, das ist letzte Woche Freitag, Samstag und Sonntag.“
Es standen kaum Namen auf der Liste. Freitag hatten sich drei Männer eingetragen, Sonntag einer. Am Samstag eine Frau: Katharina Leopold.
„Das ist sie. Können Sie sich an die Dame erinnern? Schlank, dunkelblondes Haar, gut gekleidet?“
„Ja, doch.“

„Wissen Sie noch, was für einen Wagen sie fuhr?"
„So ein Sportding."
„Einen Porsche?"
„Kann sein."
„Na gut, vielen Dank. Das war's schon. Was bin ich Ihnen für das Bier schuldig?"
„Drei zwanzig."
Wimmer legte vier Euro auf den Tresen. „Stimmt so. Auf Wiedersehen."
Er ging hinaus, trank sein Bier aus und setzte sich in sein Auto. Er wendete und fuhr die Straße wieder zurück. Das Bier zeigte seine Wirkung. Er hatte einen leichten Schwips und einen Riesenhunger. Also hielt er an einer Metzgerei und betrat den Laden. Zu seiner Freude entdeckte er in der Vitrine frisch belegte Brötchen.
„Guten Tag. Ich hätte gern ein Salami- und ein Kasslerbrötchen, bitte."
„Auf der Durchreise?", fragte ein kleiner rotwangiger Mann in einer schmutzigen Schürze. Er trug eine Brille mit Gläsern so dick wie Glasbausteine. Wenn das der Metzger persönlich ist, ist es ein Wunder, dass er noch alle seine Finger besitzt, dachte Wimmer.
„Nein ...", setzte Wimmer zu einer Antwort an, entschied sich dann aber, besser nicht die Wahrheit zu sagen, „Doch, ich suche ein Hotel hier im Ort oder in der Gegend. Können Sie mir was empfehlen?"
„Hotel? Ja, wir haben eins. Nette Leute, sauber und mit guter Küche. Ich beliefere sie."
„Super. Wo find ich das denn?"
„Sie müssten direkt dran vorbeigefahren sein. Auf der anderen Straßenseite. ‚Zum kühlen Grund'." Er steckte die Brötchen in eine Papiertüte, nachdem er sie dreimal in Zellophanpapier eingewickelt hatte.
„Und preislich?", fragte Wimmer und der kleine Metzger musterte ihn mit Augen so groß wie Tischtennisbälle.
„Günstig. Ich kenne die Besitzer persönlich, wirklich nette Leute. Mit dem Mann bin ich seit Jahren im Schützenverein, der ist kein Halsabschneider."
„Also ein Familienbetrieb."
„Sicher. Bei uns ist so gut wie alles ein Familienbetrieb, wissen Sie? Obwohl die Kinder heutzutage keine Lust mehr haben und lieber so schnell wie möglich von hier weggehen. Der Krügerjunge auch. War 'n kräftiger Kerl, hätte gute Arbeit machen können im Betrieb, aber stattdessen ist er weg und macht jetzt Sekuriti." Er sprach das Wort eigenartig aus, doch Wimmer schwante etwas. „Nu müssen die Alten alles allein machen, bis die Rente kommt. Gehen Sie rüber und bestellen Sie schöne Grüße von mir. Sagen Sie, Eduard hätte Sie geschickt, dann freuen die sich."
„Wie hieß das Ehepaar doch gleich?", fragte Wimmer und nahm seine Brötchen entgegen.

„Herbert und Waltraud Krüger. Macht drei zwanzig.“ Das schien ein Festtarif für alles zu sein. Wimmer bezahlte.
„Und der Sohn, wie hieß der noch mal?“
„Wieso woll'n Sie das wissen?“
„Ach, schon gut. Ich wollt nur 'n bisschen mit den Leuten ins Gespräch kommen“, sagte Wimmer, weil ihm nichts Besseres einfiel.
„Kevin“, sagte der Metzger. „Sagen Sie, was bringt das, wenn man wie ein Hahn aussieht?“ Er deutete mit seinem Schlachtermesser auf Wimmers Iro.
„Ich bin aufm Kriegspfad“, sagte Wimmer und ging hinaus. Er setzte sich in seinen Wagen und überlegte mit den Brötchen auf seinem Schoß, wie diese Neuigkeiten ins Bild passten. Kevin Krüger kam also aus Simshausen. Und seine Eltern hatten ein kleines Hotel. Was für hübsche Zufälle es doch gab.

32

Frau Leopold hat in der Mordnacht angeblich in der Pension übernachtet, die den Eltern von Kevin Krüger gehört. Die beiden haben ihr also vermutlich ein falsches Alibi verschafft“, erklärte Wimmer. Sie saßen zu viert in seinem Büro. Das Acht-Uhr-Treffen, wie Wimmer es sich gewünscht hatte. Lassie blickte in seinen Kaffeebecher.
„Vielleicht hast du dich mit deinem Gefühl doch geirrt“, meinte er und sah mit zusammengekniffenen Lippen und hochgezogenen Augenbrauen zu Wimmer.
„Was fürn Gefühl?“, fragte Carstens.
„Der Herr Kommissar hat sich ein wenig in Frau Leopold verguckt und meint deshalb, dass sie keiner Fliege was zuleide tun kann“, sagte Lassie schmunzelnd.
„Hast du'n Schuss in deinem Kaffee? Bist ganz schön mutig heute Abend“, erwiderte Wimmer. Er stand auf und malte das kleine Hotel mit der Überschrift „Falsches Alibi“ auf das Whiteboard.
„Glaubt ihr wirklich, eine Frau könnte so was machen? Ich meine, rein körperlich? Schafft sie das?“, fragte Pferdemann.
„In Rage schaffen Menschen Dinge, von denen du nur träumst. In deinen schlimmsten Alpträumen.“
„Sie ist sehr sportlich. Ich denke, dass sie kräftig genug ist“, sagte Lassie.
Wimmer nickte nachdenklich. „Ich will hören, was wir Neues haben. Wenn das zu ihr passt, wird sie wohl oder übel die Verdächtige Nummer eins.“ Er blickte in die Runde.
Lassie richtete sich auf. „Also, in den Geschäftsunterlagen haben wir bisher gerade mal

ein Zehntel abgearbeitet, wenn überhaupt. Aber ich hab da ein Projekt gefunden, das Leopold mit Baumhammer und Beschamel ausgetüftelt hat."
„Wer war dieser Soßenheini noch mal?", fragte Wimmer.
„Er ist Fahrschullehrer und war einer von Leopolds Golfpartnern. Die drei wollten ein großes Outlet-Center bauen. Es gibt nordwestlich von hier ein Gebiet, das der Stadt gehört und quasi ungenutzt ist. Allerdings befindet sich ein großes Waldstück darauf, ein Grundwasser- und Naturschutzgebiet. Diese Fläche war schon immer baufreie Zone. Leopold und Konsorten haben es geschafft, eine Baugenehmigung zu bekommen. Der Wald sollte eigentlich schon im Frühjahr abgeholzt werden. Man hatte die Fläche kurzerhand umdeklariert. Sie ist jetzt kein Naturschutzgebiet mehr. Und ratet mal, wer da seine Finger mit im Spiel hatte."
„Schlegel", sagten alle gleichzeitig.
„Richtig ... und Wischnewski. Einige Umweltschützer haben den Betrug erkannt und sind auf die Barrikaden gegangen, doch sie hatten hier keine große Lobby und wurden kaum gehört. Sie sind ein paarmal durch die Stadt gelaufen und haben Plakate und Zettel verteilt. Aber mit wenig Resonanz. Das Outlet-Center könnte noch mehr Projekte nach sich ziehen. Viele sehen darin die Zukunft für diese Region."
„Das hat Frau Leopold also gemeint", sagte Wimmer.
„Was?"
„Na, als wir das erste Mal bei ihr waren, vermutete sie, dass wir ihn wegen seiner krummen Geschäfte suchen. Sie wusste davon."
„Ist das ein Motiv für sie?", fragte Pferdemann.
„Nicht, wenn es sie nicht in irgendeiner Weise persönlich betrifft", sagte Wimmer.
„Aber das ist doch mal 'ne Neuigkeit. Gut, dass Wischnewski noch nicht weiß, dass wir es wissen."
„Aber er muss zwangsläufig davon ausgehen."
„Deshalb war er auch so besorgt um Schlegel. Wir kommen der Sache langsam näher, Jungs. Der Nebel lichtet sich."
„Oh, jetzt kommt wieder der Poet durch", frotzelte Lassie.
Wimmer strafte ihn mit Missachtung. „Carstens? Wie steht's bei Ihnen?"
Carstens, auf dessen Schoß die ganze Zeit über eine schlichte DIN-A4-Mappe gelegen hatte, zog nun ein Blatt heraus und begann mit seinen Ausführungen.
„Zum Tatort: Wir haben an der Stelle, an der sich der Täter vermutlich umgezogen hat, Faserspuren und Haare gefunden. Das Reinigungspersonal war sehr gründlich nach Schließung der Anlage, sodass es uns sehr leicht gemacht wurde. Die DNA gehört nicht zu Leopolds und stimmt mit der des Spermas ebenfalls nicht überein." Er machte eine Pause und blickte seine Kollegen vielsagend an.
„Also?", fragte Pferdemann.

„Also haben wir es mindestens mit einer dritten Person zu tun", meinte Carstens.
„Spricht schon wieder für Frau Leopold als Täterin", sagte Lassie.
„Können Sie sagen, ob es männliche oder weibliche DNA war?", wollte Wimmer wissen. Carstens lächelte.
„Ja, das kann ich. Beides. Wir fanden Haare von einem Mann und einer Frau."
„Das macht dann ja vier. Langsam wird's eng in der Dusche", platzte Pferdemann überrascht heraus.
„In dem Fall waren es vielleicht zwei Täter", sagte Wimmer und es wurde leise.
„Du meinst ... sie und Kevin zusammen?", fragte Lassie.
„Möglich wär's. Wenn der Postmann zweimal klingelt."
„Hab ich nie gesehen", meinte Lassie.
„Für Jessica Lange hätt' ich's auch gemacht", gab Carstens zu, ohne mit der Wimper zu zucken.
Wimmer zögerte einen Moment, dann wandte er sich zur Tafel und zeichnete die Fakten in die Skizze ein.
„Super. Immer schön uneindeutig", beschwerte sich Lassie.
„Was ist mit Schlegels Haus und dem Wagen?", fragte Wimmer und drehte sich wieder um. Den Stift ließ er geöffnet zwischen seinen Fingern rotieren.
„Im Schlafzimmer fanden wir Haare von drei verschiedenen Männern und einer Frau."
„Pikant, pikant", sagte Wimmer amüsiert. „Schlegel schläft dort mit seiner Frau. Wenn sie ihr Häuschen vermieten, schläft dort Leopold mit seinem Loverboy. Wir brauchen eine Vergleichsprobe von Schlegel."
„Nicht unbedingt. Folgendes: Eine Haarprobe ist eindeutig Leopold zuzuordnen. Die zweite Probe ist identisch mit der Sperma-DNA. Also muss die dritte von Schlegel selbst sein. Jemanden, der keine Spuren in seinem eigenen Schlafzimmer hinterlässt, gibt's nicht. Die weibliche Haarprobe ist nicht dieselbe wie die vom Tatort. Letztere fanden wir aber auch in Leopolds Wagen."
„Da haben wir's! Es ist Frau Leopold", rief Lassie.
„Das heißt gar nichts. Natürlich finden wir ihre Haare in dem Wagen. Er gehört schließlich ihrem Mann, du Oberchecker."
„Mit dem sie kein Wort mehr redet, geschweige denn mit ihm zusammen Auto fährt", bemerkte Lassie.
„Ich bräuchte eine Speichelprobe von Frau Leopold, dann könnte ich sagen, ob sie es war."
„Ich versteh bei all dem DNA-Gequatsche gar nichts mehr. Wer war denn nun am Tatort?", fragte Pferdemann.
„Leopold, der Loverboy und ein unbekannter Mann und eine unbekannte Frau. Die Frau ist auch in Leopolds Wagen gewesen, der Loverboy im Haus von Schlegel", resü-

mierte Wimmer.
„Und was heißt das?"
„Im Grunde nicht viel. Weil es noch nichts beweist", sagte Carstens. „Eine Haarprobe, gefunden am Tatort, muss nicht unbedingt vom Täter stammen. Es kann durchaus sein, dass sie übertragen wurde. So wie es sein kann, dass sich nach unserem Treffen hier Kommissar Wimmers Haare auf Ihrem Jackett befinden."
„Super", sagte Pferdemann und wischte sich über die Schultern, als wollte er Schuppen entfernen.
„Was ist mit dem Ring?", fragte Wimmer.
„Wir haben die Rohre drei Meter weit untersucht. Kein Ring."
Es trat nachdenkliche Stille ein. Jeder jonglierte mit den Tatsachen in seinem Kopf herum. Wimmer blickte auf die Uhr. Dann steckte er die Kappe zurück auf den Stift und warf ihn gekonnt in die kleine Rinne unter dem Whiteboard. „Wir lassen das jetzt mal sacken und gehen alle nach Hause. Morgen sehen wir uns um sechs wieder hier."

33

Wimmer hatte wieder etwas zeichnen wollen, doch er war nach einem Bier im Sitzen auf der Couch eingeschlafen. Als ihm die Flasche, die er noch in der Hand hielt, vom Bein rutschte, schreckte er hoch. Ein Rest Bier ergoss sich über den Teppich.
„Holy crap!"
Er blinzelte und versuchte, sich an den Traum zu erinnern, der ihm irgendwie entglitten war. Er hatte vom Fall geträumt, da war er sich sicher. Und es hatte mit Carstens zu tun gehabt. Als es ihm wieder einfiel, sprang er auf und rannte in die Küche. Er blickte in die leere Spüle. Sie glänzte trocken. Er riss die Regaltür darunter auf, kniete sich hin und schraubte den Siphon ab. Es machte ein schmatzendes Geräusch, als er das gebogene Rohr entfernte. Dunkle, klebrige Haarmasse quoll daraus hervor. Mit der linken Hand fischte Wimmer ein Messer aus der Schublade und begann damit, die stinkende Masse herauszupulen und sie auf der Abtropffläche auszubreiten. Doch alles, was er fand, waren Haarreste und ein klebriger Klumpen, der von der Konsistenz her wie Ton oder Lehm war. Den Rest, den er nicht mit dem Messer erreichen konnte, spülte er mit Wasser heraus. In der Spüle lag nun ebenfalls ein matschiger Klumpen, doch darin steckte etwas Rechteckiges, Schwarzes. Vorsichtig fasste Wimmer mit der Messerspitze darunter und zog es aus dem Grind. Es war eine kleine lederne Schlaufe. Sie war gerissen. Wimmer nahm sie zwischen die Finger und wusch sie unter laufendem Wasser

ab. Ja, es war an den Seiten vernähtes Leder. Eine Stecklasche für ein Uhrenarmband. Er hörte Schritte draußen auf dem Weg und sprang augenblicklich zum Lichtschalter und löschte das Licht. Er wollte nicht, dass man ihn sehen konnte bei dem, was er gerade tat, weil er dachte, dass er etwas Bedeutendes gefunden hatte. Er stand in der finsteren Küche und starrte auf die schwarze Scheibe. Plötzlich erschien ein Gesicht, eingerahmt von zwei Handkanten, am Fenster. Er bekam einen solchen Schreck, dass er fast aufgeschrien hätte. Jemand spionierte in seine Küche hinein! Er schlich zur Haustür, nahm seine Dienstwaffe aus dem Holster, der über der Garderobe hing und riss die Tür auf. Über Kimme und Korn erkannte er vor seinem Küchenfenster die zutiefst erschrockene Frau Leopold. Sie gab einen wimmernden Laut von sich und hob die heftig zitternden Hände.
„Oh Gott!", flehte sie.
„Verdammt noch mal! Frau Leopold? Was machen Sie hier?", schrie Wimmer und drückte auf den Lichtschalter am Eingang.
Sie konnte nichts sagen, stand nur da und zitterte, als hätte sie einen Stromschlag bekommen.
„Ich hätt Sie beinah abgeknallt!"
„Oh Gott."
„Ist ja gut. Regen Sie sich nicht auf. Alles wieder unter Kontrolle." Wimmer sicherte seine Waffe und steckte sie hinten in seinen Gürtel. „Was machen Sie hier?", fragte er erneut.
„Oh Gott, ich hab mich so erschreckt."
„Ist mir aufgefallen. Ich mich auch. Kommen Sie." Er streckte seine Hand aus, und sie kam mit kleinen Schritten auf ihn zu. Sie trug ihr Trainingsoutfit, das Wimmer bereits kannte. „Setzen Sie sich doch", sagte Wimmer und deutete auf das Sofa, das einsam im Wohnzimmer stand.
„Sie wohnen hier?", fragte sie entgeistert.
„Ja, leider. Wollen Sie was trinken?"
„Was Starkes auf den Schreck, wenn Sie haben."
„Bourbon."
„Nehm ich."
Wimmer ging in die Küche und kramte aus einem Karton eine Flasche Jack Daniels hervor. Mit zwei Gläsern in der Hand kehrte er ins Wohnzimmer zurück. Frau Leopold saß stocksteif da und sah sich auf merkwürdige Art im Zimmer um. Er setzte sich mit einigem Höflichkeitsabstand neben sie und goss ihnen beiden ein.
„Hier." Er reichte ihr den Whisky und sie stießen an. „So, und jetzt verraten Sie mir bitte, was Sie an meiner Fensterscheibe zu suchen hatten."
Sie sah ihn mit großen Augen an und nahm noch einen Schluck, bevor sie antwortete.

„Ich war joggen."
„Das seh ich", sagte Wimmer mit einem Blick auf ihre Laufschuhe. „Und da gucken Sie ab und zu in die Häuser der gemeinen Bevölkerung."
„Ich wusste doch nicht, dass Sie hier ..."
„Na ja, irgendwo muss ich ja wohnen. Es ist bestimmt nicht für immer. Dieses Haus und ich passen nicht so ganz zusammen. Außerdem ist mein Vormieter hier drin gestorben, das macht's nicht gerade gemütlicher."
„Ich weiß", sagte sie mit leiser Stimme.
„Kannten Sie den Alten?"
„Er war mein Vater."
Wimmer hätte sich fast verschluckt. Er sah sie mit offenem Mund an.
„Deswegen bin ich hier. Ich wollte sehen, wer hier eingezogen ist. Ich lief unten am Fluss lang und hab Licht gesehen."
„Mein Vormieter war Ihr Vater?"
Sie nickte und blickte traurig in ihr Glas.
„Das tut mir leid, ich hatte keine Ahnung."
„Wie auch."
„Dann ... dann war das ja ... Ich hab ein Foto von ihm gesehen, im Club", stammelte Wimmer. Sie lächelte sanft.
„Ja, das ist er."
Wimmer schenkte nach.
„Komischer Zufall", sagte er. „Ich wollte sowieso mit Ihnen sprechen."
„Sie glauben, dass ich meinen Mann umgebracht habe."
„Das hab ich nicht gesagt."
„Nein. Aber Sie tun es."
„Frau Leopold, es haben sich gewisse Dinge ergeben, die kein gutes Licht auf Sie werfen."
Sie hob ihre Hände vors Gesicht. Am Zucken ihrer Schultern erkannte Wimmer, dass sie weinte. Unschlüssig saß er neben ihr. Er mochte ihre schmalen, sportlichen Schultern. Sie roch angenehm nach frischem Schweiß und einer leichten Note ihres Parfums. Behutsam legte er ihr seine Hand auf die Schulter. Er spürte ihre Wärme und das Zucken hörte auf. Langsam nahm sie ihre Hände herunter und sah ihn aus eisblauen, wässrigen Augen an. Es vergingen noch drei Sekunden, bevor sie übereinander herfielen.
Als sie später verschwitzt unter einer Decke auf dem Teppich des Wohnzimmers lagen, fing sie plötzlich an zu lachen.
„Oh, mein Gott. Was haben wir gemacht?"
„Ich hab das Gefühl, dass ich dir das nicht mehr erklären muss."

„Ja, aber ... das ist doch verrückt. Das dürfen wir doch nicht."
„Es ist ... ungünstig. Bereust du es?"
Sie sah ihm fest in die Augen. „Nein."
Dann strich sie mit der flachen Hand über seinen Haarkamm. „Das fühlt sich gut an."
Sie drehte ihren schlanken, muskulösen Körper und legte sich auf den Bauch. Die Rundungen ihrer Brüste drückten sich unter ihrem Brustkorb hervor. „Über was wolltest du mit mir sprechen?"
Jetzt drehte sich auch Wimmer auf den Bauch. Sein Penis schmerzte. Das machte ihm erst richtig bewusst, wie unprofessionell er sich gerade verhalten hatte. Diese Situation war absurd, und er überlegte, ob er sie wegschicken und die letzten zwei Stunden einfach vergessen sollte. So tun, als wäre nie etwas passiert. Vielleicht hatte er mit einer Mörderin geschlafen. Eine kleine Panikwelle ergriff ihn und er musste tief einatmen.
„Was ist mit dir?"
„Das war unklug. Wenn du deinen Mann nun ermordet hast? Wenn du das hier nur gemacht hast, um mich zu ... beeinflussen? Was mache ich dann?"
„Das fragst du mich?" Sie lächelte und ihre Augen funkelten belustigt, aber zugleich auch listig.
„Ja, wen sonst?"
„Du bereust es. Ich nicht. Es war wunderschön. Und es war nötig. Unumgänglich."
Er überlegte einen Augenblick, wie sie das letzte Wort gemeint hatte.
„Wusstest du, dass Konstantin nicht von deinem Mann ist?", fragte er und sofort wich jegliche Farbe aus ihrem Gesicht. Sie dachte nach. Wimmer fragte sich, was das zu bedeuten hatte.
„Ja."
„Weißt du, wer der Vater ist?"
„Nein."
„Wie kommt das?"
„Das ist eine lange Geschichte."
„Aber ich muss sie mir anhören", sagte Wimmer und sie atmete einmal tief durch.
„Kann sein, dass du mich hinterher nicht mehr magst. Ich bin nicht stolz darauf."
„Das ist egal. Erzähl es mir."
„Nun, mein Mann war hyperaktiv, in jeglicher Hinsicht. Er knüpfte überall Kontakte, machte sich Freunde innerhalb von Sekunden und nutzte das fürs Geschäftliche, zum Spaß und auch für den Sex. Wir waren jung damals. Er war erfolgreich, intelligent, schnell im Kopf, sportlich, talentiert. Es gab vieles, was ihn ausmachte, und ich war fasziniert davon. Es war ein Leben wie auf einer Rennstrecke. Immer Vollgas, zweihundert Kilometer pro Stunde. Im Club hatten wir viele Freunde und feierten viele Partys. Wilde Partys. Alkohol, Drogen, Sex, alles war dabei. Es gab ein Spiel, das Theo

besonders liebte. Wir nannten es ‚18 Löcher'. Theo lud sechzehn unserer Freunde ein, wir füllten uns ab, koksten, was das Zeug hielt, und dann machten wir Partnertausch. Jeder durfte mal mit jedem. Theo machte es mit allen. Auch mit einigen Männern. Damit musste ich leben. Er war bi, ein gemischtes Doppel war da an der Tagesordnung. Tja, und auf einer dieser Partys ist es halt passiert. Ich wurde schwanger mit Konstantin. Es kamen vier Männer in Frage. Aber es wurde nie darüber gesprochen. Konstantin war Theos Sohn, fertig aus. Er war mein Mann. Und keinen der anderen Männer interessierte es. Herrgott, ihre Frauen wurden schließlich auch schwanger. Keiner weiß, wem diese Kinder wirklich gehören."
Ganz plötzlich musste sie weinen und schien selbst davon überrascht. Wimmer konnte sie dieses Mal nicht trösten. Er wartete nur ruhig, bis sie wieder sprechen konnte.
„Gott, ich hasse mich selbst dafür. Als Konstantin dann da war, wollte ich den ganzen Scheiß nicht mehr. Theo hingegen machte weiter wie zuvor. Zwei Jahre später bekam ich Elena. Sie ist von Theo, da gibt's keinen Zweifel."
Wimmer wollte sie ansprechen und bemerkte, dass er sie bis jetzt nur „Frau Leopold" genannt hatte. Es fühlte sich merkwürdig an, als er ihren Vornamen aussprach. „Katharina, dein Mann wusste, dass er nicht der Vater ist. Er hat einen Test machen lassen. Kurz vor seinem Tod."
„Was?" Sie fiel aus allen Wolken. „Das ist unmöglich."
„Ist es nicht. Das Ergebnis lag im Handschuhfach des Wagens. Es war ein guter Grund, sich von dir scheiden zu lassen."
Sie schüttelte verständnislos den Kopf.
„Warum zweifelst du daran?", fragte er.
„Warum jetzt? Wieso kommt er nach achtzehn Jahren auf die Idee, einen Test machen zu lassen? Wieso interessierte es ihn überhaupt? Es hat ihn nie interessiert."
„Das werden wir vielleicht nie beantworten können."
Wimmer mochte sie. Er mochte es, hier mit ihr zu liegen. Er mochte ihren Körper und ihren Geruch. Er mochte ihre Stimme und ihre Augen. Eigentlich wollte er das nicht zerstören. Doch mit seiner nächsten Frage würde er es tun. Es könnte sein, dass sie aufstand und ging und nie mehr wiederkam. Wimmer rieb sein Gesicht, massierte seine Stirn. Es half nichts.
„Katharina, wo warst du wirklich in der Mordnacht?"
„Das hab ich doch schon gesagt. In einem Hotel."
„Du meinst das Hotel, das Kevins Eltern gehört?"
Ihre Augen flackerten.
„Ja. Und?"
„Was denkst du, was ich darüber denken soll?"
„Ich fuhr dorthin, weil Kevin es mir empfohlen hatte. Ich wollte raus, er gab mir einen

Tipp, weiter nichts."
„Aha."
„Du glaubst mir nicht."
„Unmöglich. Ich will wissen, wo du warst. Denk drüber nach. Ich mag dich. Ich kann dir helfen. Aber du musst mir die Wahrheit sagen."

34

Am Samstag war der Parkplatz voll. Wimmer fuhr direkt vor den Eingang und stieg aus. Hinter der gläsernen Eingangstür stand eine Frau. Sie hatte eine Hand auf den Knauf der Tür gelegt, die andere stemmte sie in die Hüfte. Kaum hatte Wimmer die Stufen erreicht, öffnete sie die Tür einen Spalt.
„Heute ist geschlossen. Bitte kommen Sie ein anderes Mal wieder", rief sie und drückte die Tür gleich wieder ins Schloss. Wimmer baute sich vor der Scheibe auf und lächelte sie freundlich an. Die Dame verzog keine Miene. Ihre kleinen runden Augen wanderten abschätzend über seine Haarpracht und seine Kleidung.
„Würden Sie mich bitte reinlassen, ich bin Kommissar Wimmer", rief Wimmer gegen die Scheibe. Ihr Kopf zuckte zurück und formte ein Doppelkinn, während sich ihre Mundwinkel belustigt nach unten zogen. Ja, sie zogen sich nach unten, und trotzdem lachte sie irgendwie.
„Bitte, würden Sie öffnen?"
„Verarschen kann ich mich allein. Ich kenne euch Typen. Und jetzt mach die Biege", rief sie, wobei sich die Adern an ihrem Hals beängstigend aufblähten. Sie drehte sich um und stapfte davon.
„Hey!" Wimmer schlug mit der flachen Hand gegen die Tür, aber niemand öffnete ihm. „Holy crap."
Er ging links durch die Büsche und fand einen Fliederbaum, auf den er klettern konnte. Vielleicht schaffte er es, von hier aus aufs Dach des Clubhauses zu gelangen. Der Zaun schien ihm zu gefährlich zu sein, denn er war oben mit Stacheldraht versehen. Mit vier langen Schritten Anlauf und ein paar Handgriffen bugsierte er sich auf einen breiten, sehr langen Ast, der unter ihm federte. Von hier wollte er es versuchen. Wenn er brach, hatte er halt Pech gehabt. Er nutzte die Federung des Fliederastes und sprang gegen die Mauer. Seine Hände erreichten den oberen Rand des Gebäudes und er hielt sich fest, während er mit den Füßen versuchte, sich hochzustemmen. Das funktionierte nicht, also suchte und fand er mit den Füßen einen weiteren Ast, von dem er sich abstoßen konnte. Seine Finger schmerzten, weil sich die Kante in sein Fleisch schnitt.

Mit einem beherzten Ruck beförderte er sich nach oben, sodass er umgreifen und sich aufs Dach hieven konnte. Der Sattel des Daches war nicht sehr steil und mit diesen neumodischen Ziegeln belegt, die irgendwie gummiert waren und einfach nur scheiße aussahen, wie Wimmer fand. Aber sie waren rutschfest. Er schaffte es hoch bis zum Schornstein und robbte auf der anderen Seite auf seinem Hintern vorsichtig wieder zur Dachkante hinunter. Hier ließ er sich einfach auf die Terrasse fallen. Er knallte auf den Boden, rollte sich seitwärts ab und stieß mit der Schulter gegen einen mächtigen Blumenkübel auf Rädern. Das Ding setzte sich in Bewegung und fuhr langsam, aber stetig auf die kleinen Stufen hinunter zum ersten Grün zu. Dort kippte der Kübel um und ergoss die Blumenerde samt Blumen auf die Treppe und den Rasen. Wimmer, der sich in eine sitzende Position gebracht und das Schauspiel wie versteinert beobachtet hatte, blickte nun durch das große Fenster in den übervollen Clubraum. Alle starrten ihn an. Zu beiden Seiten des Raumes waren Tische aufgestellt, hinter denen Kollegen der Kriminaltechnik standen und die Speichelproben der Clubmitglieder abnahmen. Einige hielten das Wattestäbchen noch in der Luft und so mancher Golfer hatte den Mund immer noch weit geöffnet.

Wimmer stand auf und winkte allen zu. „Kann mich einer reinlassen, bitte?", rief er.

Lassie öffnete ihm die Terrassentür und sah ihn an, als ob er nicht mehr ganz bei Trost wäre. „Sonst ist aber alles in Ordnung bei dir?"

Wimmer trat ein. „Ja, die alte Furie vorn an der Tür hat mich nicht reingelassen."

„Na ja, war jedenfalls ein bemerkenswerter Auftritt."

„Da ist ja wieder dieser Punker! Ich hatte Ihnen doch gesagt, dass Sie abhauen sollen, Sie … Sie …" Die Furie war hinzugekommen und deutete drohend mit dem Zeigefinger auf Wimmer.

„Jetzt kommt 'ne Beamtenbeleidigung", sagte Wimmer grinsend.

„Sie Abhartzer!"

„Abhartzer?", fragte Lassie und Wimmer im Chor.

„Ja, diese Leute, die von Hartz IV leben und den ganzen Tag in der Fußgängerzone rumhängen und betteln, widerlich."

Wimmer zog seinen Kripoausweis aus der Tasche und ließ ihn wie ein Hypnosependel vor ihren Augen hin und her schaukeln. „Wissen Sie, was das ist?", fragte er.

Sie erkannte es sofort und eine dunkle Röte breitete sich auf ihrem Gesicht aus. Doch sie fing sich sehr schnell, schon blitzte in ihren kleinen runden Augen wieder die Wut auf.

„Hätten Sie mir ja gleich zeigen können." Damit schob sie ab. Keine Entschuldigung, kein Bedauern.

„Wow. Wer ist das?", fragte Wimmer.

„Frau Rechnin, die Clubsekretärin", sagte Stefanidis, der nahe der Terrassentür an einem Tisch saß und Wimmer mitfühlend anlächelte. „Wir nennen sie nur Frau Strychnin."

„Leuchtet ein", sagte Wimmer und betrat den Clubraum.

„Guten Morgen. Tut mir leid, das mit dem Blumentopf", sagte Wimmer und einige murmelten ein Guten Morgen zurück.

„Du bist spät dran", sagte Lassie.

„Ja, ich hab ... ich hatte noch was zu erledigen. Ist Carstens hier?"

„Ja, er ist in Baumhammers Büro und katalogisiert die Proben."

Die Tür stand offen und Wimmer hörte Männerstimmen.

Links in der Ecke polierte Baumhammer einen Driver mit einem feinen Tuch und einer Flüssigkeit aus einem unbeschrifteten Fläschchen. Carstens und ein Kollege standen vor metallenen Köfferchen, in die die Glasröhrchen gesteckt wurden. Das Radio lief. Madonna sang „Take a bow".

„Morgen", grüßte Wimmer. Die Männer grüßten zurück und Wimmer wandte sich an Baumhammer. „Hat alles geklappt bis jetzt? Ich bin etwas später gekommen."

„Alles wie besprochen. Im Moment ist die zweite Gruppe drin. Die dritte kommt dann gegen elf Uhr."

„Haben Sie selbst auch schon ..."

„Ja, ich war gleich der Erste."

„Schön."

„Bin ich tatsächlich verdächtig, ich meine, glauben Sie, dass ich ..." Seine Stimme brach wie bei einem Fünfzehnjährigen und schon wieder schossen ihm die Tränen in die Augen.

„Nein, aber ich kann Sie nicht außen vor lassen. Alles muss vollständig sein, verstehen Sie?"

„Ja, natürlich." Er wischte sich mit dem Tuch über die Augen, was er besser hätte sein lassen sollen. „Oh Gott!", rief er nach drei Sekunden, begann wie wild zu reiben und stöhnte dabei. „Oh Gott!"

Wimmer nahm das Fläschchen zur Hand und begutachtete es genauer, aber ein Etikett fehlte.

„Was ist da drin?"

„Teebaum-, Sesam- und Walnussöl", krächzte Baumhammer.

„Sie sollten Ihre Augen auswaschen gehen."

„Ja!", schrie er und schwankte hinaus.

„Soll ich Sie begleiten?", fragte Wimmer.

„Nein, es geht schon", wimmerte er.

„Armer Kerl. Aber ich wollte sowieso kurz allein mit Ihnen reden", sagte Wimmer zu Carstens. Der Kollege verstand.

„Ich geh eine dünsten“, sagte er und verschwand.
„Was macht er?“, fragte Wimmer.
„Rauchen. Elektrozigarette.“
„Leuchtet ein. Zwei Dinge: Zum einen hab ich hier etwas, das Sie sich bitte ansehen sollen.“ Wimmer holte einen kleinen Plastikbeutel heraus, in dem sich die Armbandlasche befand, die er in seinem Abfluss gefunden hatte.
„Was ist das?“, fragte Carstens und hielt den Beutel gegen das Licht.
„Ich denke, es gehört an ein Uhrenarmband.“
„So, so. Wo ist das her?“
„Aus meinem Siphon.“
„Bitte?“
„Ich hab's im Siphon unter meiner Küchenspüle gefunden. Wie du vielleicht weißt, wohne ich im Haus von Frau Leopolds verstorbenem Vater. Er ist in dieser Küchenspüle ertrunken“, sagte Wimmer und ihm fiel auf, dass er Carstens zum ersten Mal geduzt hatte. „Oh, 'tschuldigung.“
„Schon gut. Manfred, genannt Männe“, sagte Carstens und reichte ihm die Hand.
„Lotte“, sagte Wimmer.
„Ja, merkwürdige Geschichte. Ich hätte damals schwören können, der Alte ist ertränkt worden. Ich war mit von der Partie. Aber es gab eine Untersuchung, und die hat nichts ergeben.“
„Den Bericht werd ich mir mal vornehmen. Wer hat denn die Untersuchung geleitet?“
„Gonzo, der ehemalige Partner von Lassie. Hast du seine Frau schon kennengelernt?“
„Seine Frau, nein.“
„Sie ist die Clubsekretärin.“
„Holy crap! Das ist Gonzos Frau? Kein Wunder, dass er krank geworden ist.“
„Was soll ich jetzt damit machen?“
„Auf Spuren untersuchen. Und ich will wissen, was das für ein Leder ist und zu welcher Uhr das passen könnte.“
„Du machst einen Parallelfall auf?“
„Verdammt, Männe, ich wohne in dem Haus. Ich muss wissen, was da passiert ist.“
„In Ordnung. Und das zweite?“
„Das hier“, sagte Wimmer und zog ein gefaltetes Blatt aus der Innentasche seines Jacketts. Carstens klappte den Zettel auf und las, was draufstand.
„Was soll das?“, fragte er irritiert.
„Das sind die Namen von vier Männern, die als Vater von Konstantin Leopold in Frage kommen. Alles Clubmitglieder. Ich möchte, dass du in allen vier Fällen einen Vaterschaftstest machst. Genug Spucke hast du ja jetzt zusammen.“ Wimmer deutete auf die Köfferchen.

„Wo hast du die her?“, fragte Carstens.
„Berufsgeheimnis.“
Baumhammer kam mit kaninchenroten Augen zurück ins Büro.
„Wie geht's?“, erkundigte sich Wimmer.
„Brennt fürchterlich. Aber ich kann schon wieder was erkennen.“
„Sagen Sie, Beschamel, Leopold und Sie wollten zusammen ein Outlet-Center bauen?“, fragte Wimmer und Baumhammer erstarrte augenblicklich.
„Ja“, sagte er tonlos.
„Schöne Idee. Wann sollte es denn losgehen?“
„Jetzt, diesen Sommer.“
„Und, haben die Arbeiten schon begonnen?“
„Es gab da noch einige Schwierigkeiten.“
„Was für Schwierigkeiten?“
„Ein paar Leute, so eine Gruppe von Aktivisten, hat uns ... behindert.“
„So, so. Warum?“, fragte Wimmer unschuldig.
„Die waren nicht einverstanden, weil auf dem Gelände ein paar Bäume gefällt werden mussten.“
„Okay. Aber Sie haben sich geeinigt?“
„Nein, es ging vor Gericht und wir haben Recht bekommen.“
„Aha. Und kam es da eventuell zu irgendwelchen Reibereien? Ich meine, kann es sein, dass jemand unter den Aktivisten Leopold nach dem Leben trachtete?“
„Nein, das glaube ich nicht.“
„Hm. Waren Clubmitglieder unter den Aktivisten?“
„Nein, nicht dass ich ... ach, warten Sie. Doch. Aber das ist ...“
„Was? Wen meinen Sie?“
„Herrn Durstbach. Aber der lebt ja nicht mehr. Leider.“
„Wer ist das?“
„Der Vater von Frau Leopold.“

35

Wimmer wollte auch mit Beschamel sprechen, zumal er ihn noch nicht kannte. Baumhammer hatte ihm mitgeteilt, dass Beschamel in der ersten Speichelgruppe gewesen war und nun auf dem Platz sei, um eine Runde zu spielen. Wimmer fand interessant, mit wem er unterwegs war: Wischnewski, Schlegel und Beschamel bildeten einen Flight.

Baumhammer hatte Wimmer einen elektrischen Caddie angeboten, und nun tuckerte er über das zweite Grün und verfolgte die Gruppe, die etwa eine halbe Stunde Vorsprung hatte. Auf der vierten Bahn entdeckte er die drei. Sie standen am Tee und fachsimpelten über die beste Möglichkeit, den See zu vermeiden. Wimmer hielt auf den Hügel zu, da bemerkte er etwa fünfzehn Meter weiter links am Rande eines Waldstücks einen in einen schwarzen Anzug gekleideten Mann. Das musste Schlegels Bodyguard sein. Kaum hatte er Wimmer bemerkt, kam er mit kraftvollem Schritt auf ihn zu. Noch im Gehen öffnete er sein Jackett, unter dem er mit Sicherheit einen bestückten Holster trug.

Die drei Männer drehten sich um, und Schlegel rief seinen Wachhund zurück, als er Wimmer erkannte. „Schon gut! Das ist ein Herr von der Polizei“, sagte er. Der Kerl stoppte und verschränkte die Arme vor seiner mächtigen Brust.

„Vielen Dank. Was hätte er mit mir angestellt, wenn Sie mich nicht erkannt hätten?“

„Wie könnte das sein, bei der Frisur?“, erwiderte Schlegel lächelnd.

„Guten Morgen“, grüßte Wimmer und reichte allen die Hand. Sie trugen ohne Ausnahme Golfhandschuhe, die sich klebrig anfühlten. „Sie machen also aus der Not eine Tugend?“

„Nun, wenn wir gezwungen sind, hier zu sein, und der Platz wieder freigegeben ist, warum nicht?“, sagte Schlegel. „Und Sie? Wollen Sie Ihr Handicap verbessern oder Ihren ersten Ball schlagen?“

„Tja, ein Handicap besitze ich tatsächlich nicht. Ich bin dienstlich mit dem Caddie unterwegs.“

Wischnewski und Beschamel hielten sich auffällig unauffällig im Hintergrund. Ihnen war es anscheinend höchst unangenehm, hier von Wimmer behelligt zu werden. Wenn das bei Schlegel auch so war, verstand er es hervorragend, sich zu verstellen.

„Kommen Sie, einen Schlag müssen Sie machen. Danach werden Sie nicht mehr derselbe sein. Dieser Sport nimmt einen gefangen und lässt einen nicht mehr los. Hier, nehmen Sie meinen Driver. Aber bitte nicht wegschleudern, das Ding ist knappe zweitausend wert.“

„Zweitausend? Für einen Schläger? Benutzen Sie auch so'n selbst gebrautes Zeug, um ihn zu polieren?“

„Ah, Sie waren bei Baumhammer. Der hat ein Faible für die Pflege seiner Eisen. Ich lasse das vom Profi machen. In meinem Beruf ist schon kaum Zeit zum Spielen da." Er drückte Wimmer den Schläger in die Hand.
Der Driver sah aus, wie ein kleines Raumschiff an einem Stab. Wahrscheinlich hat es einen atombetriebenen Düsenantrieb, dachte Wimmer.
„Kommen Sie, das hier ist das Tee. Von hier schlagen Sie ab. An der Legende können Sie ablesen, wie weit Sie schlagen müssen, wie der Platz beschaffen ist und welche Vorgabe er hat." Er deutete auf das kleine Schild rechts auf dem Hügel. „Sehen Sie den See? Den sollten Sie auf jeden Fall vermeiden."
„Soll ich Ihnen etwas verraten?" Wimmer machte eine kurze rhetorische Pause und schaute allen drei Männern in die Augen.
„Da drin haben wir Leopolds Hoden gefunden."
Plötzlich war es so still, als hätte man bei einem Film den Ton abgestellt. Die Männer bewegten sich nicht mehr. Wimmer beobachtete aufmerksam jede Reaktion in den Gesichtern.
„Und was muss ich jetzt machen?", fragte er scheinheilig.
„Schlagen", erwiderte Schlegel und räusperte sich. „Sie müssen sich so hinstellen: Schultern breit, Rücken gerade, leicht nach vorn gebeugt. Und dann konzentrieren Sie sich ganz auf den Ball." Schlegel stellte sich neben ihn und führte seine Anweisungen vor. „Wichtig ist, locker in der Hüfte zu bleiben. Sie schwingen zunächst nach rechts, drücken sich dabei leicht mit links ab, die Hand schulterhoch, und schnellen nach vorn. Zuerst mit der Hüfte, dann folgen Arme und Oberkörper. Sie müssen den Schlägerkopf spüren. Er muss sanft durchschwingen und Sie müssen ihn gehen lassen bis weit über Ihre linke Schulter und hinter Ihren Rücken."
„Klingt toll, wie Sie das erklären."
„Es fühlt sich noch viel besser an – wenn's klappt. Wenn Sie den Ball voll treffen, gibt es ein wunderbares Geräusch und dann wissen Sie auch schon, ob sie in den Büschen suchen müssen oder ob das Ding direkt aufs Fairway fliegt. Sie haben sich keine einfache Bahn ausgesucht. Um über den See zu kommen, müssen sie knapp 230 Meter schaffen. Das ist fast unmöglich."
Wimmer stellte sich in Positur und legte den Schlägerkopf direkt an den Ball. Er blickte zum See und dachte an die Eier von Leopold. Eine Gänsehaut lief ihm über den Rücken und er pustete einmal laut aus. Der Schläger fühlte sich schwer an. Das Ding war eine echte Waffe. Eine sehr ästhetische, wie er fand. Er machte alles so, wie Schlegel es ihm gesagt hatte, und kurz nachdem er ausgeholt hatte und seine Hüfte nach vorn schnellen ließ, spürte er, wie das Raumschiff losflog. Es zündete seinen Raketenantrieb und startete durch. Seine Arme wurden lang gezogen, doch er versuchte dagegenzuhalten. Das Raumschiff flog auf den Rasen zu, beschrieb einen Halbkreis und zog, kurz bevor

es die Erde berührte, seinen Bug nach oben und flog in den Himmel. Es gab ein lautes, sattes Ploppen und Wimmer spürte ein Kitzeln in den Handflächen. Der Schlägerkopf glitt mit einem tiefen Brummen durch die Luft und drehte seinen Körper immer weiter nach links, bis er seine Wirbel knacken hören konnte. Der Ball hingegen schien sich kaum zu bewegen. Er hing in der Luft über dem See und wurde einfach nur immer kleiner. Wimmer und die anderen blickten ihm ehrfürchtig hinterher.
Es musste Minuten gedauert haben, jedenfalls fühlte es sich so an, bis der kleine weiße Punkt absank und auf die glatt gemähte Rasenfläche hinter dem See fiel, wo er drei Sprünge machte und ungefähr sechzig Meter vor dem Loch liegen blieb. Wischnewski, Beschamel und Schlegel hatten die Münder so weit geöffnet, dass man jetzt bequem eine weitere Speichelprobe hätte nehmen können.
„Das gibt's nicht", piepste Schlegel. Wimmer fühlte so etwas wie eine Welle der Euphorie in sich aufsteigen. Es war nicht das Ergebnis des Schlages, das dieses Glücksgefühl generierte, sondern einzig und allein die Art, wie sich der Schwung angefühlt hatte. Perfekt. Alles war irgendwie rund gewesen.
„Hhhuuuuhhhuuuuoooo!", schrie er plötzlich über den gesamten Platz und von irgendwoher hörte man ein mehrfaches Echo seiner Stimme.
„Das können Sie laut sagen! So was hab ich noch nicht gesehen", meinte Schlegel. „Das war unglaublich", bestätigte Beschamel.
„Sie wollen uns auf den Arm nehmen. Sie können spielen, stimmt's?", fragte Wischnewski argwöhnisch.
„Nein, ehrlich! Das war mein erster Schlag eben."
Die drei schüttelten ihre Köpfe und man sah, wie dieser Schlag ihr Golfego förmlich zerschmettert hatte.
Wimmer reichte Schlegel mit Respekt dem Spielgerät gegenüber den Schläger zurück.
„Tja, vielen Dank. Wer ist jetzt dran?"
„Wischnewski", sagte Schlegel.
Der Bürgermeister steckte mürrisch sein Holztee in das Grün und legte den Ball darauf. Er ordnete sich und begab sich in einen nicht sehr ansehnlichen Stand.
„Weswegen sind Sie denn nun eigentlich gekommen?", fragte Schlegel.
„Ach ja, hätt ich fast vergessen", sagte Wimmer. Wischnewski holte aus. „Es geht um das Outlet-Center."
Wischnewski schlug zu, es gab ein unangenehmes Knacken und der Ball schoss nach links über die Baumkronen des Waldstücks.
„Fore!", rief Wischnewski und warf wütend seinen Schläger zu Boden. „Verdammte Kacke! Dieses beschissene Spiel kotzt mich so dermaßen an!"
„Haben Sie das Naturschutzgebiet einfach umdeklariert, damit das Outlet-Center gebaut werden kann?", fragte Wimmer und Wischnewski zuckte zurück. Wimmer lächel-

te ihn und Schlegel erwartungsvoll an. „Soll ich noch mal fragen? Haben Sie einfach die Gesetze verändert, damit das Outlet gebaut werden kann?“

„Das ist eine unglaubliche Unterstellung“, brummte Wischnewski, dem jetzt der Schweiß auf der roten Stirn stand.

„Ich denke, da gehen Sie etwas zu weit mit Ihren Vermutungen, junger Freund“, erwiderte Schlegel weitaus gelassener. „Die Deklaration als Grundwassergebiet, welche die Voraussetzung für das Naturschutzgebiet darstellte, war längst veraltet.“

„Ja, so wie die Bäume“, sagte Wimmer.

„Wir haben durch ein unabhängiges Institut feststellen lassen, dass sich kein Grundwasser mehr in diesem Gebiet befindet. Damit musste es seinen Status als Grundwassergebiet verlieren, und letztlich auch den als Naturschutzgebiet.“

„Ein unabhängiges Institut, aha. Und Sie profitieren hübsch davon. Hören Sie, ich will Sie für Ihre Machenschaften ja gar nicht zur Rechenschaft ziehen, da kümmern sich andere Abteilungen drum. Mir geht's nur darum, dass sich aus dieser Situation eventuell ein Mordmotiv ergeben haben könnte.“

„Was meinen Sie damit?“, fragte Wischnewski.

„Nun, man könnte einen Partner aus Habgier umbringen. Was passiert mit dem Anteil von Herrn Leopold, Herr Beschamel? Sie sind so still.“

„Er geht zu gleichen Teilen an mich und Herrn Baumhammer über“ antwortete Beschamel zähneknirschend.

„Sehen Sie“, rief Wimmer gespielt naiv und nickte Wischnewski zu.

„Nichts sehe ich. Das ist absolut normal und eine unglaubliche Unterstellung von Ihnen! Ich habe schon einiges über Sie gehört. Sie sollten besser aufpassen, wen Sie hier verdächtigen.“

„Ich verdächtige Sie doch gar nicht. Ich dachte, Sie könnten mir vielleicht einen Hinweis geben auf ...“

„Scheren Sie sich zum Teufel. Ein Gockel wie Sie hat auf diesem Platz nichts zu suchen“, zischte Wischnewski und ein feiner Spuckeregen flog aus seinen Mund.

„Ihr Amt schützt Sie nicht vor meinen Fragen. Keinen von Ihnen“, sagte Wimmer und blickte ihnen der Reihe nach fest in die Augen. Er stieg wieder in den Caddie. „Hals und Beinbruch, oder was sagt man beim Golf?“, rief er.

Keiner von ihnen antwortete. Sie standen nur auf dem Tee und sahen ihn mit zusammengekniffenen Augen an.

„Na dann, wenn jemand meinen Schlag übernehmen will, kann er das gern tun.“ Wimmer winkte und fuhr davon.

36

Wimmer saß an der Bar im Clubhaus und genoss ein kühles Bier, während er auf Lassie und Pferdemann wartete. Der Clubraum war nur noch mäßig gefüllt, die meisten hatten direkt nach Abgabe der Speichelprobe gespielt und waren bereits wieder zu Hause. Auf der Terrasse aßen einige Frauen zu Abend. Sie alle trugen Capri-Hosen, weiße oder pinkfarbene Golfschuhe und ebensolche Polohemden mit kleinen aufgestickten Motiven, die keinen Zweifel über die Preise dieser Oberteile aufkommen ließen. Zwei Männer in einer Ecknische tranken Whisky auf Eis und unterhielten sich über Golfbälle.

Es war viertel nach sechs, als Lassie und Pferdemann eintrafen.

„Ah, da seid ihr ja", rief Wimmer und winkte sie zu sich. „Setzt euch. Wollt ihr was trinken? Ich geb einen aus."

„Hast du den Fall gelöst?", fragte Lassie.

„Nein, aber ich habe heute einen 230-Meter-Schlag über den See an Loch vier gemacht", gab Wimmer freudestrahlend zurück.

„Oh, Mann, jetzt hat's dich auch erwischt", meinte Pferdemann.

„Ja, vielleicht. Ich denk drüber nach, hier Mitglied zu werden."

„Du? Das kann nicht dein Ernst sein."

„Wieso? Alles ist grün und gepflegt, es gibt viel Raum und Zeit, um nachzudenken. Ich könnte mir schon vorstellen, dass mir das Spaß macht. Und ich will unbedingt noch mal so einen Abschlag machen."

„Schön für dich, aber warum hast du uns herbestellt?", fragte Lassie.

„Weil wir hier alle nervös machen. Seht euch mal unauffällig um. Die Damen da draußen quatschen über uns, die beiden Typen da hinten auf der Couch auch. Wenn der Mörder hier ist, wird er nervös werden. Und wer nervös ist, macht Fehler. Also, was trinkt ihr?"

„Wir sind im Dienst", mahnte Lassie.

„Okay, also nur 'n kleines Bier für meine Kollegen", sagte Wimmer zum Barkeeper, der kaum älter als achtzehn war.

Sie stießen mit ihren frischen Bieren an. Lassie und Pferdemann war immer noch sichtlich unwohl dabei.

„Ich hab mit Frau Leopold gesprochen. Sie war sehr überrascht, dass ihr Mann den Vaterschaftstest hat machen lassen. Sie hat mir erzählt, dass sie mit ihrem Mann früher so 'n Bäumchen-wechsel-dich-Spielchen gemacht hat und dass dabei Konstantin entstanden ist. Angeblich kennt sie den Vater nicht, aber es kommen vier Männer aus dem Golfclub in Frage. Das hab ich heute schon mit Männe besprochen, wird bei den Tests gleich mitgeprüft."

„Und was hat sie zu ihrem Alibi gesagt?“, wollte Lassie wissen.
„Tja, da hat sie sich irgendwie rausgemogelt. Kevin hätte ihr das Hotel empfohlen. Könnte stimmen.“
„Oder auch nicht“, stellte Pferdemann fest.
„Ja. Was ich euch fragen wollte: Ihr kennt euch doch hier aus. Wer außer dem Friseur ist schwul?“
„Was soll das denn jetzt?“
„Na, Leopolds Loverboy dürfte mit einiger Wahrscheinlichkeit schwul sein. Und Lommel, der Friseur, hat's offen zugegeben. Aber wen gibt's noch? Ich weiß, das ist ein wenig heikel, jemanden nur wegen seiner sexuellen Orientierung zu verdächtigen, aber es ist ein Anhaltspunkt.“
„Ich kenn nur Lommel“, sagte Pferdemann und trank sein Bier aus.
„Ich auch. Ansonsten gibt's hier auch wenig alleinstehende Männer. Höchstens Witwer“, meine Lassie.
„Tja, dann müssen wir noch mal bei Lommel vorbeischauen. Immerhin hat er auch mit Leopold zusammen Golf gespielt.“
„Ja, aber ist Frau Leopold nicht viel mehr verdächtig?“, fragte Lassie.
„Wir müssen in alle Richtungen ermitteln. Ich hab mit Schlegel, Wischnewski und Beschamel gesprochen. Leopolds Anteile an dem Outlet-Center gehen zu gleichen Teilen an die beiden Partner. Da könnte ebenfalls ein Mordmotiv begründet liegen.“
„Aber sagtest du nicht, dass du den Mord für eine Beziehungstat hältst?“
„Das stimmt. Aber wir dürfen nichts außer Acht lassen. Ich werd morgen mal bei Edward mit den Scherenhänden vorbeischauen. Vielleicht lass ich mir die Haare schneiden.“
„Du willst das abschneiden?“, wunderte sich Lassie.
„Nein, nur variieren.“
„Verstößt du damit nicht gegen die Kleiderregel des Clubs?“, fragte Pferdemann.
„Man darf nur keine Jeans tragen, von Irokesenschnitten steht da nichts.“
Lassies Handy klingelte. Er ging ran und lauschte einer krächzenden Stimme.
„Das war das Revier“, sagte er, nachdem er aufgelegt hatte. „Baumhammer hat gerade angerufen und behauptet, eine blutige Säge in seiner Garage gefunden zu haben.“

37

Sie hörten ihn schon heulen, als sie ausstiegen und den schmalen Kiesweg zum Hauseingang entlangliefen. In der Haustür stand ein besorgter Beamter, der Wimmer und Lassie mit einem Nicken begrüßte. Pferdemann war zurück ins Revier gefahren.

„Ich denke, wir sollten einen Krankenwagen bestellen, er hat einen Nervenzusammenbruch“, flüsterte der Beamte.

„Lass mal. Der ist immer so“, sagte Wimmer und winkte ab.

Der Beamte führte sie in das Wohnzimmer. Baumhammer saß zusammengesunken auf dem Sofa, seine Frau streichelte ihm den Rücken und sagte immer wieder: „Schschscht, schschscht.“

Lassie und Wimmer räusperten fast gleichzeitig. Wimmer machte einen Schritt nach vorn und beugte sich zu den beiden hinunter.

„Entschuldigen Sie bitte. Wir sind Wimmer und ... wir sind von der Polizei.“ Er reichte Frau Baumhammer die Hand, doch sie streichelte lieber den Rücken ihres Mannes, der jetzt völlig verzweifelt zu ihnen hochsah.

„Oh, mein Gott, da sind Sie. Was soll ich denn jetzt machen? Sie denken sicher, dass ich es gewesen bin. Aaaaahhhhaaahhaaaa!“, heulte er.

Wimmer setzte sich ihm gegenüber auf die Couch und wartete den kleinen Anfall ab. „Jetzt erzählen Sie mir erst mal in Ruhe, was überhaupt passiert ist. Alles andere ist unwichtig, in Ordnung?“

Baumhammer nickte schniefend.

„Ich ... ich wollte ... den Zaun ausbessern und hab nach meinem Brecheisen gesucht, da ... da hab ich ... dieses Ding ... diese Säge entdeckt. Sie gehört nicht mir, ich weiß nicht, wie sie dahin gekommen ist, Sie müssen mir glauben, ich hab sie zum ersten Mal gesehen, keine Ahnung, wie sie dahin gekommen ist, ich war es nicht“, klagte er. Seine Frau ließ ihre Hand auf seinem Rücken kreisen und schschte leise in sein Ohr.

„Wo ist die Säge jetzt?“, fragte Wimmer.

„Baumhammer deutete greinend auf den Esstisch im angrenzenden Raum. Wimmer stand auf und ging mit Lassie zusammen rüber in das Esszimmer, in dem ein langer, weiß lackierter Tisch und weiß lackierte Stühlen mit hohen Lehnen und beigefarbenen Lederpolstern standen. Die Handsäge lag auf der blanken Tischplatte, gleich neben dem schnurlosen Telefon. Am Sägeblatt klebte getrocknetes braunes Blut, ebenso wie am völlig verschmierten Griff.

„Das könnte sie sein“, raunte Wimmer Lassie zu. „Wer hat die Säge alles angefasst?“, fragte er laut.

„Nur ich“, sagte Baumhammer.

Lassie war bereits am Handy und rief Carstens an. Er hielt sich etwas abseits und sprach sehr leise. Wimmer setzte sich wieder auf die Couch.
„Wo haben Sie die Säge gefunden?"
„Im Geräteschuppen." Baumhammer schniefte und zeigte durch die Terrassentür auf ein weiß gestrichenes Holzhäuschen im Garten. Die Tür stand noch offen.
„War das Ding abgeschlossen?", fragte Wimmer.
„Ja, aber der Schlüssel liegt unter der Matte."
„Wann waren Sie beide das letzte Mal da drin?"
Baumhammer hörte auf zu schniefen und seine Frau hörte auf zu streicheln. Sie dachten angestrengt nach.
„Das war … am Samstag, da haben wir zum Mittagessen draußen gesessen."
„Haben Sie in der Nacht etwas Ungewöhnliches gehört? Oder haben Sie vielleicht einen Bewegungsmelder, der anging?"
Beide schüttelten den Kopf.
„Nein, wir waren nicht zu Hause", sagte Baumhammers Frau.
„Ach so? Wo waren Sie denn?"
„Ich bin bei einer Freundin gewesen. Meine Tochter übernachtete bei einer Klassenkameradin. Und mein Mann musste auf ein Turnier in Hamburg."
„Oh, Sie haben ein Turnier gespielt?", fragte Wimmer.
„Ja … ja, hab ich", bestätigte Baumhammer schluchzend und schnäuzte in ein zerknittertes Taschentuch.
„Also, die Kriminaltechnik wird die Säge erst mal untersuchen. Dann können wir vielleicht feststellen, wie sie in Ihren Geräteschuppen gelangt ist. Machen Sie sich keine Sorgen, es wird alles gut." Wimmer wunderte sich über seine eigenen Worte. Ständig hatte er das Gefühl, Baumhammer trösten zu müssen. „Wir werden Sie auf dem Laufenden halten."
Nachdem Carstens mit zwei Kollegen eingetroffen war und Wimmer und Lassie wieder im Auto saßen, schwiegen sie für einen Moment.
Lassie beugte sich vor und steckte den Schlüssel ins Schloss. „Steht Baumhammer auf der Vaterschaftsliste von Frau Leopold?", fragte er.
„Ja, tut er."

38

Wimmer hockte auf dem Wohnzimmerfußboden. Vor ihm lag ein abgerissenes Blatt Papier von der Rolle neben zwei leeren Bierflaschen, einem Achtel Pizza und einigen schwarzen und roten Kreiden. Auf dem Bild war die Handsäge zu erkennen, die mit einem wild rotierenden Sägeblatt rotes Blut aufwirbelte und auseinanderspritzen ließ. Er hatte auch einen Unterarm gezeichnet, der die Säge hielt. Ob es nun ein männlicher oder ein weiblicher Unterarm war, konnte man nicht erkennen, und Wimmer hatte da auch noch keine eindeutigen Tendenzen. Doch der Arm war der Schlüssel. Er war wichtig im Bildgefüge, auf eine noch nicht offensichtliche Art und Weise. Wimmer starrte das Bild an. Er nahm sich das letzte Stück Pizza und aß es auf, ohne den Blick vom Papier zu nehmen. Als er fertig war, ließ er seine Zunge im Mund herumfahren, um die Reste aus den Zahnzwischenräumen zu entfernen. Da kam ihm ein Gedanke. Er griff nach einem schwarzen Kohlestück und zeichnete eine Armbanduhr an das Handgelenk.

Auch wenn der Mörder sich ausgezogen und nach dem Zerteilen der Leiche geduscht hatte, hatte er seine Uhr vielleicht anbehalten. Aus Gewohnheit. Und wenn dem so war, könnten sich Spuren daran befinden. Bei der Arbeit mit der Säge muss das Armband mit Blut getränkt worden sein, und wenn er oder sie ein Metallarmband hatte, musste das Blut in die Zwischenräume der einzelnen Glieder gelangt sein. Die Uhr könnte den Täter entlarven. Am liebsten hätte er seine Entdeckung gleich Lassie mitgeteilt, doch es war bereits kurz vor zwölf und sein Partner hatte Familie und brauchte den Schlaf.

Wimmer warf sich seine Jacke über und ging zu Fuß zur Villa der Leopolds. Er genoss die warme Nachtluft und die Vorfreude auf Katharina.

In Konstantins Zimmer und in der unteren Etage brannte noch Licht. Er drückte auf den Klingelknopf an der Gegensprechanlage und kurze Zeit später meldete sich Kevins Stimme.

„Ja, bitte?"

„Kommissar Wimmer. Ich weiß, es ist spät, aber ich müsste mit Frau Leopold sprechen."

Zu Wimmers Überraschung hörte er anstelle einer weiteren Frage gleich den Summer. Das Tor öffnete sich und Wimmer ging hindurch. Als er das Haus erreicht hatte und die Stufen zur Haustür hinauflief, öffnete der Bodyguard die Haustür.

„'n Abend!", rief ihm Wimmer entgegen.

„Guten Abend, Herr Wimmer. Frau Leopold ist noch beim Joggen, sie wird gleich zurück sein. Möchten Sie im Wohnzimmer warten?"

Kevin war ungewöhnlich freundlich, sein Auftreten fast einladend.

„Ja, gut."
Wimmer nahm auf der Couch Platz und blickte in den wunderschön beleuchteten Garten. Irgendwo im Haus hallten die Schritte von Kevin, doch dann wurde es auf einmal still. Hoffentlich joggt Katharina nicht gerade bei mir zu Hause vorbei, dachte Wimmer und im selben Augenblick fiel ihm eine Fotosammlung auf einer hüfthohen Anrichte auf. Dort standen bestimmt ein Dutzend liebevoll gerahmte Familienbilder. Konstantin und Elena als Säuglinge in einer blau beziehungsweise rosa ausgelegten Wiege. Ein Urlaubsfoto aus Rom mit dem Colosseum im Hintergrund. Diverse Fotos von Katharina und ihrem Mann auf dem Golfplatz. Der kleine Konstantin mit einem viel zu großen Golfschläger bei seinem ersten Puttversuch. Die Geschwister bei ihrer Konfirmation. Katharina beim Gewinn der Deutschen Meisterschaften und ein großes Familienfoto mit bestimmt hundertfünfzig auf einer Treppe stehenden Personen. Wimmer ging ganz nah an das Foto heran, um die Gesichter besser erkennen zu können. In der Mitte stand Katharinas Vater, sie klammerte sich liebevoll an seinen Arm.
„Das war der achtzigste Geburtstag meines Vaters." Katharina stand hinter ihm und lächelte, als sie sah, wie Wimmer zusammenfuhr. „Oh, hab ich dich erschreckt?"
„Mann, was schleichst du hier so rein?", rief Wimmer und atmete tief durch. Er blickte auf ihre Füße. Sie hatte die Schuhe ausgezogen und stand barfuß da.
„Ich wohne hier."
„Ja, aber ..."
„Schön, dass du da bist", sagte sie, kam näher und drückte sich an ihn.
„He, Vorsicht, nicht dass ..."
„Keine Angst, Kevin hat jetzt Feierabend, Elena ist nicht zu Hause und Konstantin kommt sowieso nicht aus seinem Zimmer raus. Höchstens aus dem Fenster."
„Trotzdem, ich ..."
Sie küsste ihn und drückte seinen Hintern mit beiden Händen. Er erwiderte den Kuss und sie stießen gegen die Anrichte, sodass einige Bilder umfielen.
„Komm, lass uns raufgehen", flüsterte sie ihm ins Ohr und zog ihn mit einer Hand aus dem Wohnzimmer. Wie Teenager schlichen sie sich in ihr Schlafzimmer, wo sie wieder mal übereinander herfielen. Gegenseitig rissen sie sich die Kleider herunter, bissen und küssten sich, lachten und stöhnten. Dann standen sie nackt voreinander und sahen sich fasziniert an. Katharina streckte die Hand aus und fuhr mit dem Zeigefinger über Wimmers Lippen und den Hals, strich über seinen Oberkörper und wanderte tiefer, bis sie mit der ganzen Hand nach seinem Penis griff. Da klopfte es an der Tür. Beide zuckten zusammen und starrten mit weit aufgerissenen Augen zur Tür.
„Mama?", erklang dumpf die Stimme von Elena. Wimmer blickte zu Katharina und dann auf seinen Penis, den sie immer noch umklammert hielt wie ein Treppengeländer. Sofort ließ sie los und winkte ihn hastig unter das Bett.

„Was?“, flüsterte er aufgeregt.
„Unters Bett, los!“, zischte sie und sprang ihrerseits auf die Matratze und deckte sich irgendwie zu. Wimmer tauchte ab und robbte unter das Bett. Als er seine Klamotten davor auf dem Boden liegen sah, griff er danach und zog sie blitzschnell zu sich in sein Versteck.
Die Tür wurde leise geöffnet. „Mama, bis du noch wach?“
„Mmm? Was ist denn?“
„Kann ich reinkommen?“ Elena klang genervt oder gelangweilt, aber irgendwie klang auch eine Art Notwendigkeit in ihrer Stimme mit. Ohne die Antwort abzuwarten, trat sie ein. Die Matratze über Wimmer schaukelte ein wenig, als Katharinas Tochter auf das Bett zukam. Auch sie war barfuß. Wimmer konnte ihre Füße bis zu den Knöcheln erkennen. Als sie vor dem Bett stehen blieb, erkannte Wimmer auf dem schwarzen Nagellack der beiden großen Zehen weiße Totenköpfe.
„Schatz, was ist denn noch so spät, ich schlafe schon fast“, sagte Katharina.
„Ich hab ein Problem“, sagte Elena und plötzlich rammte sich die Spitze eines Schwertes zwischen ihren Füßen in den Boden. Wimmer schreckte zurück.
„Schatz, muss das mit dem albernen Schwert immer sein? Du machst den ganzen Boden damit kaputt.“
„Kannst ja neuen kaufen.“
„Wenn du frech wirst, Eli, werd ich einen Teufel tun und dir zuhören, hast du mich verstanden?“
„Ja, ja.“
„Also, was ist so wichtig?“
„Was ist so wichtig? Hast du eigentlich schon gemerkt, was hier abgeht? Warum musst du immer so tun, als ob alles in bester Ordnung ist? Papa ist tot. Diese ganze verdammte Familie ist tot. Dein verkorkster Sohn gehört schon längst in die Klapse, jetzt dreht er langsam völlig am Rad, und ich muss den ganzen Scheiß ertragen und mit ihm unter einem Dach wohnen. Und dieser Punkbulle schnüffelt hier rum und fragt mich aus, und mein verschissener Bruder hat nichts Besseres zu tun, als mich zu verpfeifen.“
„Wieso verpfeifen?“
„Er hat ihm erzählt, dass ich in der Nacht nicht zu Hause gewesen bin, der Hirnspasti. Was glaubst du, reimt sich der Bulle daraus zusammen, wo er doch weiß, dass ich auf Waffen stehe?“
„Hör zu, ich glaube nicht, dass die Polizei einfach irgendjemanden verdächtigt, wenn nicht plausible …“
„Ach ja, nimm die Bullen auch noch in Schutz! Die sind doch noch dämlicher als jeder Hartz-IV-Penner. Ich hab langsam echt die Schnauze voll!“
„Aber, was willst du denn? Was soll ich machen, deiner Meinung nach?“

„Bring Konni endlich in die Klapse. Der Typ gehört weggesperrt, der dreht doch voll am Rad. Er ist gefährlich für sich und für andere, verdammt! Ich kann nicht mehr neben ihm wohnen. Oder lass mich endlich ausziehen. Gib mir mein Geld und lass mich eine Wohnung nehmen."
„Dein Geld?", fragte Katharina irritiert.
„Ja, irgendwas werd ich doch wohl erben, oder nicht? Ich bin schließlich die Tochter."
„Du bist verdammte sechzehn Jahre alt, Fräuleinchen. Und dein Ton gefällt mir ganz und gar nicht. Du kannst von Glück reden, wenn ich dich nicht in die Klapse bringe mit deinem bescheuerten Waffentick."
„Entweder du machst, was ich sage …", drohte Elena.
„Oder?", fragte Katharina und Wimmer sah, wie sich die Klinge langsam hob.
„Oder ich gehe zu dem Punkbullen und erzähle ihm ein paar Sachen über dich."
„Sag mal, versuchst du gerade, mich zu erpressen?"
„Nenn es, wie du willst. Es wird ihn bestimmt interessieren, wo du in der Nacht gewesen bist. Und auch, wie du dich immer mit Papa gestritten hast und dass du glaubst, dass er Opa auf dem Gewissen hat, und noch einiges mehr."
„Raus!"
„Machst du's? Oder soll ich zur Polizei gehen?"
Wimmer hörte und spürte, wie Katharina über ihm aus dem Bett sprang. Er vernahm ein paar undefinierbare Geräusche, ihre schnellen Schritte auf dem weichen Teppich und dann ein ihm vertrautes Brummen. Es war das Brummen eines Drivers, der durch die Luft sauste. Ein helles, metallisches Kling! ertönte, und kurz darauf ein dumpfes Schuck!, gefolgt von einem leiser werdenden Brrrrr. Jetzt blickte Wimmer auf Katharinas Fersen. Zwischen ihren Füßen setzte ganz seicht ein glänzender Driver auf den Teppich auf.
„Raus!", wiederholte sie, worauf Elena aus dem Zimmer rannte und die Tür hinter sich zuwarf. „Du kannst rauskommen.", hörte Wimmer Katharina sagen. Er schob sich unter dem Bett hervor und richtete sich auf.
Katharina stand splitternackt vor ihm, der Griff des Drivers ruhte in ihren Händen. Auf ihrer Stirn pulsierte eine dicke Ader. Wimmer blickte nach links. Dort steckte Elenas Schwert in einem Sichtholzbalken und wippte gleichmäßig auf und ab.
„Kinder …" Wimmer lächelte und zuckte mit den Schultern.
Fünf Minuten später lagen beide frustriert auf dem Bett. Katharina war randvoll mit Wut, sodass an Sex überhaupt nicht mehr zu denken war. Zwar waren sie noch nackt, doch sie lagen keusch und mit ein paar Zentimetern Abstand zwischen ihren Schultern unter der Decke. Wimmer dachte daran, dass Leopold hier gelegen hatte, und wäre am liebsten wieder aufgestanden.
„Tut mir leid, Eli hat uns den ganzen Abend vermasselt", sagte Katharina entschuldigend.

„Schwamm drüber. Können wir vielleicht ..."
„Du fragst mich jetzt sicher wieder, wo ich in der Nacht gewesen bin. Und wieso ich glaube, dass Theo meinen Vater auf dem Gewissen hat."
„Ja, doch, das würde ich eigentlich schon gern wissen. Ich muss es wissen."
„Ich war in dem Hotel ... wie heißt es noch gleich?"
„Zum kühlen Grund."
„Richtig. Und was meinen Vater angeht: Er war ein guter, sanftmütiger Mensch. Und er war bescheiden. Leider hab ich das alles nicht von ihm geerbt. Mein Vater setzte sich für den Erhalt eines Naturschutzgebietes ein, das Theo bebauen wollte. Trotz seines Alters war er auf den Demos dabei, und an dem Tag, als die Männer mit den Kettensägen kamen, kettete er sich an einen Baum."
Kettensägen, dachte Wimmer, Kettensägen.
„Sie brauchten zwei Stunden, um ihn loszumachen. Er konnte zäh sein, wenn es nötig war. Und er setzte Theo unter Druck, weil er wusste, dass der da mit drinsteckte und dass an der Sache etwas faul war. Eines Abends rief er bei mir an und sagte, dass ich ihm nicht böse sein soll. Er habe Dinge in Erfahrung gebracht, die Theo schaden könnten, und er wollte sie gegen ihn nutzen. Ich sagte, er solle tun, was er für richtig hält. Theo war mir egal. Ich hätte es sogar gern gesehen, wenn Papa ihm ein Bein gestellt hätte. Am nächsten Tag stand die Polizei vor meiner Tür und erzählte mir diese idiotische Haarwaschgeschichte."
„Du hast sie nicht geglaubt?"
„Quatsch! Papa war nicht senil oder wunderlich oder irgendwas. Er konnte für sich sorgen und sich auch allein duschen. Die Polizei fand zwar keinen Hinweis auf einen Mord. Aber ich war mir sicher, dass Theo was damit zu tun gehabt hat. Das kann kein Zufall gewesen sein."
„Du weißt schon, dass du mir gerade ein Motiv lieferst, oder?"
„Wenn jemand Motive hatte, dann wohl ich."
„Was mach ich eigentlich hier?"
„Na ja, irgendwas hat dich ja herkommen lassen." Sie drehte sich zu ihm und lächelte aufreizend.
„Ich mag dich. Aber das ist alles total verquer. Ich ..."
„Sei still. Du magst mich, ich mag dich. Das ist alles. Und es ist genug. Wir müssen uns nicht rechtfertigen, vor niemandem. Oder bist du in festen Händen?", fragte sie und das Lächeln verschwand.
„Nein. Nur ..."
„Wer ist sie?"
„Ach, das ist kompliziert."
„Das scheint unser Schicksal zu sein. Red schon."

„Ich habe sie seit achtzehn Jahren nicht gesehen. Sie ist entführt worden. Spurlos verschwunden. Ich hab sie überall gesucht. Eigentlich komme ich aus den USA und bin den wenigen Spuren, die ich hatte, nach Deutschland gefolgt. Tja, und irgendwie bin ich immer noch hier."
„Du suchst sie immer noch."
Er nickte ernst.
„Wow, das hätte ich nicht erwartet." Sie legte sich wieder auf den Rücken. „Dass du Amerikaner bist, hab ich mir schon fast gedacht."
„Im Ernst?"
„Hmmmh. Manchmal hört man einen leichten Akzent raus. Vor allem, wenn du ... erregt bist."
Jetzt drehte er sich zu ihr und berührte ihre Hand.
„Hör zu ..." Weiter kam er nicht, denn draußen hörten sie einen Schrei. Es war Elena. Katharina und Wimmer stürzten hinaus, jedoch nicht ohne sich zuvor zumindest Unterhose und Hemd anzuziehen.
Sie liefen über den Flur und sahen, dass Konstantins Zimmertür offen stand. Als sie näher kamen, erkannte Wimmer eine merkwürdige Seilkonstruktion, die ihn gleich die richtigen Schlüsse ziehen ließ. Etwas Ähnliches hatte er schon einmal in Berlin gesehen. Ein Selbstmordversuch in einer winzigen Hinterhofwohnung in Kreuzberg. Katharina stieß die Tür auf. Elena stand über ihren sitzenden Bruder gebeugt da und schrie auf ihn ein.
„Du verdammte Missgeburt! Wenn du dich umbringen willst, dann mach es gefälligst selbst!"
„Was ist los, Konstantin?", rief Katharina.
„Dein bescheuerter Sohn wollte, dass ich ihn umbringe!", schrie Elena.
Konstantin sah die Menschen um ihn herum an, als sei er gar nicht beteiligt. Sein Oberkörper war nackt und er hatte sich mit roter Farbe einen Kreis auf die Brust gemalt, der wohl so etwas wie eine Zielscheibe darstellen sollte, mit seinem Herz in der Mitte. Doch der Pfeil hatte sein Ziel knapp verfehlt. Er steckte im oberen Latissimus unter seiner Achselhöhle. Ein glatter Durchschuss mit so gut wie keinem Blutfluss. Wimmers Blick folgte dem Verlauf der Seilkonstruktion, die über einige Winden zu einer Armbrust führte, welche mithilfe eines Stativs und einigen Schellen an einem Holzbalken befestigt war. Am Auslöser endete das Seil. Wenn man das Zimmer betrat und die Tür über einen bestimmten Punkt hinaus öffnete, betätigte man damit den Abzug.
Katharina nahm das Gesicht ihres Sohnes in die Hände, während Elena irritiert, wenn nicht gar empört zu Wimmer in seiner Unterwäsche hinübersah.
„Schätzchen, was machst du denn hier? Was soll das? Bist du verletzt?"

Sie hatte den Pfeil noch nicht entdeckt.
Konstantin lächelte seine Mutter abwesend an. „Es hätte fast geklappt", sagte er. „Siehst du? Da." Er deutete mit dem Finger auf die Armbrust, die seine Mutter erst jetzt entdeckte. Unwillkürlich duckte sie sich. „Hallo, Herr Wimmer", sagte Konni und winkte ihm zu. Wimmer winkte zurück.
„Ich ruf einen Krankenwagen", sagte er.
„Wieso?" Katharina sah ihn entgeistert an.
„Der Pfeil." Wimmer zeigte auf Konstantins linke Seite.
„Oh Gott, was ist das?"
„Ein Pfeil. Er hätte mich eigentlich hier treffen sollen", meinte Konstantin fast fröhlich und wies auf sein Herz.
„Siehst du, Mama, der ist doch völlig Banane. Ich halt das nicht mehr aus! Bring ihn endlich in die Klapse", kreischte Elena wütend. Wimmer ließ die drei allein und rief mit seinem Handy einen Krankenwagen. Dann ging er zurück und schob Katharina beiseite, die schluchzend neben ihrem Jungen hockte und an dem Pfeil rumdokterte.
„Lass ihn stecken. Habt ihr eine Zange?" Wimmer sah von Katharina zu Elena und wieder zurück.
„Bring ihm eine Zange, Eli."
Elena verließ das Zimmer und raunte Wimmer im Vorbeigehen etwas zu. „Perverser Wichser."
Zehn Minuten später warf ein Krankenwagen blaues Licht in die Auffahrt und Konstantin wurde auf einer Trage aus dem Haus manövriert. Wimmer hatte die Enden des Pfeils mit der Zange abgeknipst. Die Sanitäter hatten nicht schlecht gestaunt, als sie in das Zimmer kamen.
Katharina wollte mit dem Porsche hinter dem Krankenwagen herfahren und Wimmer sagte, dass er jetzt besser nach Hause gehe und dass sie sich morgen sehen würden. Ihre Hände berührten sich, als sie eingestiegen war und die Tür schließen wollte.
„Katharina?"
„Was?"
„Hast du ihm gesagt, dass dein Mann nicht sein Vater war?"
„Nein, er weiß es nicht."
„Sag's ihm. Heute noch. Dann wird vielleicht alles besser."
„Wie sollte es das? Wie kann ich ihm dann noch in die Augen schauen?"
„Man muss wissen, zu wem man gehört. Ich denke, es könnte ihm helfen. Wenn du es nicht tust, lebt er bald nicht mehr. Oder er liegt sediert und sabbernd in einem Zweibettzimmer in der geschlossenen Psychiatrie. Tu ihm das nicht an."
Sie riss ihren Blick von ihm los und zog die Tür zu. Sie startete den Boxermotor und rollte die Auffahrt hinunter.

Wimmer ging zurück ins Haus und klaubte im Schlafzimmer seine Klamotten vom Boden.
„Hast meine Mutter gevögelt, was?"
Er drehte sich um und sah Elena in der Tür stehen. Sie hatte ihre Augen so schwarz geschminkt, dass es aussah wie eine indianische Kriegsbemalung. Was diesen Eindruck noch unterstrich, war das Bowie-Knife in ihrer Hand. Das andere Messer, das er von ihr bekommen hatte, war in der Kriminaltechnik ohne Ergebnis untersucht worden.
„Geht dich nichts an, schätze ich", sagte Wimmer und zog sich an.
„Stehst auf Omas, was? Du perverser Bulle."
„Warum hast du so geschrien vorhin? Hättest ihn doch sicher gern abgeschossen, deinen Bruder."
„Er ist nicht mein Bruder."
„Du weißt es?"
„Was weiß ich?"
„Woher weißt du's?"
Sie überlegte, ob sie es ihm sagen sollte.
„Ich hab zufällig den Brief entdeckt."
„Ah, ja. Und wie fühlt sich das an?"
„Keine Ahnung. Ist mir egal."
„Du kannst nicht besonders gut lügen."
„Aber ich kann gut ficken. Ich bin besser als meine Mutter."
„Sicher bist du das." Wimmer lächelte und schloss seine Gürtelschnalle.
„Wie wär's, wenn ich Ihrem Kollegen erzähle, dass Sie bei meiner Mutter den Rohrverleger gespielt haben?"
„Wie wär's, wenn ich dich wegen Mordes an deinem Vater verhafte?"
„Dazu brauchen Sie Beweise."
„Die kann ich so fälschen, dass alles nach dir aussieht. Das Messer nehm ich gleich mit."
„Das hier?", fragte sie und ließ die Klinge in der Luft rotieren.
„Das wird ausreichen. Dann kriegst du auch deine eigene Wohnung. Fünfzehn Quadratmeter mit Scheißhaus, Fernseher und Blick auf den eingezäunten Innenhof."
Wimmer streckte die Hand nach dem Messer aus. Elena sah sie einen Augenblick lang an und schlug dann mit dem Messer danach. Blitzschnell zog Wimmer seine Hand weg, doch sie erwischte ihn trotzdem. Er blutete aus einer kleinen Schnittwunde am letzten Glied des Zeigefingers.
„Mach mich nicht wütend", drohte er, als er das Blut sah.
Prompt schlug sie wieder zu und hätte beinah seinen Arm erwischt.
„Hör auf mit der Scheiße! Du hast keine Ahnung, was du dir da für einen Ärger

einhandelst."
„Jetzt hast du Angst, was?"
„Ja, um dich. Lass den albernen Quatsch. Gib mir das verdammte Messer."
Diesmal stieß sie mit dem Messer nach vorn, doch Wimmer drehte sich zur Seite, sodass die Klinge an seinem Bauch vorbei ins Leere traf. Er packte ihr Handgelenk und drückte es nach innen. Sie schrie auf und ließ das Messer fallen, das mit der Spitze im Boden stecken blieb. Es hatte ihre nackten Füße nur um Millimeter verfehlt. Mit ihrer freien rechten Hand holte sie aus und wollte Wimmer schlagen, doch der packte ihre Faust, ließ seine Hand abermals zu ihrem Handgelenk hinabgleiten und drehte beide Arme gleichzeitig nach rechts, dass Elena fast einen Salto machte und krachend auf ihrem Rücken landete.
„Du willst eine Waffe sein, bist aber bloß ein alter Putzlappen."
Er ließ sie liegen, schnappte sich das Messer und ging aus dem Haus.

39

Um sieben am nächsten Morgen fuhr Wimmer mit seinem Taunus in die Klinik und stattete Konstantin einen Besuch ab. Eigentlich hatte er erwartet, Katharina hier anzutreffen, doch das Zimmer war bis auf den aus dem Fenster starrenden Konstantin leer.
„Morgen. Tut mir leid, wenn ich dich so früh schon störe."
Konstantin reagierte nicht, was Wimmer wunderte, denn gestern Abend hatte er ihn doch so freundlich begrüßt.
„Konstantin? Alles klar? Kannst du dich noch an gestern Abend erinnern? Ich war auch da."
Der Junge regte sich nicht.
„Okay, also wieder Klopfspiele, ja?" Wimmer nahm sich einen Stuhl und stellte ihn neben das Bett.
„Sie haben mit meiner Mutter geschlafen", sagte Konstantin leise, aber nicht ohne Missachtung.
„Oh. Äh, ja, das heißt nein, eigentlich haben wir nur im Bett gelegen."
„Wozu sollten Sie das tun?"
„Ich wollte schon mit ihr schlafen, aber deine Schwester hat uns gestört."
„Verstehe."
„Bist du sauer deswegen?"
„Nein, ich find Sie ganz nett."

„Schön."
„Und ich mag Ihre Haare. Hätt ich auch gern."
„Dann geh zum Friseur."
Er schüttelte müde den Kopf. „Mein Vater würde ausrasten." Gleich nachdem er das gesagt hatte, kniff er das Gesicht zusammen, als hätte er sich an heißem Kaffee verbrannt.
„Konstantin, dein Vater lebt nicht mehr. Das weißt du, oder?"
„Ich weiß gar nichts mehr. Ich weiß nicht mal, wer mein Vater ist." Er fing an zu weinen. Leise und immer noch zum Fenster gewandt.
Wimmer legte ihm eine Hand auf die Schulter.
„Deine Mutter hat's dir erzählt."
Er nickte.
„Hast du's vorher schon gewusst?"
Er schüttelte den Kopf.
„Geahnt?"
Er nickte.
„Ich … ich hab nie wirklich in die Familie gepasst. Hab mich immer wie ein Fremder gefühlt und mich gefragt, ob es an mir liegt, ob ich komisch bin oder … verrückt."
„Du bist nicht verrückt."
„Nein, aber auf dem besten Wege dahin." Er öffnete sein OP-Hemd. Der rote Kreis auf seiner Brust war immer noch da. „Hier. Hab ich mit Edding gemalt. Wasserfest."
„Dann gehst du halt 'ne Zeit lang nicht ins Freibad."
Er lachte, obwohl er nicht wollte.
„Es hätte besser klappen sollen."
„Was, das mit der Armbrust?"
Er nickte.
„Glaub mir, das wirst du in einem Jahr ganz anders sehen."
„Jetzt kommt doch nur noch Scheiße auf mich zu. Therapie, vielleicht auch Klapse, so, wie Elli es will. Vielleicht schiebt Mama mich einfach ab. Da komme ich nicht wieder raus."
„Deine Mutter hat das bis jetzt nicht getan und wird es in Zukunft auch nicht tun. Sie hat nur Angst, dass du sie nicht mehr mögen könntest."
„Da ist was dran."
„Versteh ich. So was wie die Geschichte von damals hört man nicht gern über seine Mutter, was?"
„Ich bin wütend."
„Das ist gut."
„Lieben Sie meine Mutter?"

„Was?“ Wimmer lachte laut. „Nein, ich glaube nicht. Tut mir leid. Ich mag sie, aber ob ich sie liebe …“
„Warum sind Sie so traurig?“
„Ich?“ Wieder lachte Wimmer. „Ich bin doch nicht traurig.“
„Doch. Glauben Sie mir, ich erkenne das.“
„Keine Ahnung. Vielleicht, weil ich eine andere Frau geliebt habe, die jetzt … verschwunden ist.“
„Ach so.“
„Konstantin, deine Mutter glaubt, dass dein Vater deinen Opa umgebracht hat.“
„Ja, stimmt.“
„Soviel ich mitbekommen habe, hat deine Mutter ihren Vater sehr gemocht.“
„Ich glaub, er war der netteste Mensch, den ich gekannt habe. Und jetzt wird mir erst klar, wie nett er wirklich war. Er hat zwischen mir und Elli nie einen Unterschied gemacht, obwohl er es sicher gewusst hat.“
„Glaubst du, deine Mutter hat sich an deinem Vater dafür gerächt?“
„Wenn ich jetzt Ja sage, könnten Sie auch glauben, dass ich mich an meiner Mutter rächen will.“
„Glaubst du, dass deine Mutter deinen Vater getötet hat?“
„Er war nicht mein Vater.“
„Du weißt, was ich meine.“
„Ja.“
„Was, ja?“
„Ja, sie könnte es getan haben, wenn mein Vater tatsächlich meinen Opa getötet hat. Dann hätte er es auch verdammt noch mal verdient.“
Wimmer nickte. „Wo ist deine Mutter? Ich dachte, ich treffe sie hier.“
„Ich hab sie weggeschickt.“
Es klopfte und ein Mann im weißen Kittel betrat das Zimmer. Wimmer erkannte ihn erst auf den zweiten Blick. Es war Stefanidis.
„Oh, guten Morgen, Kommissar Wimmer.“
„Guten Morgen, Dr. …“
„Stefanidis. Aus dem Club.“
„Natürlich, Sie haben die …“
Leiche gefunden, hatte Wimmer sagen wollen, beendete den Satz aber nicht, weil Stefanidis mit einem warnenden Blick den Zeigefinger an den Mund legte.
„Ja, ich habe die Polizei gerufen. Und jetzt mache ich Visite.“
„Sie arbeiten hier im Krankenhaus?“, fragte Wimmer, dem es etwas merkwürdig vorkam, dass ausgerechnet dieser Arzt Konstantin behandelte.
„Frau Leopold bat mich, mich um ihren Jungen zu kümmern. Ich behandle seit Jahren

die ganze Familie und habe Frau Leopold schon dreimal sehr erfolgreich operiert."
„Ah, ja. Na, dann werd ich jetzt mal gehen. Wir sind sowieso fertig."
„Sie haben ihn doch nicht überanstrengt?"
„Nein, hat er nicht", sagte Konstantin laut, aber abgewandt.
„Na, dann ist ja gut. Übrigens, Glückwunsch", sagte Stefanidis anerkennend.
„Wozu?", fragte Wimmer ahnungslos.
„Na, Ihr Abschlag am vierten Loch! Im ganzen Club erzählt man sich davon. Da werden wir uns in Zukunft wohl öfter sehen, was? Vielleicht spielen wir mal eine Runde zusammen."
„Ich muss erst sehen, wie weit ich bei den U. S. Open komme. Aber anschließend gern."
Stefanidis' freudiger Gesichtsausdruck sackte förmlich in sich zusammen.
„War 'n Scherz", sagte Wimmer und ging hinaus. Noch auf dem Gang hörte er das laute Gelächter von Konstantin.

40

Es roch unerträglich nach Haarspray, als Wimmer am Montagmorgen den Friseursalon betrat. Er blickte zu Boden und stellte zu seiner Belustigung fest, dass der gesamte Laden mit Linoleum ausgelegt war, das aussah wie Rasen.
An dem kubischen weißen Tresen war niemand zu sehen, also ging Wimmer nach links in den Salon hinein. Es gab drei Waschbecken auf jeder Seite. Diese und die Frisierstühle waren, wie sollte es anders sein, weiß. Drei Damen saßen unter dröhnenden Frisierhauben und lasen in Klatschblättern die neuesten Skandale über Hollywood-Stars oder die Königsfamilien dieser Welt. Am Ende des Raumes stand eine Tür offen, aus der jetzt Lommel herauskam und überrascht lächelte, als er Wimmer erkannte.
„Herr Kommissar", rief er erfreut und die drei Damen drehten sich in ihren Hauben zu ihm um. Sie wirkten weniger erfreut.
„Morgen, Herr Lommel. Ich wollte mir die Spitzen schneiden lassen."
„Sie haben keinen Termin, aber bei Ihrer Frisur, denke ich, wird's nicht allzu lange dauern. Setzen Sie sich." Er fegte mit der Hand über einen Sitz und drehte ihn Wimmer zu. Der nahm Platz. Lommel postierte sich hinter ihm und beäugte seine Haare.
„Wollen wir vielleicht etwas Neues ausprobieren? Wir könnten hübsche kleine Stacheln machen", schlug Lommel vor.
„Nein danke, einfach nur ein bisschen kürzen."

„Wie Sie wünschen." Er warf Wimmer einen weißen Umhang über und fischte eine Schere aus einem Gürtel. Wimmer blickte grinsend zu der Frau neben ihm, die ihn fast angewidert im Spiegel beobachtete. Mit all den Plastikdingern auf dem Kopf und der Haube darüber hätte er sie fast nicht erkannt. Aber diesen abfälligen Blick kannte er.
„Frau Gonzales."
„Frau Rechnin, bitte. Ich habe meinen Mädchennamen behalten", fauchte sie.
„Ich bin's, Kommissar Wimmer. Sie wollten mich neulich nicht in den Club lassen."
„Ich erinnere mich lebhaft."
„Ich bin die Vertretung für Ihren Mann."
„Sie sind eine Schande für den Polizeiberuf. Dass man so überhaupt rumlaufen darf."
„Gucken Sie sich mal an", sagte Wimmer.
„Also, das ist doch wohl ..." Sie zuckte vor Wut und stieß sich den Kopf in der Haube an.
„Frau Rechnin, bitte stillsitzen", bat Lommel.
„Schmeißen Sie diesen Kerl raus! Er hat mich beleidigt", rief sie.
Wimmer beugte sich etwas zu ihr rüber. „Sie haben aber angefangen." Er zwinkerte ihr zu.
Sie wusste kaum, wohin mit ihrer Wut, also riss sie ihre Zeitschrift hoch und verdeckte damit ihr Gesicht. Auf dem Titelblatt war ein Porträt von Paris Hilton abgebildet. Deren Kopf saß jetzt auf dem Körper von der Strychnin. Wimmer musste lachen.
„Können wir anfangen?", fragte Lommel und klapperte bereits mit seiner Schere an dem Iro herum.
„Sicher. Das ist wirklich ein schöner Laden. Und der Fußboden ..."
„Ist der nicht todschick? Das ist Fotolinoleum. Ich habe meinen eigenen Sechsloch-Platz!"
Wimmer verstand nicht.
„Hier, gucken Sie." Lommel zeigte auf die Löcher, die neben jedem Stuhl im Boden eingelassen waren, um die Haare hineinzufegen. Stolz holte er noch einen Besen hervor, der aussah wie ein Driver mit Borsten und puttete einen Haufen brünetter Haare in das Loch.
„Ein Eagle", rief er und lachte sich kaputt. „Gott, ich liebe dieses Spielzeug."
„Sie sind ganz schön verrückt, mein Lieber", sagte Wimmer.
Lommel beugte sich ganz nah an Wimmers Ohr. „Sie aber auch. 230 Meter an Loch vier, Sie sind mir einer!" Er klopfte ihm mit den Fingerspitzen auf die Schulter.
„Anfängerglück."
„Mir machen Sie nichts vor. Sie haben die Jungs nur vorführen wollen, geben Sie's zu. Der dicke Wischnewski hat seitdem nicht mehr geschlafen."
„Nein, es war wirklich mein allererster Schlag."

„Dann, mein Freund, sind Sie ein echtes Naturtalent. Wann spielen wir zusammen?"
„Tja, also im Moment hab ich kaum Freizeit."
„Natürlich. Der arme Theo. So was wünscht man keinem Menschen. Sind Sie denn dem Täter schon auf der Spur?", fragte Lommel neugierig. Frau Rechnin klappte eine Ecke ihrer Zeitschrift um und lugte mit einem Auge darüber.
„Wir wissen noch nicht, wer es war, aber wir können den Täterkreis inzwischen einschränken", sagte Wimmer.
„Ah, ja, und dieser Speicheltest wird ihn dann endgültig überführen."
„Unter Umständen, ja."
„Das ist wirklich sehr aufregend, nicht? Ihr Beruf muss doch ungeheuer spannend sein."
„Bücher sind spannend. Polizeiarbeit ist deprimierend."
„Na ja, anyway, Sie sind jedenfalls fertig." Lommel holte einen Handspiegel und zeigte seine Arbeit.
„Sieht gut aus, was meinen Sie, Frau Rechnin?", sagte Wimmer und Paris Hilton schnaufte wütend.
Lommel befreite Wimmer von dem Umhang und Wimmer stand auf.
„Herr Lommel, könnte ich Sie noch einen Augenblick in Ihrem Büro sprechen?"
„Ja, sicher. Hier entlang bitte."
Sie gingen durch die Tür in einen länglichen Raum mit zwei hoch angelegten Fenstern. An der rückwärtigen Wand standen ein Tisch und ein Regal, der Fußboden war mit Kunstrasen ausgelegt. Lommel schloss die Tür und Wimmer drehte sich zu ihm um. Erst jetzt bemerkte er das riesige Bild an der anderen Längswand. Ein Foto, das ungefähr zwei mal einen Meter maß und einen Schwarzen zeigte, der ein großes Stück Fleisch wie ein Gewehr in der Hand hielt. Wimmer ging näher ran und las den Titel, der rechts unten geschrieben stand.
„Meat Weapon", sagte Lommel. „Gefällt's Ihnen?"
Wimmer machte wieder einen Schritt zurück und musterte das Foto.
„Von Andres Serrano."
„Ist das Laurence Fishburne?", fragte Wimmer.
„Das stimmt. Ist mein Lieblingsschauspieler."
„Da muss er aber noch jung gewesen sein."
„Sie meinen, um so was zu machen?"
„Nein, weil er da noch so schlank ist."
„Das war 1984."
Wimmer blickte zu Lommel, der fasziniert auf das Bild starrte.
„Herr Lommel, ich hab noch eine Frage an Sie. Und ich möchte, dass Sie das nicht falsch verstehen, aber Sie sagten bei unserem letzten Treffen, dass Sie schwul seien."

Lommel grinste. „Da hab ich mich wohl verplappert."
„Nun, ich hab mich jedenfalls gefragt, ob Sie mit Herrn Leopold vielleicht nicht nur auf dem Golfplatz befreundet gewesen sind."
„Was meinen Sie damit?"
„Sie verstehen schon."
„Theo war verheiratet."
„Das ist kein Grund für irgendwas."
„Nein, ich ... kannte ihn nicht so gut. Wir waren nur lose befreundet."
„Herr Lommel, die Ergebnisse des Speicheltests werden es sowieso ans Tageslicht bringen."
„Wovon reden Sie? Sie glauben, dass ich mit Theo was hatte?"
„Ich frage Sie lediglich."
„Nein, hatte ich nicht!"
„Hatten Sie Kontakt zu anderen Männern im Club? Haben Sie einen Partner?"
„Nein, im Moment nicht."
„Was heißt im Moment?"
„Wir haben uns getrennt. Schon vor einem Jahr."
„Wie ist sein Name?"
Lommel machte unwillkürlich einen Schritt zurück und verschränkte die Arme vor der Brust. Er blickte auf seinen Büro-Kunstrasen. „Das möchte ich lieber nicht sagen."
„So leid es mir tut, Sie müssen. Dies ist eine polizeiliche Ermittlung."
„Aber der Mann ist ... verheiratet und hat Familie."
„Aha."
„Ich kann es nicht sagen, ich zerstöre sein Leben damit."
„Selbstverständlich wird Ihre Aussage diskret behandelt. Ich will niemanden in den Schmutz ziehen. Aber ich muss den Fall untersuchen. Geben Sie mir den Namen, bitte."
Lommel scharrte mit dem Fuß.
„Beschamel", sagte er mit gesenktem Kopf.
Wimmer blinzelte überrascht und ließ sich in Sekundenschnelle die möglichen Konsequenzen durch den Kopf gehen.
„Okay. Wie haben Sie sich getrennt?"
„Was meinen Sie?"
„Gab es einen Streit? Wer hat sich von wem getrennt und warum?"
„Gestritten haben wir öfter. Nein, er hat Schluss gemacht. Er sagte, dass seine Frau etwas bemerkt habe und wir uns nicht mehr sehen können. Er wollte das Leben, das er sich aufgebaut hatte, nicht zerstören. Wenn rausgekommen wäre, dass er seine Frau mit einem Schwulen betrügt, was glauben Sie, wie viele Eltern ihre Kinder dann noch

in seinen Fahrschulwagen hätten steigen lassen?“
„Verstehe. Tja, und sonst gab es seitdem niemanden?“
„Nein. Ich habe ein paar Internetbekanntschaften, wenn Sie es genau wissen wollen, aber ich hab bis jetzt keinen von ihnen getroffen.“
„Okay. Vielen Dank, Herr Lommel. Das war's.“
„Macht fünfzehn Euro.“
„Bitte?“
„Für den Haarschnitt.“
„Ach so, ja.“
Als Wimmer den Salon verließ, sah er auf der anderen Straßenseite Beschamel einen Fahrschüler abholen. Er blickte argwöhnisch zu Wimmer herüber. Wimmer nickte ihm zu und Beschamel stieg schnell in den Fahrschulwagen.

41

Wimmer stand nachdenklich vor seinem Whiteboard und tippte mit dem Stift gegen seine Lippen. Es klopfte.
„Herein.“ Kaum hatte er das gesagt, flog auch schon die Tür auf und Giessner, Vettel, Wischnewski und Lassie drängten sich in den kleinen Raum. Lassie machte eine entschuldigende Geste.
„Tag, Herr Wimmer“, sagte Giessner.
„Die heilige Dreifaltigkeit!“, erwiderte Wimmer und Lassie verkniff sich ein Lachen. „Was kann ich für Sie tun?“
„Nun, das muss ich Ihnen wohl nicht beantworten. Wie weit sind Sie? Was haben Sie Neues?“
„Eine Menge. Setzen Sie sich.“
Sie nahmen sich alle einen Stuhl und setzten sich wie ein kleines Publikum vor die Tafel. Wimmer nahm den Verschluss vom Stift und legte los.
„Fangen wir mit unserer Verdächtigen Nummer eins an: Frau Leopold, die Ehefrau. Sie hat angegeben, zur Tatzeit in einem Hotel dreißig Kilometer entfernt gewesen zu sein.“ Wimmer zeichnete die Pension an den linken oberen Bildrand. „Sie steht dort auch im Gästebuch. Die Sache hat nur einen Haken: Das Hotel gehört den Eltern ihres Bodyguards.“ Wimmer malte ein Fragezeichen über die Pension.
„Welches Motiv sollte sie gehabt haben?“, fragte Giessner.
„Suchen Sie sich eins aus. Sie war seit Jahren mit ihrem Mann zerstritten. Sie wusste von den unzähligen Affären, die er hatte. Aber ich glaube nicht, dass sie wusste, dass

Leopold die Scheidung einreichen wollte. Ob sie ein Verhältnis mit ihrem Bodyguard hat, kann ich auch noch nicht mit Sicherheit sagen. Beide streiten es ab. Diesbezüglich hat sich also nichts Grundlegendes getan. Aber es ist trotzdem etwas Interessantes hinzugekommen. Das dürfte auch Sie interessieren, Herr Bürgermeister."
Wimmer zeichnete eine quadratische Fläche rechts an die Tafel und malte drei Bäume hinein. Wischnewski zog wütend die Schultern nach oben, sodass sein Hals vollständig zwischen ihnen verschwand.
„Leopold wollte mit Beschamel und Baumhammer und der Hilfe von Herrn Wischnewski ein Outlet-Center auf einem als Naturschutzgebiet deklarierten Gelände bauen."
„Es ist kein ..."
„Ja, ja, ich weiß", unterbrach Wimmer Wischnewski. „Inzwischen wurde der Status aufgehoben, dem Baubeginn steht nichts mehr im Wege. Zuvor jedoch rief das Ganze einige Naturschützer auf den Plan, die gegen das Center protestierten und prozessierten. Unter diesen Aktivisten war auch der Vater von Frau Leopold, Herr Durstbach, der vor ein paar Monaten in dem Haus, in dem ich jetzt wohne, verunglückte und ertrank."
„Was hat das alles mit dem Mord an Leopold zu tun?", fragte Vettel.
„Frau Leopold glaubt, dass ihr Mann aktiv oder passiv am Tod des alten Durstbach beteiligt war."
„Wie bitte? Aber das ist doch längst ad acta gelegt", rief Wischnewski. „Das war ein schreckliches Unglück, der Alte ist beim Haarewaschen ertrunken."
„Ja, ja, so steht es im Polizeibericht. Aber das ist völlig egal. Wichtig ist nur, dass seine Tochter etwas anderes glaubt. Somit haben wir ein Rachemotiv für Frau Leopold. Sie wusste von ‚nicht legalen Geschäften' ihres Mannes, zu denen sie auch das Outlet-Center zählt. Und sie profitiert von drei Lebensversicherungen, die ihr knapp acht Millionen einbringen werden. Außerdem fanden wir weibliche und männliche DNA-Spuren am Tatort, das deutet ebenfalls auf sie, da Frau Leopold unsere bisher einzige weibliche Verdächtige mit einem überzeugenden Motiv ist. Vielleicht war die Tat also eine gemeinschaftliche mit ihrem Lover."
„Aber das sind alles Spekulationen", meinte Giessner.
„Natürlich. Motive sind immer spekulativ. Aber sie beruhen auf Tatsachen. Und das ist noch nicht alles. Konstantin Leopold war nicht Leopolds leiblicher Sohn. Es gibt laut Katha... Frau Leopold vier infrage kommende Männer, die von uns alle einem Vaterschaftstest unterzogen werden."
Wimmer schrieb „unehelich" über Konstantins Namen.
„Bleibt noch zu erwähnen, dass Herr Baumhammer, der Manager des Clubs, die Säge, mit der mutmaßlich das Opfer zerteilt wurde, in seinem Gartenhäuschen gefunden hat."

„Was heißt denn das nun wieder?“, fragte Giessner aufgeregt.
„Das wissen wir auch noch nicht. Die Spurensicherung ist dran. Die Ergebnisse der Speichel- und Vaterschaftstests liegen übrigens in zwei Tagen vor.“
Wimmer malte noch das Haus von Baumhammer und eine kleine Säge auf das Whiteboard.
„Sie sehen, das Bild wird immer dichter und dichter.“
„Und verworrener“, meinte Vettel.
„Scheiße, was erzählen wir jetzt der Presse?“, murrte Giessner. „Diesen ganzen Quatsch da an der Tafel können wir doch keinem auftischen. Ich schlage vor, dass wir morgen früh eine Konferenz ansetzen und verlauten lassen, dass sich mit dem Ergebnis des Speicheltests wahrscheinlich der Mörder identifizieren lässt.“
Vettel und Wischnewski nickten zustimmend.
„Das stimmt aber leider nicht ganz“, sagte Wimmer.
„Was ist denn nun schon wieder?“
„Also, die Kriminaltechnik hat, wie ich schon sagte, männliche und weibliche DNA am Tatort feststellen können, und zwar genau an der Stelle, an der der oder die Täter sich umgezogen hat oder haben. Die DNA der Spermaprobe stimmt damit aber nicht überein. Das bedeutet, dass derjenige, der Sex mit Leopold hatte, nicht der Täter sein kann.“
„Bitte?“, fragte Giessner irritiert.
„Mit dem Speicheltest identifizieren wir in erster Linie nur Leopolds Sexpartner. Sollte eine andere DNA von einem der Clubmitglieder mit der aus dem Klamottenfund stammenden DNA übereinstimmen, haben wir höchstwahrscheinlich auch den Täter. Aber nur höchstwahrscheinlich.“
„Heilige Mutter Gottes. Hauptsache, Sie kommen nicht durcheinander, Wimmer“, meinte Giessner und stand auf.
„Ich habe den Durchblick.“
„Schön für Sie. Also denken Sie dran: Morgen früh, acht Uhr Pressekonferenz. Wir sagen nur, dass wir Spuren gefunden und einen Test gemacht haben, der uns bald den Täter auf dem Silbertablett servieren wird.“
„Ich bin doch sowieso nicht dabei“, sagte Wimmer.
„Ach so, ja. Herr Szcenwioszki?“
Lassie stand auf. „Hier.“
„Ich hoffe, Sie haben gut aufgepasst eben. Acht Uhr. Sie erklären das verständlich für die Presse.
„Sehr wohl!“
Die heilige Dreifaltigkeit verließ den Raum und es wurde angenehm still.
„Sehr wohl!“, ahmte Wimmer seinen Kollegen nach. „Du klingst wie ein Butler.“

„Just to please you", sagte Lassie und verbeugte sich grinsend.
Wimmer grinste zurück. „Komm, du kannst mir ein Bier ausgeben, du Aushilfs-Freddie-Frinton."
„Ich weiß was Besseres. Ich lad dich zum Essen ein."

42

Wimmer und Lassie saßen in dem kleinen Wintergarten in Lassies Haus und tranken Staropramen. Lilly, Lassies Frau hantierte in der Küche herum und ein herrlicher Duft waberte langsam durchs Wohnzimmer zu ihnen herüber. Wimmer blickte nachdenklich in seinen Bierschaum, der sich allmählich auflöste.
„Hab dich heute kaum gesehen", meinte Lassie. „Darf ich dich was fragen, ohne dass du gleich deine Dienstwaffe auf mich abfeuerst?"
„Klingt nach 'ner heiklen Frage."
„Hast du was mit der Leopold?"
Wimmer lachte durch die Nase und rieb sich das Gesicht.
„Lassie hat 'ne gute Spürnase. Feines Hundchen", sagte er und versteckte ein Lächeln hinter seiner Hand.
„Ich fand's gut, dass du sie heute als Verdächtige Nummer eins betitelt hast, denn das ist sie, verdammt noch mal. Im Moment sehe ich keinen, der ihr Konkurrenz machen könnte. Aber pass bitte auf. Ich will nicht, dass du dich ... wie soll ich sagen ... einnebeln lässt", sagte Lassie.
An der Haustür klingelte es.
„Lassie, kannst du bitte aufmachen?", schrie Lilly aus der Küche.
„Bin gleich wieder da."
Lassie ging zur Tür und Wimmer schaute weiterhin in sein Bier. Sein Partner hatte recht. Er durfte Katharina nicht mehr wiedersehen. Das war nicht gut für ihn. Andererseits ...
„Wo kommst du jetzt erst her? Mama hat gesagt sieben Uhr", schimpfte Lassie mit seinem Sohn Tom.
„Ja, da war'n aber so große Jungs, die haben uns den Ball weggenommen und deswegen ist es ein bisschen später geworden", sagte der Kleine und man konnte hören, dass er sich das gerade ausgedacht hatte.
„Große Jungs, so, so. Wie sahen die denn aus?"
„Na, so ... wie Jungs halt. Der eine hatte ein Spiderman-T-Shirt an."
„Aha. Wie viele waren es noch gleich?"

„Sieben oder acht.“
„Donnerwetter. Na, komm, geh erst mal Hände waschen, wir haben heute Besuch zum Abendessen.“
„Wer denn?“, fragte Tom und lugte neugierig ins Wohnzimmer.
„Hey, Schuhe aus! Und Hände waschen.“
„Aber wer …“
„Schuhe aus, Hände waschen!“
„Ohhhh!“
Lassie kam grinsend zurück. Kaum hatte er sich wieder gesetzt, stand auch schon Tom am Tisch. Von seinen Händen tropfte Wasser auf den Teppich. Seine Knie waren grün und schwarz.
„Wer issn das?“
„Das ist mein neuer Partner, Herr Wimmer.“
„Hallo Tom, ich heiße Lotte.“ Wimmer streckte die Hand aus.
Der Junge zeigte mit dem Finger auf ihn und fing laut an zu lachen. „Haaahaaaah, der heißt wie 'ne Frau!“
„Entschuldige“, sagte Lassie zu Wimmer. Tom kriegte sich gar nicht wieder ein. Er sprang auf und ab und lachte und lachte.
„He, Tom, wie alt bist du?“, fragte Wimmer.
„Zwölf“, sagte der Junge kichernd.
„Tom, du bist sechs“, sagte Lassie.
„Stimmt nicht. Lotte! Haaahaaa! Was ist das da Komisches auf deinem Kopf?“, fragte er und zielte mit seinem Zeigefinger wie mit einer Pistole auf Wimmers Iro.
„Haare.“
„Haaahaaahaaa, Haare, haahaaaahaaa!“
„Ich bin recht komisch oder?“, fragte Wimmer Lassie. Der konnte sich ein Grinsen nicht verkneifen.
„Was machst du hier?“, fragte Tom.
„Ich esse dir dein Abendbrot weg.“
„Neeeee, machst du nicht! Papa, macht der das wirklich?“
„Keine Ahnung, er ist schon ein komischer Kerl.“
„Bist du ein Vebrecher?“
„Eigentlich nicht.“
„Papa erschießt Vebrecher. Pass lieber auf. Er hat eine Pistole, die ist sooo groß!“ Er riss die Arme so weit auseinander, wie er konnte.
„Spielst du gut Fußball?“, fragte Wimmer.
„Ey, Alter, ich bin so gut wie Özil“, meinte Tom.
„Tom, ich will diese Ausdrücke nicht mehr hören, verstanden?“, rief seine Mutter

streng aus der Küche und Wimmer fragte sich, wie sie das gehört haben konnte.
„Ey, Alter?“, fragte Wimmer.
„Ja, was geht, Alter?“, fragte Tom grinsend und stellte sich breitbeinig hin.
„Tohom!“, rief Lilly aus der Küche. „Komm und hilf mir.“
Tom flitzte davon.
„Lernen die so was in der Schule, Alter?“
„Nee, im Kindergarten, du Opfer!“, meinte Lassie.
Lilly kam herein, eine dampfende Auflaufform in den Händen. „So, ihr zwei faulen Sofakartoffeln, auf mit euch, Essen ist fertig“, sagte sie. Die Männer setzten sich an den Tisch. Lassie schenkte allen etwas zu trinken ein und Lilly band eine Stoffwindel um Toms Hals.
„So, freut mich, dich endlich kennenzulernen, Lotte“, sagte Lilly.
„Lotte, haaahaaahaaa“, rief Tom und bog sich wieder vor Lachen.
„Lassie hat mir schon einiges über dich erzählt, aber noch nicht genug“, sagte sie und tat ihm dabei ein Stück Makkaroni-Auflauf auf den Teller.
„Was willst du wissen?“, fragte Wimmer.
„Du bist wirklich Amerikaner?“
„Ja, aus Cincinnati.“
„Zinnnzinnäättiii! Haaahaaahaaa“, rief Tom.
„Ruhe jetzt. Iss bitte“, forderte sie streng ihren Sohn auf und wandte sich dann wieder freundlich Wimmer zu. „Und was hat dich hierher verschlagen? Lassie wollte mir nichts darüber erzählen. Ich mag es nicht, wenn er Geheimnisse vor mir hat.“
„Tja, das ist eine lange … eine Frauengeschichte.“
„Mama guckt im Fernsehen immer Frauengeschichten“, sagte Tom.
„Schscht!“, machte sie. „Du willst nicht drüber reden, verstehe schon. Und das mit deinen Haaren, ist das politisch oder nur ein Modetick oder was?“
„Lilly …“, ermahnte Lassie seine Frau.
„Was denn, das kann man doch mal fragen.“
„Es ist mehr was Familiengeschichtliches. Zurück zu den Wurzeln.“
„Wieso?“
„Ich stamme von Irokesen ab. Väterlicherseits. Mein Urgroßvater gehörte zum Stamm der Mohawk. Meine Mutter ist eine Weiße, ihre Familie kommt ursprünglich aus Dänemark.“
„Du bist ein echter Indianer?“, fragte Tom mit riesigen Augen und vollem Mund.
„Na ja, so ein bisschen halt. Auf jeden Fall fließt indianisches Blut in meinen Adern.“
Lassie, Lilly und Tom staunten ihn sprachlos an.
„Ey, cooool, Alter“, rief Tom.
Sie mussten lachen.

„Na, dann, auf dich, Häuptling“, sagte Lassie und hob sein Glas.

Später, als Tom bereits im Bett lag und leise schnarchte, saßen sie zu dritt im Wintergarten. Wimmer und Lassie waren bei Bier geblieben, Lilly trank einen Weißwein.
„Ihr habt's wirklich schön hier“, meinte Wimmer. „Und Tom ist klasse.“
„Ja, er hält uns auf Trab“, sagte Lassie mit einem liebevollen Blick zu seiner Frau. Dann wechselte er das Thema. „Sag mal, wie kommst du eigentlich auf die Geschichte mit dem Vater von Frau Leopold? Dass sie glaubt, er sei ermordet worden?“, fragte er.
„Sie hat's mir erzählt.“
„Freiwillig?“
„Ja.“
„Sie scheint dir ja sehr zu vertrauen, wenn sie dir freiwillig ihre Mordmotive liefert.“
„Das war komisch. Sie joggte an meinem Haus vorbei, um zu sehen, wer da jetzt wohnt. Genau in dem Moment habe ich im Abfluss eine kleine Lasche von einem Uhrenarmband gefunden.“
„Wie das?“
„Na ja, ich hab nach irgendwas gesucht, das diese Ertrink-Theorie widerlegen könnte. Hab den Siphon aufgeschraubt und voilà! Ich würde gern mal die Untersuchungsakte lesen. Ich hab nämlich das Gefühl, an Katharinas Vermutung könnte was dran sein.“
„Katharina, so, so“, sagte Lilly amüsiert.
„Ja, ja, fang du auch noch an. Dein Mann hat mich schon zurechtgewiesen.“
„Richtig so, wenn er plötzlich seine verdächtigen Damen duzen würde, würde er von mir ganz schön was zu hören bekommen.“
„Kann ich mir vorstellen. Aber ich bin ja ledig und ungebunden.“
„Ja, aber jetzt kenne ich dich und muss auch auf dich aufpassen. Lass dir eins gesagt sein: Frauen können besser lügen, als Männer glauben.“
„Wieso ist Lilly eigentlich nicht bei der Polizei?“, fragte Wimmer Lassie.
„Stimmt, warum machst du nicht meinen Job?“
„Weil bei der Polizei traditionell nur Idioten mit Schnauzbärten arbeiten.“
„Ich hab keinen Schnauzbart“, sagte Wimmer.
„Doch, auf dem Kopf.“

43

Wimmer hatte am nächsten Morgen vergeblich versucht, Katharina zu Hause zu erreichen. Nach Angaben ihrer Tochter war sie ganz früh aus dem Haus gegangen. Selbst Kevin konnte keine Auskunft über ihren Verbleib geben. Wimmer hatte ein Set für einen Speicheltest im Handschuhfach. Er wollte Katharina bitten, ihm eine Probe zu geben, damit sie die DNA vom Tatort abgleichen konnten. Da er keinen anderen Ort wusste, den sie aufsuchen könnte, fuhr er in den Club. Baumhammer zuckte förmlich zusammen, als er ihm im Flur begegnete.

„Kommissar Wimmer. Oh Gott, wollen Sie mich jetzt verhaften?"

„Wieso?"

„Wegen der Säge."

„Nein, ich bin eigentlich hier, um ... nun, um ein paar Leute zu befragen, und dachte, dass ich dabei ja gleich mal ein paar Schläge machen könnte."

„Schläge?"

„Ja, auf dem Platz. Leihen Sie mir ein Schlägerset?"

„Oh, selbstverständlich, Sie können meins haben."

„Nur wenn es geölt ist", sagte Wimmer und zwinkerte Baumhammer zu.

„Ja, ja, das ist es. Alle Schläger sind vollkommen intakt. Brauchen Sie einen Caddie?"

„Das wäre schön, aber ich habe schon ein schlechtes Gewissen. Ich müsste eigentlich erst mal Mitglied werden, oder?"

„Ja, wollen Sie denn? Ich kann Ihnen gleich einen Antrag fertig machen."

„Klingt super."

Wimmer fuhr mit dem Caddie raus aufs Grün. Es war noch früh am Morgen und Tau lag auf dem Rasen, sodass er aussah wie ein silberner Teppich. Man konnte bereits einige Fußspuren erkennen, also musste schon jemand auf dem Platz sein. Wimmer hoffte darauf, Stefanidis hier anzutreffen, da der ja gern spielte, bevor er in die Praxis ging. An Loch eins, einem geraden Grün Par vier schlug Wimmer zunächst einen schiefen Ball in einen der drei Bunker. Etwas ratlos stand er dann im frisch geharkten Sand und wusste nicht, welchen Schläger er benutzen sollte. Er entschied sich für einen leicht angeschrägten, löffelartigen Schläger, mit dem er so tief in den Sand schlug, dass er eine volle Ladung ins Gesicht bekam. Er wischte sich den Sand aus dem Gesicht und aus den Haaren und musste zu seiner Enttäuschung feststellen, dass der Ball noch immer vor ihm lag, nur tiefer vergraben.

„Holy crap."

Er schlug noch einmal und schloss dabei die Augen, doch irgendwie kam er trotzdem unter den Ball, der zwar zu weit nach links flog, sich dann jedoch kurz nach dem Aufkommen nach rechts drehte und bis auf acht Meter an die Fahne heranrollte.

„Geiles Ding!", rief er und verließ den Bunker. Er stellte sich hinter seinen Ball, schätzte Entfernung und Bodenneigung ab und entschied sich, die Fahne herauszunehmen. „Wär doch gelacht", murmelte er, ging zurück, nahm nach einigem Suchen den Putter aus dem Bag und stellte sich an den Ball. Minigolf hatte er schon mal in Berlin gespielt. Das hier kam dem ziemlich nahe. Er stellte sich schulterbreit hin, wippte mit dem Oberkörper nach links und rechts und traf den Ball mit einem schönen Klock! Der hoppelte los und lief zu weit nach rechts, der Rand des Loches kam immer näher, der Ball wurde langsamer, Wimmer bog sich nach links, in der Hoffnung, dass sein Ball es auch tun würde, und tatsächlich rollte der Ball fast bis zum Stillstand an den ausgestanzten Rasenrand und kippte scheinbar aus Kraftlosigkeit in das Loch.
Wimmer sprang in die Luft und jubelte, aber nur, um sich gleich darauf schuldbewusst umzudrehen, denn das hier war ja kein Vergnügen, es war Recherche … oder Zeugenbefragung, nur dass gerade keine Zeugen zur Hand waren. Schnell packte er ein und fuhr zu Loch zwei. Ein Dogleg Par fünf, mit einer störenden Gruppe von Kiefern direkt im Knie der Rechtskurve. Wimmer griff sich einen Schläger, der nicht zu leicht und nicht zu schwer war. Er wollte vorsichtig schlagen, um bloß nicht in die Kiefern zu geraten. Sein Abschlag war gerade, aber kurz. Also schlug er ein zweites Mal und kam bis kurz vor den Saum der kleinen Nadelbaumgruppe. Von hier waren es noch mal hundertvierzig Meter auf eine kleine Anhöhe zu, die hinten von zwei Bunkern und sehr üppigen Rhododendronbüschen begrenzt war. Wimmer schlug sich wieder vorsichtig auf dreißig Meter heran und nahm dann ein Vierer-Eisen, das seinen Ball bis auf einen Meter an die Rhododendronbüsche bugsierte. Hier entschied er sich für den Putter, musste aber so kräftig ausholen, dass er damit in den Zweigen hängen blieb und den Ball mit der Schlägerspitze nur anstupste. Er rollte gerade mal vierzig Zentimeter weit.
„Fuck! Shit!", fluchte er und schlug verärgert den Schläger auf den Rasen.
Mit dem nächsten Schlag kam er bis auf zwei Meter ans Loch heran und mit seinem sechsten Schlag puttete er zu einem Bogey ein. Obwohl das ein unglaublich gutes Ergebnis für einen Anfänger wie ihn war, fiel seine Laune stetig ab, und während er zu Loch drei fuhr, fluchte und schimpfte er im Caddie vor sich hin.
Er bereitete sich gerade für den Abschlag an Loch drei vor, da klingelte sein Handy.
„Verdammt." Er ging ran und lehnte den Griff des Schlägers an seinen Bauch. „Ja?"
„Männe hier."
„Wer?"
„Männe Carstens."
„Ach so, ja, tut mir leid. Was gibt's?"
„Die Säge ist die Säge!"
„Du meinst die Säge?"
„Sag ich doch. Das Blut daran ist eindeutig von Leopold."

„Ich weiß nicht, ob ich das hören wollte."
„Das ist dein Problem. Aber ich hab noch was Hübsches: Deine private Anfrage hat auch einen Treffer ergeben. Die Armbandlasche ist aus Leder vom Mississippi-Krokodil und gehört zu einer sehr schönen IWC Portugieser, Wert knapp 20.000 Euro. Das Modell ist mir nicht zum ersten Mal über den Weg gelaufen. So eine befand sich in der Tüte mit Leopolds Sachen. An dem Armband sind ursprünglich zwei Schlaufen. Bei Leopold fehlt eine. Ob du das hören wolltest, weiß ich auch nicht. Viel Spaß weiterhin."
„Alles klar, danke." Wimmer legte auf und stützte sich nachdenklich auf Baumhammers Driver.
„Guten Morgen", sagte eine Stimme ganz nah hinter ihm. Wimmer schrie auf und zuckte zusammen. Dabei geriet der Driver zwischen seine Beine und er stolperte und fiel hin.
Katharina stand über ihm und lachte überrascht. „Entschuldige. Ich dachte nicht, dass du dich so erschreckst."
„Holy … Bist du von allen guten Geistern verlassen?"
„Du bist ganz schön schreckhaft für einen Polizisten, oder?"
„Mach dich noch lustig", maulte er und sie lachte so sehr, dass sie sich auf ihren Knien abstützen musste.
„Soll ich dir hochhelfen?", fragte sie und reichte ihm die Hand. „Oder soll ich mich zu dir legen?"
„Du sollst aufhören, mich zu erschrecken. Ist das irgendeine Taktik von dir?"
„Ach komm schon, schmoll nicht." Sie hielt ihm immer noch die Hand hin. Wimmer griff zu und sie zog ihn hoch. „Warst du in Gedanken?"
„Ja."
„Hast du an mich gedacht?"
Wimmer zögerte. Er wusste nicht, ob er ihr von der neuen Beweislage erzählen sollte. Sie war so fröhlich, er wollte das nicht zerstören.
„Nein, ausnahmsweise nicht."
„Das hast du nett gesagt. Aber irgendwas ist doch mit dir. Schau mich mal an." Sie lenkte sein Gesicht so, dass sie ihm direkt in die Augen schauen konnte.
Wimmer zog seinen Kopf zurück.
„Was ist los? Hast du Beweise gegen mich gefunden? Musst du mich verhaften?"
„Nein. Ich … an dem Abend, als du zu mir kamst und mich erschreckt hast, fand ich in meinem Siphon in der Küche eine Lasche, die zu einem Uhrenarmband gehört."
„Ich versteh nicht."
„Was hatte dein Vater für eine Uhr?"
„Mein … wieso? Was soll das?"
„Was trug er für eine Uhr? Hatte sie ein Lederarmband?"

„Nein, es war aus Platin. Eine Rolex. Ich hab sie ihm geschenkt."
„Ich glaube, dass die Lasche zu der Uhr deines Mannes gehört. An seinem Armband fehlt eine."
Ihre Augenfarbe wechselte wieder, diesmal in ein dunkles Meeresblau.
„Ich denke, dass du wahrscheinlich richtig lagst mit deiner Vermutung. Dein Mann hat deinen Vater ertränkt und dabei die Lasche verloren."
Sie senkte ihren Kopf und ging langsam in die Knie.
„Katharina, alles in Ordnung?"
Sie setzte sich hin und starrte stumm auf den Rasen zwischen ihren Füßen. Wimmer ließ sich neben ihr nieder und legte einen Arm um ihre Schultern.
„Tut mir leid."
Sie drückte ihr Gesicht an seinen Oberkörper und fing an zu weinen. Er nahm sie noch fester in den Arm und hielt sie einige Minuten. Irgendwann ebbte das Weinen ab und sie schniefte nur noch traurig.
„Ich will nach Hause", sagte sie leise und erschöpft.
„Ich fahr dich."
„Aber zu dir."
„Zu mir? Das geht nicht."
„Warum nicht?"
„Weil ... weil ..."
Natürlich gab es ein Weil, aber Wimmer sprach es nicht aus.
Sie fuhren in Wimmers Caddie zurück ins Clubhaus. Auf dem zweiten Grün vernahmen sie plötzlich lautes Geschrei, das rechts vom fünften Grün kamen, welches parallel zu diesem verlief. Hinter einer lang gezogenen Rosenhecke, die sich alle drei, vier Meter um eine Kiefer schlang, erkannten die beiden zwei Gestalten, die miteinander stritten. Wimmer lenkte den Wagen nach rechts und hielt an, denn was sie hörten, klang ernst. Kaum war das Summen des Elektromotors verstummt, erklang ein metallisches Klirren.
„Was machen die da?", fragte Katharina.
Wimmer lugte über die Hecke und erkannte zwei Männer, Stefanidis und Lommel. Sie standen sich an Loch fünf gegenüber und gingen mit ihren Puttern aufeinander los.
„Hey!", schrie Wimmer, doch die beiden Streithähne hörten ihn nicht. Sie sahen aus wie Darth Vader und Luke Skywalker in einer sehr golflastigen Version von Star Wars. Lommel, mit weißen Chinos, einer weißen Strickjacke und weißen Golfschuhen bekleidet, kämpfte gegen Stefanidis, der schwarze Chinos trug und einen schwarzen Pullover mit violettem T-Shirt darunter. „Hey!", rief Wimmer erneut und suchte nach einem Weg, die Rosenhecke zu überqueren.
„Lass sie doch in Ruhe. Du reißt dir alles auf, wenn du da durchgehst", sagte Katharina.

„Die bringen sich um", entgegnete Wimmer nur und suchte weiter. Man hörte deutlich das Brummen der Schläger, die durch die Luft geschleudert wurden und das Klirren, wenn sie aufeinandertrafen. Er entdeckte einen fast waagerechten Ast an einer Kiefer und nahm Anlauf. Er sprang vor der Hecke ab, streckte seine Arme aus, bekam den Ast zu fassen, schwang sich nach vorn und ließ wieder los, um auf der anderen Seite wieder zu landen. Das Manöver sah überraschend gekonnt aus.
Wimmer lief auf Luke und Vader zu, doch sein ständiges Rufen registrierten die Streithähne noch immer nicht. Jetzt schlug Lommel Stefanidis den Putter aus der Hand und stürzte sich auf ihn. Sie fielen zu Boden, krallten sich ineinander fest und wälzten sich über den kurz geschorenen Rasen.
„Du verdammter Wichser von einem Betrüger!", schrie Lommel.
„Du schwule Sau, geh von mir runter!", schrie Stefanidis.
Wimmer fackelte nicht lange, packte Lommel am Kragen und zog ihn hoch.
„Lass mich", schrie der und zappelte in seinem Griff.
„Schluss jetzt", rief Wimmer laut. „Schluss!"
Stefanidis rappelte sich auf.
„Was ist hier los?", fragte Wimmer.
„Der Wichser schummelt, das ist ein verdammter Betrüger."
„Halt's Maul, du hast doch keine Ahnung, du dämliche Tunte."
„Hey, hey, hey, beruhigen Sie sich. Mein Gott. Was ist bloß los mit Ihnen?", fragte Wimmer.
„Der schwule Irre greift mich urplötzlich mit seinem Schläger an! Das ist Körperverletzung", rief Stefanidis.
„Du bist ein beschissener Betrüger! Du solltest aus dem verdammten Club fliegen. Bescheißen kann ich mich allein", schimpfte Lommel.
„So, Sie beruhigen sich jetzt erst mal. Es geht also nur ums Golfspielen? Sie riskieren Schädelbrüche und was weiß ich noch, nur wegen eines Golfspiels?"
„Es ist ja kein Spiel mehr, wenn er bescheißt."
„Ich bescheiße nicht, ich bin einfach nur besser als du."
„Kannst dir gleich selbst eine Einweisung für die Klapse schreiben. Aber deinen Doktor haste sicher auch nur erschummelt."
„Oh, ja, und das sagt mir ein Friseur. Der Oberintellektuelle! Deine Arbeit könnte auch ein Schimpanse machen."
„Leck mich."
„Das hätt'ste wohl gern, du blöde Tunte."
Hey, hey", schrie Wimmer dazwischen. „Was ist los mit euch? Sind wir hier im Kindergarten oder was? Mann! Beruhigt euch, verdammt!"
„Aber ..."

„Kein Aber. Sie verlassen jetzt beide den Platz. Und sollten Sie sich irgendwo weiterstreiten, verhafte ich Sie beide. Und das ist kein Scherz! Sie gehen zuerst." Wimmer deutete auf Lommel, der seine Sachen zusammenpackte und frustriert abschob. Stefanidis klopfte sich ärgerlich den Rasen von der Kleidung. Sein Blick fiel auf den Caddie hinter dem Rosenbusch.
„Das ist ja Katharina. Sind Sie mit Frau Leopold hier?", fragte er argwöhnisch.
„Ich hole Frau Leopold zu einer Befragung ab."
„Aha. Worum geht's?"
„Ich glaube nicht, dass Sie das etwas angeht."
„Ich meine ja nur, schließlich bin ich der Arzt der Familie."
„Ja, genau. Eine Frage hätte ich auch an Sie: Wussten Sie, dass Konstantin nicht der leibliche Sohn von Herrn Leopold ist?"
„Ich ... äh, nein."
„Und wussten Sie vielleicht, dass Sie als Vater infrage kommen?"
„Ich?", fragte Stefanidis entsetzt. Er warf einen Blick zu Katharina. Sie saß bewegungslos da, aber erwiderte den Blick. „Nein."
„Aber geahnt haben Sie es doch sicher."
„Ich ... weiß nicht, worauf Sie hinauswollen."
„Ich will wissen, ob Sie geahnt haben, dass Konstantin vielleicht Ihr Sohn sein könnte. Sie erinnern sich doch sicher an das 18-Löcher-Spiel."
„Was? Äh ... nein. Ich bin immer davon ausgegangen ..."
„Aber Sie behandeln ihn in der Klinik, wenn er eingewiesen wird."
„Ja, schließlich bin ich ..."
„Der Arzt der Familie, ja, ja. Sie sind was für ein Arzt?"
„Internist."
„Und wenn ein Junge aus dem Fenster fällt oder sich mit einem Pfeil erschießt, sind Sie der Erste, den man da konsultiert?"
„Vielleicht nicht, aber er könnte ja innere Verletzungen erlitten haben."
„Leuchtet ein. Gut das war's fürs Erste. Schönen Tag noch." Wimmer grinste und machte sich auf den Rückweg. Schweigend humpelte Stefanidis vom Platz.
„Was war denn?", rief ihm Katharina entgegen.
„Ach, Kinderkram." Wimmer nahm Anlauf und wiederholte seinen akrobatischen Rosenbuschübersprung in entgegengesetzter Richtung.
„Das sieht wirklich toll aus, wie du das machst. Warst du mal Turner?"
„Nicht dass ich wüsste." Er stieg zu ihr in den Caddie.
„Warum behandelt Stefanidis Konstantin in der Klinik?"
„Bitte? Wie kommst du jetzt da drauf?"
„Ich hab ihn eben getroffen, weißt du noch?"

„Ja, ja, ach, das ist so ein Hirngespinst von ihm."
„Sag schon."
„Na ja, er glaubt, an gewissen Merkmalen erkannt zu haben, dass Konstantin sein Sohn ist. Und er hat sich jahrelang einen Sohn gewünscht. Seine Frau kann keine Kinder kriegen. Und deshalb kam er immer an und wollte etwas tun für Konni, und ich konnte ihn irgendwie nicht davon abbringen. Stefanidis ist irgendwie so ... übereifrig."
„Ja, sieht so aus."
Wimmer gab Gas.

44

Die Speichelprobe von Katharina Leopold stand fertig für das Labor auf Wimmers provisorischem Nachttisch. Im Bett lag die Spenderin und schlief, während Wimmer an eine Wand unter dem Fenster gelehnt am Boden saß und den Polizeibericht zu Herrn Durstbachs Tod las. Er vermied es, wie sonst die Fotos vor sich auf dem Boden auszubreiten, schließlich schlief die Tochter des Verstorbenen in seinem Bett und konnte jeden Moment wach werden. Gleich beim ersten Blick auf die Bilder war ihm etwas merkwürdig vorgekommen. Er konnte es aber nicht benennen. Es war wie bei diesen Suchbildern in der Zeitung, wenn man zwei Bilder verglich und genau wusste, dass etwas nicht stimmte, nur eine winzige Kleinigkeit. Der erste Beamte am Tatort war ein gewisser Köhler gewesen, den Wimmer nur flüchtig kannte. Er wollte ihn gleich dazu befragen, wenn er zurück ins Büro kam, vielleicht konnte er ihm ja auf die Sprünge helfen. Aber die Lösung war auf den Fotos, da war er sich sicher.
„Was machst du?"
Wimmer schreckte auf und klappte dabei die Akte zusammen.
„Oh Gott, ich hab dich schon wieder erschreckt." Katharina lachte verschlafen. Sie blickte unter die Decke und stellte fest, dass sie ihr Golfoutfit noch trug.
„Hallo Schlafmütze", sagte Wimmer.
„Tut mir leid, ich bin wohl einfach eingeschlafen, oder hatten wir..."
„Die einzige Körperflüssigkeit, die wir ausgetauscht haben, befindet sich in dem Röhrchen da", sagte Wimmer und deutete auf den Karton neben dem Bett.
Sie ließ sich kraftlos ins Kissen zurücksinken und stöhnte wohlig. „Bei dir kann ich wenigstens schlafen. Zu Hause lieg ich nur wach."
Wimmer sprang wie von der Tarantel gestochen auf und lief ins Badezimmer.
„Lotte, was ist?", fragte Katharina irritiert.
„Nichts, ich muss nur kurz was ausprobieren", sagte Wimmer und lief mit Duschgel

und einigen Handtüchern unter dem Arm eilig die Treppe hinunter.
Es war ihm eingefallen. Auf einem Bild stand auf der Arbeitsplatte neben der Spüle die Shampooflasche, mit der sich Durstbach angeblich die Haare hatte waschen wollen.
Wimmer drückte den Stöpsel in den Ausguss und ließ das Wasser laufen. Er stellte das Duschgel neben die Spüle und legte die Handtücher auf den Boden. Dann wartete er, während das Becken volllief. Hinter ihm erschien Katharina in der Tür. Sie sagte nichts, beobachtete ihn nur. Dass es etwas mit dem Tod ihres Vaters zu tun hatte, war nicht schwer zu erkennen.
Das Becken war jetzt zu vier Fünfteln gefüllt. Das Überlaufventil schien verstopft zu sein, das Wasser lief ungehindert weiter bis unter den Rand. Erst bildete sich eine kleine Wulst am Beckenrand, doch dann brach die letzte Barriere und das Wasser trat über. Zuerst in der Nähe des Wasserhahns, dann kreisförmig am gesamten Beckenrand. Das Wasser flutete die Arbeitsplatte und traf auf die Duschgelflasche. Obwohl sie noch fast voll war, kippte sie sofort um und wurde vom Wasser weggetragen, bis sie von der Arbeitsplatte rutschte und auf den Boden fiel. Wimmer drehte das Wasser noch nicht ab. Er stellte die Flasche wieder an dieselbe Stelle, in den millimeterdicken Wasserpegel. Sie blieb stehen. Er machte den Wasserhahn zu und drehte sich zu Katharina um. Sie sahen sich an.
„Jemand hat die Flasche hinterher dort hingestellt. Sie hätte eigentlich auf dem Boden liegen müssen", sagte Wimmer, nicht ohne Mitleid in seiner Stimme.
„Theo hat sie dorthin gestellt."
Wimmer nickte.

45

Die Strychnin lässt mich bestimmt nicht ins Haus", meinte Wimmer auf dem Weg zu Gonzales.
„Sie wird dich sicher nicht zum Tee einladen", erwiderte Lassie grinsend und fuhr in die kleine Einfahrt eines Einfamilienhauses.
Sie hielten direkt vor der Garage.
„Ach, bevor ich's vergesse: Ich hab da noch was sehr Interessantes für dich", meinte Lassie, nachdem er den Motor ausgestellt hatte.
„Schieß los."
„Ich habe die Angaben der Baumhammers geprüft. Sie war tatsächlich bei ihrer Freundin. Die Freundin und deren Tochter haben das bestätigt. Auch der Aufenthaltsort der Tochter hat sich bestätigt. Dann rief ich im Golfclub in Hamburg an. Baumhammer

stand nicht auf der Teilnehmerliste des Turniers."
„Scheiße, der Baumhammer hat gelogen? Diese Heulsuse?"
Lassie nickte.
„Wow, da werden wir wohl mal etwas genauer hinschauen müssen. Wir statten ihm nachher gleich einen Besuch ab. Aber jetzt geht's erst mal in die Höhle der Löwin."
„Willst du klingeln?", fragte Lassie, als sie vor der Haustür standen.
„Mit dem größten Vergnügen." Wimmer hielt seinen Finger ungefähr drei Sekunden lang auf die Klingel gedrückt und hörte drinnen auch schon die ersten aufgebrachten Brummgeräusche von Frau Rechnin. Sie öffnete mit runtergezogenen Mundwinkeln und böse funkelnden Augen.
„Sie schon wieder!", fauchte sie.
„Hallo, Frau Rechnin. Erkennen Sie mich? Wir haben denselben Friseur."
„Hallo Heike", sagte Lassie fast kleinlaut.
„Was wollt ihr?"
„Wir möchten gern, wie bereits telefonisch angekündigt, mit Ihrem werten Herrn Gemahl sprechen."
„Gonzo, Besuch für dich", schrie sie ins Haus hinein und verschwand einfach nach oben.
Man hörte schlurfende Schritte, und dann erschien Gonzo in der Tür. Er hatte dunkelgraue Ringe unter den Augen und lächelte angestrengt.
„Hallo, Lassie. Hallo, Herr Wimmer", sagte er.
„Lotte", sagte Wimmer und sie schüttelten sich die Hände.
„Kommt rein."
„Dauert auch nicht lang", sagte Wimmer und sie folgten Gonzo ins Wohnzimmer, das unaufgeräumt war und nach frischer Farbe roch.
„Oh, kriegt ihr eine neue Terrasse?", fragte Lassie.
„Ja, Heike wollte ... sie wollte was Neues."
„Schön."
Sie setzten sich. Gonzales sah aus, als sei die Steuerprüfung gekommen und nicht sein ehemaliger Partner.
„Wie kann ich euch helfen?", fragte er und rieb seine trockenen Hände.
„Eigentlich hat es nichts mit dem aktuellen Fall zu tun. Es geht um den Tod von Herrn Durstbach vor einigen Monaten."
„Ach so?"
„Ja, ich hätte da ein paar Fragen, weil mir gewisse Ungereimtheiten aufgefallen sind. Um es direkt zu sagen: Ich glaube, er ist ermordet worden, und zwar von Theodor Leopold."
„Wie kommen Sie denn darauf?"

„Ach, ich wohne zufällig in der Wohnung von dem alten Durstbach und fand im Siphon unter der Spüle eine Armbandlasche von einer seltenen Uhr. Sie gehörte Herrn Leopold. Und ich habe einen kleinen Versuch gemacht, nachdem ich die Tatortfotos gesehen habe. Das Shampoo stand auf den Bildern direkt neben dem Becken. Wenn das Becken überläuft, bleibt eine solche Flasche allerdings nicht stehen. Sie kippt um. Stellt man sie nachträglich darauf, dagegen nicht."
Wimmer machte eine Pause und Gonzo, dessen Gesicht nun etwas fettig glänzte, rieb seine Hände immer schneller.
„Ist Ihnen damals vielleicht irgendetwas aufgefallen, was aus diesem Blickwinkel einen Sinn ergibt? Wenn ein Kampf an der Spüle stattgefunden hat, könnte es Spuren gegeben haben."
„Nein. Wir gingen ja von einem Unglücksfall aus. Zwar haben wir Fotos gemacht, weil es so ungewöhnlich war, aber ... nein, ich hab nichts Auffälliges bemerkt."
„Tja, der Gerichtsmediziner hat ja auch keine Hämatome oder andere Verletzungen gefunden. Das finde ich äußerst merkwürdig. Die neuen Fakten sprechen eindeutig für ein Verbrechen."
„Aber Theo ist doch jetzt sowieso tot. Was wollen Sie denn da noch beweisen?"
„Oh, ich finde es schon wichtig, festzustellen, ob das ein Mord oder ein Unfall war, außerdem könnte es ein Motiv für Frau Leopold gewesen sein, ihren Mann zu töten."
„Wusste Sie denn ..."
„Sie ahnte es. Und keiner kannte die beiden besser als sie."
„Gonzo, wie lang bleibt denn dein Besuch?", rief Frau Rechnin von oben herunter.
„Nicht mehr lange", rief Wimmer zurück. „Ihre Frau hat einen Narren an mir gefressen", erklärte er.
Gonzo lächelte unglücklich.
„So, das war's auch schon. Alles Weitere müssen wir bearbeiten. Hoffentlich sind Sie bald wieder auf dem Damm."
„Ja, hoffentlich", sagte Gonzo wenig aussichtsreich. Er brachte die beiden zur Tür.
„Tut mir leid, dass wir hier so reingeschneit sind, aber es war wichtig."
„Ist doch kein Problem", sagte Gonzo, doch genau das war es. Man konnte es ihm ansehen.
„Gonzo hat sich nicht sehr wohl gefühlt bei unserem Besuch", meinte Wimmer zu Lassie, als sie auf die Hauptstraße fuhren.
„Muss auch komisch sein, unter diesen Umständen seinem Nachfolger zu begegnen, erst recht, wenn er so ... engagiert ist wie du."
„Stimmt. Ich fand's auch merkwürdig. Aber es ist ja nicht meine Schuld."
„Und seit Jahren frag ich mich, was er an dieser Furie findet."
„Die ist echt klasse", bestätigte Wimmer lachend.

„Aber den Club hat sie voll im Griff. Glaub mir, da ist alles straff organisiert und niemand würde sich trauen, das Greenfee nicht zu bezahlen oder unangemeldet aufzutauchen. Da läuft alles, wie sie es will."
„Das glaub ich. Wieso arbeitet sie heute eigentlich nicht?"
„Keine Ahnung."
„Na, das werden wir auch noch rausfinden. Auf in den Club!"

46

Im Sekretariat saß eine junge Frau, die sich ihnen als Aushilfe vorstellte, eine gewisse Frau Schwarzmehl. Sie war hübsch bis auf ihre merkwürdig strohigen Haare, die ungepflegt und scheinbar von einem Blinden geschnitten worden waren. Beinah hätte Wimmer ihr Edward mit den Scherenhänden empfohlen. Frau Rechnin hatte zwei Tage frei, wie ihnen Frau Schwarzmehl mitteilte, und Baumhammer war gerade auf dem Platz unterwegs, um zu spielen.
Wimmer nahm sich wieder einen Caddie, in der Vermutung, dass Baumhammer damit einverstanden war, und fuhr mit Lassie über Platz eins, zwei, vier und fünf. Nirgends war Baumhammer zu sehen. Sie überfuhren eine kleine Brücke, die über einen Wassergraben führte. Er trennte die ersten fünf Grüns von den nächsten sechs. Während Wimmer eine kleine Anhöhe hinauftuckerte, erwischte er sich dabei, wie er darüber nachdachte, das Grün zu spielen. Er schüttelte unwillkürlich den Kopf und fuhr bis ans Ende des sechsten Grüns, wo er einen schmalen Durchgang zwischen kugelrund geschnittenen, mannshohen Buchsbaumhecken passierte. Da entdeckten sie Baumhammer. Er lag ungefähr sechzig Meter entfernt bäuchlings mitten auf dem Fairway. Wimmer ging kurz vom Gas und blickte zu Lassie, der ihn besorgt aufforderte weiterzufahren. Sie hielten in fünf Meter Entfernung zu Baumhammer, stiegen aus und zogen ihre Waffen.
„Herr Baumhammer?", rief Wimmer, doch der Clubmanager regte sich nicht. Er lag schlaff und mit abgespreizten Armen auf dem Boden. Sein Caddie samt Schlägerbag war umgefallen und die Schläger herausgerutscht. „Herr Baumhammer?", versuchte Wimmer es erneut.
Er kniete sich neben ihn und fühlte seine Halsschlagader. Bubumm, bubumm, bubumm. Er lebte noch.
„Er ist nur bewusstlos", sagte Wimmer und prüfte, ob er Verletzungen entdecken konnte. „Ich seh auch keine Verwundungen."
„Drehen wir ihn um", sagte Lassie, steckte seine Waffe ein und half Wimmer, Baum-

hammer auf den Rücken zu drehen.
„Herr Baumhammer", rief Wimmer ihm ins Gesicht und tätschelte seine Wangen. Plötzlich blähten sich Baumhammers Backen auf und er pustete kraftlos die Luft aus. Langsam öffnete er die Augen.
„Wo bin ich?"
„Auf dem siebten Grün."
„Wer sind Sie, ich meine, was machen Sie hier?"
Wimmer sah ihn besorgt an. „Herr Baumhammer, wissen Sie, wer wir sind?" Er half ihm, sich aufzusetzen.
„Ja, sicher doch. Sie sind von der Polizei. Kommissar Limmer und Wassie. Lassie und Wimmer."
„Sehr gut. Wissen Sie noch, was Ihnen passiert ist? Wir fanden Sie hier ohnmächtig auf."
„Ich… ooooh." Er rieb sich seinen Hinterkopf. „Ich hab einen Ball abgekriegt, glaube ich."
„Einen Ball?" Lassie sah sich verwundert in der Gegend um.
„Da liegt er", sagte Baumhammer und deutete auf eine etwa zehn Meter entfernte Stelle im hohen Gras.
„Oh", sagte Lassie, ging hin und nahm den Ball hoch. „Wir haben den Attentäter sogar schon identifiziert", teilte er ihnen mit. „Hier steht sein Name drauf."
„Ja, die Bälle müssen bei uns gekennzeichnet sein. Frau Rechnin besteht darauf, dass jeder seinen vollen Namen draufschreibt, falls …"
„Falls man mal einen an den Kopf kriegt", meinte Wimmer.
Baumhammer lächelte benommen.
„Sie sind soeben vom Bürgermeister persönlich ausgeknockt worden", meinte Lassie feierlich.
„Ja, er ist beim Abschlag sehr ungenau", sagte Baumhammer.
„Herr Baumhammer, sind Sie in der Lage, uns ein paar Fragen zu beantworten?"
„Ach, Sie spielen gar nicht?", fragte er und pustete wieder aus.
„Nein, wir sind beruflich hier."
„Ach so. Ja, sicher."
„Herr Baumhammer, wir haben in Hamburg angerufen. Sie sind nicht bei dem Turnier gewesen, stimmt's?"
Baumhammer starrte Wimmer an, seine Augen wurden immer größer. Wimmer musste nicht lange warten, bis er die Tränen kommen sah.
„Aaaahaaaa", heulte er los.
Wimmer blickte genervt zu Lassie.
„Ich… ich kann doch nicht… aaaahaaaaaa."

„Was können Sie nicht?"
„Ich kann doch nicht ... ich mache alles kaputt damit, alles!"
„Herr Baumhammer, Sie müssen es uns sagen. Es führt kein Weg daran vorbei."
„Oooohoooo... Sie dürfen meiner Frau nichts davon sagen, bittehehe ..."
„Was dürfen wir Ihrer Frau nicht sagen, Herr Baumhammer?", drängte Wimmer.
„Ich habe eine Affäre. Mit Frau Leopold", schluchzte er.
Wimmer prallte förmlich zurück. Er war geschockt. Geschockt darüber, dass Katharina sich mit dieser Heulsuse eingelassen hatte, und geschockt darüber, dass sie eine Affäre mit Baumhammer hatte, während sie eine Affäre mit ihm hatte. Aber er war nicht nur geschockt. Jetzt kam auch die Wut.
„Was haben Sie gesagt?"
„Affäre ... mit Frau Leopold", wiederholte Baumhammer heulend.
„Wie lange schon?"
„Keine Ahnung, zwei Jahre?"
Wimmer stand auf, bedacht darauf, den Blick nicht von Baumhammer abzuwenden. Er wusste genau, wie Lassie ihn jetzt ansah, aber er wollte es nicht sehen. Sein Herz klopfte und irgendwie schmerzte es auch. Lassie trat einen Schritt vor.
„Herr Baumhammer, wenn Sie nicht in Hamburg waren an dem Abend, wo waren Sie dann?"
„Ich war mit Frau Leopold in einem Hotel", hauchte er verzweifelt.
„Wie hieß dieses Hotel?", fragte Lassie.
„Keine Ahnung ..."
„Zum kühlen Grund", sagte Wimmer abwesend.
„Ja, genau! Woher ..."
Wimmer drehte sich um und ging ein paar Meter weit weg.
„Wo will er hin?", fragte Baumhammer irritiert.
Lassie ging nicht darauf ein. „Kam das öfter vor, dass Sie sich in Hotels trafen?"
„Ja, doch. Relativ regelmäßig. Wenn es unser Terminplan irgendwie zuließ."
„Wie kam es zu der Affäre?"
„Wir kennen uns schon viele Jahre. Wir hatten früher auch ... na ja, meine Frau und ich haben früher viel mit den Leopolds unternommen."
„Ich habe schon davon gehört."
Baumhammer blickte ihn fragend an, fuhr dann aber fort: „Ihr Mann, Theo, war ... also, er kümmerte sich nicht mehr um sie. Ihre Ehe war kaputt und eines Tages trafen wir uns zufällig hier im Club und ..."
„Und?"
„Es hat gefunkt. Und es verband uns noch viel mehr. Katharina sagte mir, dass ich Konstantins leiblicher Vater sei."

Wimmer drehte sich um. „Sie hat es Ihnen gesagt?“, rief er von da hinten.
„Ja.“
„Was hat sie gesagt?“ Er kam mit schnellen Schritten näher.
„Na, dass ich der leibliche Vater von Konni bin.“
„Woher wusste sie das?“
„Sie sagte, sie wüsste es einfach.“
„Haben Sie einen Test machen lassen?“
„Nein, ich hab ihr geglaubt.“
„Herr Baumhammer, Sie wissen, dass Sie das sehr verdächtig macht, nicht?“
„Mich? Aber ich war doch … ich bin doch …“
„Sie haben eine Affäre mit der Frau des Opfers. Sie halten sich für den Vater ihres Kindes. Wir fanden die Säge bei Ihnen im Schuppen.“
„Aber ich weiß nicht, wie die da …“
„Außerdem fanden wir männliche und weibliche DNA-Spuren am Tatort. Herr Baumhammer, ich möchte Sie bitten, mit uns zu kommen.“
„Aber ich kann doch nicht … ich bin es doch nicht geweeeheesen“, weinte er. Lassie und Wimmer sahen ihm ohne Mitleid dabei zu.
„Was ist denn hier los? Hat einer meinen Ball gesehen?“, sagte plötzlich Wischnewski, der hinter ihnen aufgetaucht war. Er blickte auf den heulenden Baumhammer. „Was hat er denn?“
„Eine Beule“, sagte Lassie und drückte ihm seinen Ball in die Hand. „Und er ist verhaftet.“

47

Lassie, Wimmer und Baumhammer stiegen direkt vor dem Revier aus. Auf dem gegenüberliegenden Bürgersteig hatte sich eine Menschentraube gebildet. Die zumeist jungen Leute grummelten unzufrieden.
„Lassie?“ Wimmer blieb am Auto stehen und winkte seinen Partner zu sich. Der ließ Baumhammer allein. Dass er jetzt flüchtete, erschien ihm nicht sonderlich wahrscheinlich.
„Was ist?“
„Ich möchte, dass du ihn jetzt befragst. Ich werde noch mal schnell in dieses Hotel fahren.“
„Okay, soll ich Frau Leopold schon mal hierher kommen lassen?“, fragte Lassie.
„Du wirst sie zu Hause nicht erreichen. Sie ist bei mir“, sagte Wimmer.

„Oh."
„Ja. Ich werde das organisieren und sie auch selbst befragen."
„Wie du willst."
Lassie ging zurück zu Baumhammer und Wimmer blickte rüber zu der Gruppe auf der anderen Straßenseite, die immer lauter wurde. Ein Jugendlicher mit einer Bierdose in der Hand trat gegen die Tür der Fahrschule. Wimmer war genervt, fühlte sich aber trotzdem berufen, mal kurz für Ordnung zu sorgen.
„Ey, wirf doch mal die Dose gegen die Scheibe", rief gerade ein anderer Junge, als Wimmer zu der Gruppe stieß.
„Hier schmeißt niemand irgendwas."
„Hey, Alter, chill ma runter", sagte der mit der Dose, der auch schon einen im Tee hatte.
„Leg die Dose weg und hör auf, gegen die verdammte Tür zu treten, verstanden?"
„Ey, Mann, wie bist du'dn drauf, Punk? Bleib ma ganz geschmeidig."
„Ich bring dich gleich ganz geschmeidig rüber ins Revier, Alter", sagte Wimmer, zog seinen Ausweis raus und hielt ihn dem Jungen vor die Augen.
„Shit, der Punk ist'n Bulle!"
„Volltreffer. Ich bin ein Bulle, aber kein verdammter Punk. Ich bin Irokese und ziemlich schlecht gelaunt." Wimmer setzte eine Ich-bin-Indianer-auf-Kriegspfad-Grimasse auf und näherte sich dem Jungen, der vor der Tür stand. Der ließ sofort die Dose fallen.
„Alles klar, Häuptling."
„Was steht ihr hier so rum?"
„Die Fahrschule ist zu."
„Habt ihr jetzt etwa Unterricht?"
„Ja, seit zehn Minuten eigentlich."
„Euch sollte man niemals den Führerschein machen lassen."
Damit ging Wimmer wieder zurück zu seinem Wagen. Er ließ eine irritierte Gruppe zurück, die ihm so lange hinterhersah, bis er die Straße in Richtung Simshausen verließ.
Als Wimmer vor der kleinen Pension hielt, stand wieder die Tür offen und im „Biergarten" war Ebbe angesagt. Er betrat den dunklen Raum, der wie beim letzten Mal verwaist war. Hinter der Bar und gleichzeitig Rezeption hingen alle Schlüssel am Brett.
„Hallo?", rief Wimmer laut. Er hatte keine Geduld, lange zu warten. Er wollte jetzt Fakten, und das schnell. Frau Krüger kam durch die Seitentür geschlichen. Unsicher blieb sie im Schutze der Theke stehen.
„Ja, bitte?"
„Frau Krüger, ich will nicht lange drumrumreden. Ich kenne Ihren Sohn und ich

weiß, dass Frau Leopold, für die Ihr Sohn arbeitet, letzten Samstag nicht allein hier gewesen ist."
Ängstlich hob sie die Finger an ihre Lippen und tippte nervös auf ihnen herum.
„Frau Krüger!"
Sie zuckte zusammen.
„Ja. Ja, die Dame hat sich hier mit einem Mann getroffen."
„Wie ist sein Name?"
„Den weiß ich nicht."
„Wie sah er aus?"
„Nun ..."
„Frau Krüger, es geht hier um einen Mordfall, ich möchte Sie bitten, sich ganz genau zu erinnern."
Ihre Finger begannen zu zittern.
„Er war groß, so wie Sie, also ohne den Bürstenschnitt, und sein Haar war dunkelbraun. Er trug einen Anzug, sehr schick."
Wimmers Blick fiel auf einen an der Wand hängenden Zeitungsständer, in dem auch diverse Flyer und Werbeprospekte steckten, darunter ein Prospekt vom Golfclub. Wimmer fischte ihn heraus, schlug die erste Seite auf und da strahlte ihm auch schon das Gesicht von Baumhammer entgegen. Er knallte den Prospekt auf den Tresen.
„Ist er das?"
Sie stellte den Kopf schief.
„Ja. Genau."
„Frau Krüger, was ist passiert an dem Abend?"
„Oh, ich weiß doch nicht ... was soll denn passiert sein?"
„Wann kamen die beiden an? Haben sie hier gegessen? Wann gingen sie ins Zimmer? Wann checkten sie aus?"
„Ach so. Ja, also ankommen taten sie so gegen neunzehn Uhr. Zuerst die Dame und vielleicht eine Stunde später der Herr aus dem Prospekt. Sie haben nicht hier gegessen, sie essen eigentlich nie hier. Sie nehmen immer eine Flasche Sekt mit nach oben. Aber nicht beim letzten Mal. Ja, und dann morgens hat der Herr das Zimmer bezahlt, das war so gegen neun. Da war die Frau aber schon weg. Ich hab sie gar nicht mehr gesehen."
„Ist das jetzt auch die ganze Wahrheit? Ich werde nicht gern angelogen, wissen Sie?", sagte Wimmer grimmig und sie machte einen Schritt zurück.
„Ja, das ist die volle Wahrheit."
„Sind die beiden noch mal weggefahren?"
„Das weiß ich nicht. Mein Mann und ich gehen um neun Uhr schlafen. Wir müssen ja um fünf raus."

Wimmer drehte sich um und verließ die Pension. Von unterwegs rief er bei sich zu Hause an. Er ließ es fast eine Minute lang klingeln, legte auf und versuchte es dann noch einmal. Da nahm Katharina endlich ab.
„Ja?", sagte sie vorsichtig.
„Ich bin's. Komm bitte aufs Revier. Ich bin in zwanzig Minuten da." Er legte auf und drückte aufs Gas.

48

Wimmer betrat das Revier. Als Pferdemann ihn sah, kam er gleich auf ihn zu. „Kann ich dich kurz sprechen?"
„Ist Frau Leopold schon da?", wollte Wimmer wissen.
„Sie wartet in deinem Büro. Ich hab da was in den Bankgeschäften von Leopold entdeckt."
„Du, jetzt nicht. Ich muss erst mit Frau Leopold ..." Damit ging Wimmer in sein Büro. Katharina saß auf einem der Klappstühle. Jemand hatte das Whiteboard zur Wand gedreht. Sie sah ihn besorgt und verunsichert an. „Was ist los?", fragte sie mit hoher Stimme.
„Komm mit."
Wimmer führte sie durch den schmalen Flur in einen der Verhörräume. Lassie war mit Baumhammer in der eins. Also gingen sie in den Verhörraum zwei, der sich hinter einem unbeschrifteten Zimmer anschloss. In diesem konnte man mithören und die Gespräche durch die Doppelglasscheibe beobachten. Wimmer öffnete die Tür. Es war ein nahezu quadratischer Raum mit schallisolierten Wänden und einem einfachen, weißen Tisch mit zwei Stühlen an den Kopfenden. An der hinteren Mitte des Tisches ragte neben einer Knopfleiste ein kleines Mikrofon aus dem Holz.
„Setz dich."
„Lotte, was hat das zu bedeuten? Du machst mir Angst."
Sie setzten sich an den Tisch. Wimmer blickte lange auf die Tischplatte. Katharina konnte nur schwer ihre Tränen unterdrücken.
„Baumhammer sitzt nebenan", sagte Wimmer. Sie stutzte für einen Moment und dann verstand sie.
„Er hat's dir gesagt."
Wimmer schwieg, aber das war Antwort genug.
„Lotte, das war vor uns! Das hatte nichts zu bedeuten und es hat erst recht nichts mit dir zu tun. Ich hab mit ihm Schluss gemacht, noch bevor wir uns kennengelernt haben."

„Wie konntest du mit dieser Heulsuse ...“
„Ach, Lotte, das ist ... wie soll ich dir das erklären? Ich kenne ihn schon so lange und er war für mich da, als ich ihn brauchte. Theo war nicht mehr anwesend in unserer Ehe, er war ein Mann, der nicht nach links und nicht nach rechts guckte. Mich sah er schon gar nicht. Und Baumhammer ist ein sehr sensibler Mann, das hatte ich gebraucht.“
„Sensibel ist er, ja.“
„Und wir hatten eine Verbindung, eine Gemeinsamkeit. Konstantin. Das hat er dir sicher auch schon erzählt.“
„In der Tat.“
„Sind wir deshalb hier?“
„Natürlich.“
„Du meinst, wir haben so eine Wenn-der-Postmann-zweimal-klingelt-Nummer abgezogen?“
„Es wäre ein Motiv. Es gibt genügend Hinweise, die für dich und ihn sprechen.“
„Ich war's aber nicht“, flüsterte sie.
„Das werden wir rausfinden. Fangen wir an.“ Wimmer drückte auf einen Knopf und ein rotes Lämpchen leuchtete auf. „Frau Leopold, Sie sind hier zu einer polizeilichen Befragung in einem Mordfall. Dieses Gespräch wird aufgezeichnet. Sie haben das Recht, einen Anwalt zu konsultieren oder die Aussage zu verweigern.“
„Bin ich verhaftet?“, fragte sie.
„Nein. Dies ist lediglich eine Befragung. Allerdings haben wir einen Antrag auf Untersuchungshaft und Hausdurchsuchung beim Richter beantragt, wegen Verdachts des gemeinschaftlichen Mordes.“
Wimmer pausierte und Katharina nickte, als Zeichen, dass sie verstanden hatte und seine Fragen beantworten wollte.
„Frau Leopold, wo waren Sie in der Nacht von Samstag, dem 16. Juni auf Sonntag, den 17. Juni 2012?“
„Ich war in einer Pension in Simshausen mit dem Namen ‚Zum kühlen Grund‘.“
„Mit wem waren Sie dort und von wann bis wann waren Sie dort?“
„Ich war mit Martin Baumhammer dort. Ich bin Samstag um neunzehn Uhr angereist und Sonntag sehr früh, so gegen halb sechs, abgereist.“
„Was haben Sie dort gemacht in dem Hotelzimmer?“
„Wir haben uns dort öfter getroffen. Herr Baumhammer und ich hatten eine Affäre. An diesem Abend haben wir jedoch nur geredet. Und ich habe mit ihm Schluss gemacht.“ Sie sah ihm fest in die Augen.
„Sie haben die Beziehung beendet? Warum?“
„Es ... es hatte keine Zukunft. Ich wollte mich nicht länger verstecken, ich wollte mein Leben ändern.“

„Indem Sie Ihren Mann töten?"
„Nein, natürlich nicht. Ich wusste nicht, wie, aber ich wollte anfangen, die Dinge richtig zu machen. Und diese Sache mit Herrn Baumhammer war falsch."
„Was taten Sie also die ganze Nacht bis morgens um halb sechs?"
„Wir redeten. Über uns, über meinen Sohn, über meinen Mann. Martin, Herr Baumhammer, wollte nicht, dass wir Schluss machen. Er flehte mich an, es nicht zu tun. Er trank zu viel Whisky und gegen morgen schlief er ein. Und ich ging."
„Was taten Sie dann?"
„Ich fuhr herum. Über Land. Genoss den Morgen und meine Freiheit."
„Wann sahen Sie Ihren Mann zuletzt?"
„Das war ... am Freitagabend. Er sagte, er müsse geschäftlich nach München. Das war's."
„Und telefonischen Kontakt hatten Sie auch keinen?"
„Nein. Wir rufen uns schon lange nicht mehr an."
„Frau Leopold, wie haben Sie erfahren, dass Ihr Sohn Konstantin nicht der leibliche Sohn Ihres Mannes, sondern der von Herrn Baumhammer ist?"
„Ich habe es nicht erfahren, ich habe es gewusst. Ich bin seine Mutter und ich kenne meinen Mann und ich kenne Herrn Baumhammer. Es waren tausend kleine Dinge. Äußerliche Merkmale, aber vor allem Verhaltensweisen. Die Art, wie sie sich die Nase kratzen oder sich räuspern."
„Und Sie setzten Herrn Baumhammer davon in Kenntnis?"
„Ja, vor zwei Jahren ungefähr, als das mit uns anfing."
„Warum?"
„Ich weiß nicht genau. Es ging Konstantin nicht besonders gut. Sein Vater hatte keine Zeit für ihn und ich dachte wohl auch, dass Martin ein Recht darauf hätte. Vielleicht hab ich insgeheim gehofft, dass irgendwas Gutes daraus entstehen könnte."
„Wie hat Herr Baumhammer reagiert?"
„Er war geschockt. Die Art und Weise, wie Konstantin entstanden war, das waren Dinge, an die wir beide uns nicht gern erinnerten. Aber nach einer gewissen Zeit wurde er mit dem Gedanken vertraut und ... na ja, ich schätze, er kam mit der Zwickmühle nicht ganz klar, die sich daraus ergab."
„Zwickmühle?"
„Ja, er konnte nicht einfach hingehen und für seinen Sohn kämpfen, weil dann all die schmutzigen Sachen ans Licht gekommen wären. Das hätte ihm und Leopold das Genick gebrochen und seine Ehe zerstört. Also hielt er still und ..."
„Und?"
„Er musste mit ansehen, wie es Konstantin immer schlechter ging. Das machte ihn fertig."

„Hat er Ihnen gegenüber jemals die Absicht geäußert, Herrn Leopold etwas anzutun?“
„Nein, nicht ernsthaft. Wie man das halt manchmal so sagt.“
„Was sagte er?“
„Ach, was weiß ich. Irgendwann kriegt er schon, was er verdient, oder so ähnlich.“
„Hat er Ihnen erzählt, dass wir die Säge, mit der Ihr Mann zerteilt wurde, bei ihm gefunden haben?“
„Was? Nein!“ Sie war sichtlich entsetzt.
„Genau genommen fand er sie selbst und rief dann bei uns an. Aber das kann natürlich ein taktisches Manöver gewesen sein.“
Katharina blickte nachdenklich und besorgt auf ihre auf dem Tisch gefalteten Hände.
„Aber er war doch mit mir im Hotel.“
„Das ist richtig.“
„Dann will ihm jemand was anhängen.“
„Und wer könnte das sein?“, fragte Wimmer fast ein wenig zynisch.
„Herrgott, ich bin es nicht gewesen!“, rief sie. „Welches Motiv hätte ich denn haben sollen?“
„Mehr als genug. Du wusstest von seinen Eskapaden, du hattest eine Beziehung mit einem anderen Mann und vielleicht wusstest du sogar, dass er sich von dir scheiden lassen wollte.“ Wimmer fiel auf, dass er sie geduzt hatte. Er blickte schuldbewusst auf das Mikro, doch ändern konnte er es jetzt auch nicht mehr.
„Ich wusste es aber nicht.“
„Ihr Mann warf Ihnen Ehebruch vor und er hatte sogar einen Beweis mit einem Vaterschaftstest, den er hatte machen lassen.“
„Ich wusste es nicht.“
„Nein? Und du wusstest auch nicht, dass er dich nicht mit einer Frau, sondern mit einem Mann betrügt? Nein? Direkt nebenan?“
„Nein, das wusste ich nicht!“, schrie sie ihn an und brach dabei in Tränen aus.
„Und das war immer noch nicht alles. Dann gab es da noch die Geschichte mit dei… mit Ihrem Vater. Sie glaubten, dass Ihr eigener Mann schuld an seinem Tod war. Laut Polizei war es ein Unfall, aber Sie wussten es besser und mussten die ganze Zeit damit leben.“
Katharina vergrub ihren Kopf unter ihren Armen, so als wollte sie sich vor einem Erdbeben schützen. Wimmer ließ ihr einen Augenblick Zeit und fragte sich, ob er zu grausam war. Aber er konnte sie einfach nicht durchschauen. Das machte ihn verrückt.
Nach einer Weile hob sie ihren Kopf, sah ihn müde aus verheulten Augen an und sagte leise und sehr nüchtern: „Du glaubst mir nicht. Und ich kann nichts dagegen tun. Denk, was du willst. Aber ich habe dich nur wegen der Sache mit Baumhammer belogen. Jetzt sage ich nichts mehr.“

49

Ich will mit Kevin reden", sagte Wimmer zu Lassie und trank einen Becher Kaffee auf ex.

„Können wir kurz in dein Büro gehen?"

Widerstrebend ließ er sich von Lassie in sein Büro führen. Lassie winkte Pferdemann dazu, der auch mit hineinschlüpfte. Wimmer ließ sich auf seinen Bürostuhl fallen.

„Kommst du klar?", fragte Lassie.

„Ja! Frag mich doch nicht immer wie ein kleines Kind, fuck!"

„Du siehst aus, als ob du nicht mehr ganz urteilsfähig bist."

„Dann vertrau doch dem Urteil von Giessner oder Vettel, du Arschloch."

„Nun werd mal nicht persönlich. Lassie macht sich nur Sorgen", sagte Pferdemann. Wimmer rieb sich die Augen.

„Tut mir leid, Lassie. War nicht so gemeint", entschuldigte er sich.

„Ich weiß. Können wir reden?"

„Setzt euch."

Lassie und Pferdemann nahmen sich einen Stuhl.

„Was hat Baumhammer gesagt?", wollte Wimmer wissen.

„Er fuhr gegen acht in die Pension. Sie war schon da. Sie machte Schluss mit ihm und er wollte sie überzeugen, ihren Mann zu verlassen und mit ihm ein Leben zu führen. Er trank zu viel und schlief ein. Als er aufwachte, war sie weg", fasste Lassie zusammen.

„Das ist fast identisch. Bis auf die Tatsache, dass er mit ihr ‚ein Leben führen' wollte. Und das mit Konstantin?"

„Hat er vor zwei Jahren erfahren. Aber weil er den Junge nicht noch mehr verstören wollte und aus Schutz ihr gegenüber, sagte er nichts."

„Das hat auch einen leicht anderen Akzent. Aber die Fakten stimmen."

„Tja, es ist alles möglich, wenn sie uns belügen. Sie können es beide gewesen sein. Sie kann es auch allein gewesen sein", sagte Lassie.

„Ja, was sie in der Nacht gemacht haben, dafür gibt's keine Zeugen. Theoretisch hätten sie beide wegfahren können, um ihn umzubringen, und Baumhammer hätte zurückfahren und das Alibi komplettieren können, indem er morgens um neun das Zimmer bezahlte."

„Sind sie ihn los, können sie zusammen sein und sind acht Millionen Euro reicher", sagte Lassie.

„Wir brauchen die Ergebnisse vom Speicheltest. Sie bestätigen diese Theorie oder sie zerschlagen sie."

„Darf ich noch was sagen?", meldete sich Pferdemann zu Wort. „Es sind zwei Dinge. Erstens, es gibt auf Leopolds Konto eine auffällige Bewegung. Und zwar hat er vor

fünf Monaten 100.000 Euro abgehoben. Jedoch taucht das Geld nie wieder auf. Er hat keinen größeren Kauf oder eine Investition getätigt. Wobei man bei solchen Sachen ja auch selten bar bezahlt. Ich weiß nicht, wo das Geld hin ist. Vielleicht weiß es ja seine Frau."
„Gut. Das ist gut. Hätt ich vorhin gleich fragen können."
„Ja, aber da wolltest du nicht mit mir reden."
„Punkt für dich. Und zweitens?"
„Zweitens haben wir heute eine Vermisstenmeldung reinbekommen. Beschamel ist verschwunden."
„Der Soßenheini? Moment ... Beschamel war Geschäftspartner von Leopold. Und jetzt verschwindet er einfach? Das dürfte kein Zufall sein. Vielleicht hängen die 100.000 Euro irgendwie damit zusammen. Okay. Wir machen Folgendes: Zunächst geben wir eine Fahndung nach Beschamel raus. Dann besuchen wir seine Frau."
Lassies Handy klingelte und unterbrach Wimmer. Lassie ging ran und hörte kurz zu.
„Ja, vielen Dank", sagte er dann und beendete das Gespräch.
„Wer war's?", fragte Wimmer.
„Der Richter. Wir haben grünes Licht. U-Haft und Hausdurchsuchung für beide."
„Hervorragend. Das ging verdammt schnell."
„Ja, ich schätze, Vettel und Giessner werden ein wenig Druck gemacht haben", meinte Lassie.
„Ich will, dass ihr diesen Hundemann anruft. Wenn Baumhammer den Kopf irgendwo versteckt hat, wird dieser Hund ihn schon finden. Vielleicht auch das Messer."

50

Wimmer klingelte und Frau Baumhammer öffnete die Tür. Als sie ihn erkannte, erschrak sie zutiefst.
„Oh, mein Gott, was ist passiert?"
„Frau Baumhammer, wir haben leider keine guten Nachrichten für Sie", sagte Lassie.
„Wo ist mein Mann, was ist mit ihm? Lebt er noch?"
„Natürlich lebt er noch, keine Angst, es geht ihm gut. Aber wir müssen Ihnen sagen, dass er vorläufig in Untersuchungshaft ist", erklärte Wimmer ganz ruhig.
Ihr Gesichtsausdruck wechselte schlagartig.
„Martin? In Untersuchungshaft? Was soll das?"
„Wir überprüfen, ob er an dem Mord beteiligt war."
„Martin? Das ist doch lächerlich! Er ist ... weich, er kann doch keiner Fliege was zu-

leide tun.“
„Wie gesagt, wir überprüfen das. Es gibt gewisse Verdachtsmomente.“
„Was, wegen der Säge? Die hat uns jemand dort hineingelegt!“
„Frau Baumhammer, können wir das drinnen besprechen?“
Widerwillig ließ sie die beiden hinein, blieb aber im Flur stehen und verschränkte die Arme vor der Brust.
„Ich will zu ihm. Wo ist er?“
„Auf dem Revier.“
„Ich will ihn sehen und ich werde unseren Anwalt anrufen.“
„Natürlich. Aber hören Sie uns bitte erst mal zu. Wir haben hier einen Durchsuchungsbefehl für das Haus.“ Er hielt ihr das amtliche Schreiben hin. „Es werden gleich mehrere Beamte kommen, die das Haus auf Spuren untersuchen.“
„Was? Jetzt? Einfach so? Das geht doch nicht.“
„Doch. Es ist eine richterliche Anordnung. Wir bringen Sie in der Zwischenzeit gern zu Ihrem Mann.“
„Aber wie kann man uns denn einfach so wie Kriminelle behandeln?“, fragte sie und Wuttränen schossen ihr in die Augen.
„Wie gesagt, es gibt da einige Indizien, die gegen ihn sprechen.“
„Was für Indizien sollen das denn sein?“
„Er ... hat uns belogen, was sein Alibi angeht. Aber das erklärt er Ihnen vielleicht besser selbst.“
„Nein, nein! Was meinen Sie damit?“
Sie hielt Wimmer am Arm fest.
„Er war nicht auf dem Golfturnier in Hamburg.“
„Wo war er dann?“
„Wie gesagt, das sollte er Ihnen besser selbst erzählen.“
„Wo war er?“
Wimmer und Lassie sahen sich an. Lassie zuckte mit den Schultern.
„In einem Hotel dreißig Kilometer von hier entfernt.“
„Was hat er da gemacht?“
„Er war mit einer Frau zusammen, die ebenfalls unter Mordverdacht steht.“
„Bitte? Wer zum Teufel soll das sein?“
„Frau Leopold.“
Sie sah ihm lange in die Augen, weil sie es nicht begreifen konnte. Ihre Augenlider zitterten.
„Ich will zu ihm. Sofort.“ Sie ging an den beiden vorbei nach draußen.
Vor dem Haus parkten bereits zwei VW-Busse der Polizei, die Beamten warteten nur auf ein Zeichen von Wimmer und Lassie. Wimmer winkte sie herein und die Schiebetüren

sprangen auf. Völlig verstört sah Frau Baumhammer zu, wie die Männer an ihr vorbei in ihr Haus gingen. Ein weiterer Bus tauchte auf.
„Ah, da kommt der Hundemann“, sagte Wimmer und sprang die Stufen hinab.
„Ich fahre Frau Baumhammer ins Revier“, sagte Lassie.
„Alles klar, bis gleich.“
Wimmer ging dem Hundeführer entgegen, der soeben den Kofferraum aufklappte und mit einem Handzeichen den Hund hinausspringen ließ.
„Hey, Lordilein“, rief Wimmer und streichelte den Hund, doch sein Herrchen zog ihn gleich wieder an der Leine zurück.
„Er heißt Lord. Und er ist kein Schoßhündchen.“
„Ja, ja, ich weiß, aber man wird ihn doch wohl noch streicheln dürfen.“
„Sieht das hier wie ein Zoo aus? Nein, das ist ein Tatort.“
„Genau genommen mag ich Ihre autoritäre Art ganz gern. Erinnert mich an zu Hause. Aber Sie haben heute Ihre Sonnenbrille vergessen“, sagte Wimmer.
Der Mann nutzte das Stichwort, griff in seine Brusttasche, zog seine Pilotenbrille heraus und setzte sie auf. Jetzt konnte Wimmer sich und sogar Lord in den zwei kleinen Spiegeln auf seiner Nase erkennen. Darunter zeigte sich ein breites Grinsen.
„Schon besser“, meinte Wimmer und die beiden gingen zum Haus der Baumhammers.
„Was haben wir denn hier?“, fragte der Hundeführer.
„Das Haus eines Mordverdächtigen. Es könnte also sein, dass wir hier die Mordwaffe und vielleicht auch den Kopf des Opfers finden. Die Säge haben wir bereits sicherstellen können. Meinen Sie, Ihr Hund kriegt das hin?“
„Selbst wenn das Messer und der Kopf zehn Meter tief im Garten in Beton eingegossen vergraben sind, findet er die Stelle. Alles in dem Haus, was mit Blut in Kontakt gekommen ist, findet er.“
„Na, hoffentlich hat Frau Baumhammer nicht ihre Tage“, sagte Wimmer leise und blickte an der Hausfassade empor.
„Der Hund ist bereit.“
„Schön, ich würde sagen, wir fangen im Garten an. Dann lassen Sie ihn mal los.“
Der Mann gab das Kommando und Lord, der eben noch hechelnd neben seinem Herrchen gesessen hatte, schoss plötzlich los. Allerdings nicht geradeaus auf Baumhammers Grundstück, sondern scharf nach links. Der Hundeführer war so überrascht, dass Lord ihm fast den Arm ausrenkte. Er schrie auf, ließ die Leine los, fiel hin und landete unsanft auf der Seite.
„Was ist denn mit dem los?“, fragte Wimmer.
„Lord“, schrie der Hundeführer, doch der Hund lief jaulend den Bürgersteig entlang und bog um die Ecke in einen anderen Garten zwei Häuser weiter.
„Sie haben aber alles unter Kontrolle?“, fragte Wimmer und hielt ihm die Hand hin.

„Klappe“, entgegnete der Hundeführer und stand allein auf. Dann folgten beide dem Hund, den man jetzt wie verrückt bellen hörte.
Sie beschleunigten ihren Schritt und entdeckten den Hund in einem Garten, wo er ein Blumenbeet anbellte. Der Hundeführer packte die Leine und schrie auf seinen Hund ein.
„Lord! Was war das eben? Was war das?“, fragte er den Hund, der die Ohren anlegte und den Schwanz einzog.
„Kann er auch sprechen?“, fragte Wimmer und beinah hätte ihm sein Gegenüber eins mit der Hundeleine übergezogen. Wimmer hob die Hände und zwinkerte ihm zu. „Lassen Sie ihn doch mal buddeln, ich bin neugierig, was er da gefunden hat.“
„Such, Lord“, sagte der Mann und der Hund begann, wie wild den Garten umzupflügen.
„Vielleicht ein verschiedener Hamster oder ein Goldfisch“, mutmaßte Wimmer.
„Könnten Sie bitte die Klappe halten, ich ...“ Weiter kam er nicht, denn da zeigten sich in dem von Lord ausgehobenen Loch bereits Haarbüschel und der Ansatz einer Stirn. Die beiden starrten erschrocken auf den grausigen Fund.
„Stopp!“, rief der Mann und Lord setzte sich brav hin.
Wimmer ging einen Schritt näher. „Das gibt's doch nicht.“
„He, was machen Sie da in meinem Garten?“
Wimmer blickte auf und sah eine Frau auf sich zukommen. Sie trug ausgewaschene Jeans und eine Blümchenbluse, die sie mehr als genug ausfüllte. „Wer sind Sie?“, fragte sie erbost.
„Wimmer, von der Polizei. Wer sind Sie?“
„Frau Beschamel.“
„Sie sind Frau Beschamel?“, fragte Wimmer verdutzt.
„Ja, was machen Sie hier? Was soll das?“
Sie kam mit kräftigen Schritten näher. In ihrer Bluse schaukelte es dermaßen, dass Wimmer Angst hatte, sich einen Aufwärtshaken von einer ihrer Brüste einzufangen.
„Bitte kommen Sie nicht näher. Sehen Sie da nicht hin.“
Ein solcher Hinweis hatte wahrscheinlich noch keinen Menschen veranlasst, irgendwo nicht hinzugucken. Sie warf einen Blick in das Loch in ihrem Beet, und kaum hatte sie begriffen, dass dies keine übergroße Blumenzwiebel, sondern ein menschlicher Kopf war, kippte sie auch schon kraftlos vornüber.
Normalerweise sacken Menschen bei einer Ohnmacht einfach in sich zusammen, doch bei ihrem Balkon kippte gleich das ganze Gebäude nach vorn. Sie kam mit einem dumpfen Krachen auf dem Boden auf und blieb mit dem Gesicht nach unten im Gras liegen. Die beiden Männer starrten sie nur an. Wimmer erwachte zuerst.
„Los, helfen Sie mir.“

Wimmer zog an ihrer linken Schulter, während der Hundeführer versuchte, unter die Hüfte zu fassen, um sie auf den Rücken zu wuchten. Langsam drehte sie sich, doch ihre Blümchenbluse blieb am Gras haften, rutschte über den darunterliegenden Polyester-BH und entblößte ihre rechte Brust, die wie ein Wasserballon herausquoll.
„Ach du scheiße!", rief der Hundeführer und zerrte die Bluse wieder darüber. Aber es hielt nicht. Die Monsterbrust drückte den Stoff beiseite und machte sich Platz. „Kacke, helfen Sie mir doch mal", flehte er Wimmer an.
„Machen Sie einfach den obersten Knopf zu", schlug Wimmer vor.
Der Hundeführer zog den Stoff bis zur Knopfleiste.
„Hier, festhalten!"
Wimmer packte mit an und hielt den Saum, bis der Hundeführer einen Knopf verschließen konnte.
Erleichtert atmete der Hundeführer aus. „Und jetzt?"
„Vielleicht rufen wir besser einen Krankenwagen", meinte Wimmer. Da hörten sie ein kleines, hohes Stöhnen.
„Hhhhnn ..."
„Frau Beschamel?"
„Hhhnn."
Lord spitzte die Ohren und kam näher.
„Hhhhnnngh", antwortete der Hund.
„Lotte?", hörte man da Lassie von der Straße rufen.
„Ja, ich bin hier! Im Garten! Bei Frau Beschamel!"
„Ja, was ist?", fragte sie benommen.
„Alles gut. Sie sind ohnmächtig geworden. Aber es kümmert sich gleich jemand um sie."
Lassie kam in den Garten und steuerte auf die Gruppe am Blumenbeet zu.
„Was ist passiert?", fragte er.
„Das ist Frau Beschamel, sie ist ohnmächtig geworden."
„Guten Tag", piepste sie.
„Tag", sagte Lassie. Er war von ihr so abgelenkt, dass er das Loch gar nicht bemerkte.
„Aber warum seid ihr hier?"
„Der Hund hat ... also, er hat eine Witterung aufgenommen."
„Eine Witterung?"
„Jahaaa ..." Wimmer versuchte, Lassie unauffällig auf das Loch aufmerksam zu machen. Lassie verstand ihn nicht.
„Lord hat den Kopf gefunden", sagte der Hundeführer stolz.
„Welchen Kopf?", fragte Lassie und Frau Beschamel richtete sich wieder auf.
„Leopolds Kopf", flüsterte Wimmer.

Frau Beschamel stellte sich wieder auf die Beine. Der Hundeführer und Wimmer sahen sofort, dass die Bluse falsch geknöpft war. Als sie den Stoff straff über ihre Brüste zog, bemerkte auch Frau Beschamel den Fehler. „Oh!", sagte sie verwundert. Dann sah sie die beiden Männer fragend an, die sofort rot wurden.
„Der Kopf wurde hier vergraben", sagte Wimmer schnell, um sich peinliche Erklärungen zu ersparen, und deutete in das Blumenbeet. Lassie und die Beschamel reckten ihre Köpfe.
Der markerschütternde Schrei, der nun folgte, war ein so krasser Gegensatz zu dem zarten, piepsenden Ohnmachtsstöhnen davor, dass Wimmer zuerst glaubte, Lassie hätte ihn ausgestoßen.
„Ich versteh das nicht", sagte Lassie.
„Ich auch nicht", sagte Wimmer.
„Wie kommt der Kopf in mein Geranienbeet?", fragte Frau Beschamel mit Schnappatmung.
„Das werden wir Ihren Mann fragen, sobald wir ihn gefunden haben."

51

Ich möchte mit Ihnen allein sprechen", sagte Giessner leise, aber entschlossen. Sie standen in dem lauten und geschäftigen Revier. Überall sprachen Beamte, telefonierten, tippten, Drucker druckten, Handys klingelten.
„Kommen Sie", sagte Wimmer, der froh war, dass Giessner Vettel und Wischnewski zu Hause gelassen hatte. Wimmer schloss die Tür ab und stellte zwei Stühle einander gegenüber auf. Sie nahmen Platz, Giessner lehnte sich zurück und lächelte Wimmer an.
„Ganz schönes Chaos da draußen."
Wimmer lächelte zurück und entspannte sich etwas bei Giessners Eröffnung ihres Vier-Augen-Gesprächs.
„Haben Sie was zu trinken da?" So, wie er fragte, verstand Wimmer gleich, dass Giessner etwas Alkoholisches meinte.
„Ist das 'ne Fangfrage?"
Giessner lachte. „Sie glauben, ich will Sie loswerden, was?"
„Nein, ich hab nichts zu trinken."
„Aber ich." Giessner griff in die Innentasche seiner Anzugjacke und holte einen silbernen Flachmann hervor. „Haben Sie wenigstens Gläser?"
Wimmer holte zwei Plastikbecher und hielt sie Giessner hin. Der schenkte ihnen beiden einen drei- bis vierfachen Whisky ein.

„Prost“, sagte er und sie stießen an.
Giessner blickte zum Whiteboard.
„Ist Ihr Kunstwerk auf dem letzten Stand?“
„Nein.“
Wimmer nahm einen Stift, zeichnete das Haus von Beschamel und malte einen kleinen Kopf daneben. Mit ein paar Pfeilen verband er Katharinas und Baumhammers Namen und schrieb „Verhältnis“ darüber. Er verband auch Konstantins und Baumhammers Namen mit der Überschrift „leiblicher Vater“. Wimmer überlegte einen Augenblick und fügte ein weiteres Haus hinzu. Er malte einen laufenden Wasserhahn hinein und betitelte das Haus mit Durstbach. Er verband es mit Leopolds Namen und schrieb „tötete Schwiegervater“ daran. Giessner streckte seinen Kopf neugierig nach vorn, schwieg aber. Wimmer komplettierte das Bild, indem er Baumhammers und Katharinas Namen über die Pension schrieb und bei Beschamels Haus „vermisst“ ergänzte. Dann legte er den Stift weg.
Giessner ließ seinen Blick über all die Pfeile und Häuser und Namen wandern. „Ziemlich verwirrend.“
Wimmer nickte.
„Glauben Sie, die beiden haben's getan?“
Wimmer dachte lange nach, bevor er antwortete, und studierte dabei seine Skizze. „Es macht Sinn. Und auch wieder nicht. Die Motivlage ist eindeutig. Fraglich ist nur, warum sie, wenn die beiden es waren, den Kopf bei Beschamel vergruben, die Säge aber im Gartenhäuschen liegen ließen.“
„Aber glauben Sie, dass sie es getan haben? Sie ganz persönlich?“
Wimmer nahm einen Schluck aus dem Becher.
„Ich traue es ihr einfach nicht zu.“
„Und ihm?“
„Eigentlich auch nicht. Er ist so schrecklich labil. Ich kann's mir nicht vorstellen.“
„Wissen Sie“, begann Giessner und hängte einen Arm hinter die Stuhllehne, „ich hatte mal eine Stute. Ich bin früher in der Polizeistaffel geritten und hatte eine Stute. Ihr Name war Kleopatra. Sie war das entspannteste, nervenstärkste Pferd, das ich kannte. Sie war ein Schatz, wirklich. Fünf Jahre bin ich sie geritten. Und eines Morgens bin ich früh im Stall und will sie satteln zum Ausreiten. Ich gehe also in ihre Box und ich weiß nicht genau, was es war, aber irgendwas hab ich falsch gemacht. Da tritt sie plötzlich aus und schlägt wie wild um sich. Die Box ist eng und natürlich trifft sie mich. Bommm! Einmal gegen den Brustkorb. Ich fliege gegen die Wand. Und wenn ich sage fliege, meine ich das auch so. Sie trampelte noch ein paarmal auf mir herum. Kleopatra. Einfach so. Eine falsche Bewegung. Ich hab's nur knapp überlebt. Fünfzehn Knochenbrüche, sieben OPs. Danach bin ich nie wieder geritten. Wenn ich einem Stall

zu nahe komme, kriege ich Atemnot."
„Was genau hat das mit dem Fall zu tun?", fragte Wimmer.
„Verlassen Sie sich nicht nur auf Ihre Menschenkenntnis. Ich will harte Fakten. Morgen kommen die Testergebnisse. Das ist wunderbar, ich freu mich drauf und werde besser schlafen können danach. Aber ziehen Sie verdammt noch mal die richtigen Schlüsse. Ich halte vor der gesamten Presse meinen Kopf dafür hin. Das ganze verdammte Land schaut auf diesen beschissenen Fall. Ich will mich nicht vor allen Leuten für einen Ermittlungsfehler verantworten müssen."
„Schnell soll es aber trotzdem gehen."
„Sie sagen es. Was Sie da alles so anstellen", er deutete auf die Tafel, „das finde ich gut. Sie schauen wirklich in jeden Winkel. Aber wenn Sie die Daten falsch interpretieren, sind Ihre Tage in der Kommission gezählt. Sie brauchen ein Erfolgserlebnis. Machen Sie was draus. Versauen Sie es nicht. Prost."
Er hob seinen Becher und trank ihn aus. „Verflucht sei der Kerl, der Leopold die Eier abgeschnitten hat", sagte er und stieß auf.
„Oder die Frau", ergänzte Wimmer.
„Wie fühlt sich das eigentlich an?" Giessner deutete auf Wimmers Haare.
„Anders", sagte Wimmer. Sein Telefon klingelte. Er hob ab. Was er hörte, war nicht wirklich etwas, womit er gerechnet hatte.
„Sie sind ganz blass geworden. Was ist?", fragte Giessner, nachdem Wimmer aufgelegt hatte.
„Die Hausdurchsuchung bei Baumhammer war 'ne Niete. Aber bei Leopolds fand der Hund im Zimmer der Tochter die Mordwaffe."
Giessner blickte in seinen leeren Becher.
„Ich werde mehr brauchen."

52

Elena trug schwarzen Lippenstift und hatte sich die Augen geschminkt wie Ozzy Osborne zu seinen besten Zeiten.
„Hau ab, du verdammter Scheißbulle. Ihr könnt mir gar nichts anhängen, ihr Wichser!", schrie sie ihn an, als er den Verhörraum betrat und sich setzen wollte. Kaum hatte er den Stuhl zurückgezogen, bemerkte er, dass dieser völlig zerschlagen war. Die Aluminiumrohre waren verbogen und teilweise gebrochen. Elena lächelte giftig. „Gibt nur noch Stehplätze."
„Wie nennt man die Kampfkunst, wo man gegen Bürostühle kämpft, noch gleich?",

fragte Wimmer.
„He, he, he, he“, lachte sie künstlich.
Wimmer ging um den Tisch herum hinter Elena und stützte sich mit den Händen auf ihre Stuhllehne, was ihr höchst unangenehm war.
„Wenn du mich anfasst, brech ich dir alle Knochen, Wichser.“
„Ja, ja, das hatten wir schon. Lord ist wirklich ein schöner Hund, stimmt's? Sehr talentiert. Sein Herrchen hält große Stücke auf ihn.“
„Quatsch mich nicht mit dem verdammten Hundegelaber voll.“
„Kann ich mir denken, dass dir das nicht passt. Der Hund hat das Messer gefunden, mit dem dein Vater umgebracht wurde. Irgendwie bist du jetzt in einer Bringschuld.“
„Leck mich.“
Wimmer packte das linke Stuhlbein kurz unter dem Sitz und schleuderte sie darauf herum. Elena war überrascht, wenn nicht gar erschrocken, aber sie überspielte es.
„Wie kommt das verdammte Messer in dein Zimmer? Und du sagst mir besser die Wahrheit, weil du sonst echt am Arsch bist, Fräulein. So 'ne gestörte, manisch aggressive Dark-Dungeon-Braut wie du mit einem krankhaften Waffensammelzwang gibt vor 'nem konservativen, CDU wählenden Richter keine richtig gute Figur ab. Das Messer war in deinem Zimmer! Du hast kein Alibi, nur dumme Sprüche hast du ausreichend in petto. Du dachtest wohl, es wäre ein Superschachzug, mir ein anderes Messer, das natürlich nicht die Tatwaffe war, freiwillig zu geben, du kleine erpresserische Göre! Du bist nichts weiter als ein verwöhntes Prinzesschen, das nicht bekommen hat, was es wollte. Aber wenn du nicht das Maul aufmachst und mir erzählst, was Sache ist, kriegst du bald lebenslänglich das, was du unter Garantie nicht willst. Heute Morgen hat schon deine Mutter hier gesessen und ich muss nicht lange nachdenken, wenn ich mich entscheiden soll, wem ich so was eher zutraue“, sagte Wimmer gepresst und seine Adern an den Schläfen traten bedrohlich hervor.
„Sie war's! Ich war's nicht, ehrlich, ich hab keine Ahnung, wie das Messer in mein Zimmer kommt“, heulte Elena überraschend los.
„Ist es dein Messer?“
„Ja.“
„Und deine Mutter hat's geklaut, um deinen Vater umzubringen?“
„Keine Ahnung. Ja! Wer soll's denn sonst gewesen sein? Ich war's nicht. Wirklich! Lass mich gehen, ich will hier raus. Ich dreh durch hier drin.“
Wimmer richtete sich auf und ließ sich rücklings gegen die Wand fallen.
„Eingesperrt sein ist scheiße. Ich hab schon viele durchdrehen sehen.“
„Dann lass mich endlich raus.“
„Wo warst du?“
„Was?“

„Du warst nicht zu Hause in der Nacht. Wo warst du?"
Sie senkte den Blick. Mit den Zeigefingern kratzte sie sich das Fleisch um die Daumennägel blutig.
„Elena."
„Ja! Bei meinem Freund."
„Du hast einen Freund?"
„Ja."
„Und hast bei ihm übernachtet?"
„Ja."
„Wer ist es?"
Sie schwieg. Das konnte nichts Gutes bedeuten.
„Wer, Elena? Wer ist der Kerl?"
„Georgos. Georgos Stefanidis."

53

Es war fast halb elf, als Wimmer mit seinem Ford und Elena auf dem Beifahrersitz die Einfahrt der Villa ihrer Eltern hinauffuhr. Kevin war noch da und öffnete ihnen.
„'n Abend Kevin. Kümmern Sie sich um die Kinder?"
„Ja, ich bleib heute Nacht hier. Oder so lange, wie es halt dauert. Wie lange dauert es denn?" Er schloss die Tür hinter ihnen.
„Kann ich nicht sagen. Morgen wird es sich höchstwahrscheinlich entscheiden."
„Kann ich jetzt nach oben gehen?", fragte Elena müde und genervt.
„Ja, schlaf dich mal aus. Aber es ist noch nicht vorbei für dich", sagte Wimmer und das Mädchen zeigte ihm den Stinkefinger, während sie nach oben lief.
„Kann ich Ihnen irgendwie helfen?", fragte Kevin.
„Ich würde tatsächlich gern einen Augenblick mit Ihnen reden und anschließend mit Konstantin."
„In Ordnung. Setzen wir uns. Die Stimmung hier ist gerade sehr angespannt wegen der Sache mit Katharina und der Hausdurchsuchung. Die Kinder sind ganz schön mitgenommen."
„Das ist mir aufgefallen. Elena ist ein richtiges Schätzchen, wenn sie mitgenommen ist."
„Ja, sie zeigt's zwar nicht so wie Konstantin, aber sie hat Angst."
„Sie hat auch allen Grund dazu. Die Tatwaffe war in ihrem Zimmer."

„Ja, aber Sie glauben doch nicht, dass Elena …"
„Was glauben Sie?", fragte Wimmer und sah Kevin durchdringend an. „Sie kennen sie ziemlich gut."
„Nein, das kann ich mir nicht vorstellen. Sie ist ein wenig merkwürdig, ja, aber sie könnte niemanden umbringen, schon gar nicht auf diese Weise."
„Wem trauen Sie es denn zu? Ich meine, in dieser Familie."
Er lachte bitter.
„Was soll ich Ihnen darauf antworten? Sie halten mich doch sowieso für befangen. Sie glauben doch, dass ich was mit Katharina habe."
„Nein, das tue ich nicht mehr. Ich weiß, dass sie ein Verhältnis mit Baumhammer hatte."
„Im Ernst?", fragte er interessiert.
„Ja, bewiesenermaßen. Deshalb sitzen die beiden auch in U-Haft. Allem Anschein nach war es gemeinschaftlicher Mord."
„Und warum machen Sie Elena dann die Hölle heiß?"
„Es gibt noch Unstimmigkeiten. Das Messer ist so eine."
„Aber dann ist es doch eher wahrscheinlich, dass Katharina das Messer aus Elenas Zimmer genommen hat."
„Und es dorthin zurückgelegt hat? Trauen Sie ihr das zu?"
„Die Frage kommt mir bekannt vor."
„Ich schätze, die Antwort wird mir bekannt vorkommen." Wimmer lächelte selbstmitleidig.
„Ich weiß nicht." Kevin legte eine Hand über seinen Mund und dachte angestrengt nach. „Ich kenne sie schon sehr lange. Aber ich weiß auch, was Theodors Verhalten mit ihr angestellt hat. Langsam bin ich mir nicht mehr so sicher."
„So, so. Und was ist mit Konstantin?"
„Konstantin? Der ist … er braucht Hilfe. Er ist völlig am Ende."
„Seit wann ist es so schlimm?"
„Sie meinen mit den Selbstmordversuchen?"
Wimmer nickte.
„Keine Ahnung. Vielleicht ein halbes Jahr oder so."
„Ist er oben?", fragte Wimmer.
„Ja, aber er hat Besuch."
„Ach ja? Wen denn?"
„Melissa, seine Freundin."
„Er hat eine Freundin?"
„Ja, aber nur platonisch, glaube ich. Ich weiß es nicht, ich kann mir ihn einfach nicht händchenhaltend und knutschend vorstellen."

„Dann geh ich mal rauf. Bis später."
Wimmer stieg in die erste Etage hinauf. Er passierte das Schlafzimmer von Katharina und es gab ihm einen kleinen, scharfen Stich ins Herz, doch er ignorierte ihn. Aus Elenas Zimmer drang leise Musik, die aber aus sehr laut gestellten Kopfhörern kommen musste. Er klopfte an Konstantins Tür und wartete auf eine Antwort.
„Was ist?", hörte er Konstantin rufen.
„Ich bin's, Kommissar Wimmer. Kann ich reinkommen?"
„Moment!"
Wimmer wartete geduldig.
„Okay!", rief Konstantin und Wimmer drückte die Klinke herunter.
„Du hast aber keine Selbstschussanlage aufgebaut, oder?", fragte er vorsichtig und sah sich nach irgendwelchen Seilen um.
„Nein, Sie können reinkommen."
Wimmer trat ins Zimmer. Konstantin saß auf dem Bett, die Hände zwischen den Beinen und den Blick gesenkt. Melissa saß auf dem Schreibtischstuhl und sah Wimmer aus schönen, braunen Augen an.
„Hallo, ich bin Lotte Wimmer", sagte er und reichte ihr die Hand.
„Melissa", sagte sie und ihr Händedruck war kräftig, aber kurz.
Wimmer sah an ihren Augen, dass beide geweint hatten.
„Ich komme wohl ungelegen, was? Na ja, die Polizei kommt immer ungelegen. Melissa, könnte ich einen Moment mit Konstantin allein sprechen?"
„Sicher." Sie stand auf, warf Konstantin einen kurzen Blick zu und verließ dann das Zimmer. Wimmer nahm jetzt auf dem Schreibtischstuhl Platz.
„Na, das war ein aufregender Tag, was?", fragte er.
„Mmhmmh."
„Deiner Mutter geht's gut. Ich habe ihr einige Fragen stellen müssen heute."
„Kommen Sie da nicht in einen Gewissenskonflikt?", fragte Konstantin und Wimmer war ein wenig überrascht über seine Angriffslust.
„Den hätte ich haben sollen, was? Aber du hast recht, leicht ist mir das nicht gefallen. Es tut mir leid, dir das sagen zu müssen, aber es könnte sein, dass deine Mutter zusammen mit Martin Baumhammer deinen Vater getötet hat."
„Mit Martin?", fragte Konstantin mit einem Blick auf die Tür. „Wieso?"
„Nun, sie hatten ein Verhältnis. Wusstest du das?"
„Nein."
„Dass wir das Messer im Zimmer deiner Schwester gefunden haben, irritiert mich. Ehrlich gesagt, könnte ich Katharinas Motive nachvollziehen, nach allem, was so passiert ist. Aber warum sollte sie ihre eigene Tochter da mit reinziehen?"
„Vielleicht war's ja Elena."

„Meinst du? Glaubst du das tatsächlich? Sie ist seine Tochter und erst sechzehn."
„Aber sie ist böse."
„Böse? Ja, nach außen schon. Ich denke, sie ist nur verletzt. Ihr seid beide verletzt worden. Einige Menschen werden dann traurig, andere werden böse. Was ist eigentlich mit Stefanidis?"
„Was soll mit ihm sein?"
„Magst du ihn? Er kümmert sich ganz gut um dich oder?"
Konstantin brummte unzufrieden.
„Was?"
„Nichts."
„Gibt es etwas, was ich wissen müsste über ihn?"
„Dass meine Schwester die Beine für ihn breitmacht?"
„Ach ja. Das passt dir nicht?"
„Wie würden Sie das denn finden? Sie ist ein Flittchen und er ist ein verdammter Hurenbock, der ihr Vater sein könnte."
„Ja, als ‚Familienarzt' gehört sich so was nicht, das finde ich auch. Weiß deine Mutter von der Sache? Und wusste dein Vater davon?"
„Wenn Papa das gewusst hätte, wäre sie jetzt tot. Mama hat bestimmt keine Ahnung. Das hätte ich mitbekommen."
„Deine Freundin ist sehr hübsch. Habt ihr Probleme?"
„Nein, wir haben nur nicht so viel zu lachen."
„Aha. Na ja, ich schick sie wieder rein. Schönen Abend noch. Wenn sich mit deiner Mutter etwas ergibt, melde ich mich."
„Danke."
„Konni?" Wimmer blieb im Türrahmen stehen. „Mach dir keine Sorgen."
„Ja."
Wimmer ging hinaus. Melissa saß auf dem obersten Treppenabsatz und spielte an ihren Haaren herum.
„So, du kannst wieder rein."
Sie stand auf.
„Gut, dass du da bist", sagte Wimmer und sie lächelte schwach. „Wie ist eigentlich dein voller Name?"
„Melissa Baumhammer."
„Ach, du bist die Tochter …"
„Ja. Konstantin und ich gehen zusammen zur Schule."
„Oh, das wusste ich nicht. Tut mir leid, dass wir deinen Vater heute mitnehmen mussten. Kommst du damit klar?"
„Mama ist sehr aufgewühlt, aber ich hab ja Konni. Und ich glaube nicht, dass Papa es

war. Er ist viel zu gutmütig."
„Wenn du mit Konstantin zusammen bist, habt ihr beide da trotzdem nie gemerkt, dass seine Mutter und dein Vater ein Verhältnis hatten?"
„Nein. Ich hab die beiden nie zusammen gesehen."
„Verstehe. Es wird sich alles aufklären. Alles Gute."
„Danke."
Wimmer ging hinunter und fuhr nach Hause. Er brauchte etwas Schlaf, bevor es morgen mit den Ergebnissen des Tests weiterging. Außerdem war sein Kopf so voller Informationen und Eindrücke, dass er zu platzen drohte. Er brauchte jetzt Ruhe.

54

Ruhe bekam er, aber keinen Schlaf. Alle Beweise, Indizien und Verdachtsmomente summten wie ein Schwarm Bienen in seinem Kopf herum. Egal, was er tat, es hörte nicht auf. Mit Boxershorts und freiem Oberkörper ging er wieder runter ins Wohnzimmer. Er riss ein Stück Papier von der Rolle ab und malte mit wilden, kreisenden Bewegungen einen schwarzen Tornado auf das Blatt. Und weil das noch nicht reichte, malte er gleich noch einen zweiten Wirbelsturm daneben. Immer noch unbefriedigt warf er das Stück Kreide in die Ecke und zog sich wieder an. Er musste seine Gedanken festhalten. Und zwar auf dem Whiteboard in seinem Büro. Es war drei Uhr zweiundzwanzig, als er in seinen Taunus stieg und aufs Revier fuhr.
Die beiden Beamten, die Nachtdienst hatten, wunderten sich kaum über sein Erscheinen. Er nahm sich einen frischen Kaffee mit ins Zimmer und setzte sich vor die Tafel. Dort war alles aufgezeichnet. Irgendwo zwischen all den Linien, Namen und Orten war die Wahrheit versteckt. Lag die Lösung. Wimmer fiel auf, dass die Fundorte der Beweisstücke, so wie er sie angezeichnet hatte, einen perfekten Kreis um Leopold herum ergaben. Wenn er eine Folie auf die Tafel legte und Linien von ihm zu den Beweisen zog, würden sie von dort wie Sonnenstrahlen in alle Richtungen führen. Den Kopf fanden sie bei Beschamel, die Säge bei Baumhammer, das Messer in Leopolds Haus, die Kleidung und das Handy im Fuchsbau und den Wagen bei Schlegel. Beschamel, Baumhammer, Schlegel. Wimmer dachte an die Liste mit den vier Namen, die Katharina ihm gegeben hatte. Dort hatte sie die als Vater von Konstantin infrage kommenden Männer aufgeschrieben. Beschamel, Baumhammer, Schlegel und … Stefanidis.

55

Um Punkt sieben betrat Carstens Wimmers Büro und sah sich einer sechsköpfigen, ungeduldig wartenden Gruppe von Männern gegenüber. Alle sehnten ihn und das, was er an Ergebnissen im Gepäck hatte, herbei.
Wimmer hatte bereits um sechs Uhr mit dem Gerichtsmediziner Leinebold gesprochen, um die Unklarheiten im Fall Durstbach auszuräumen. Leinebold hatte ihm den Bericht von damals per Mail geschickt, er lag nun ausgedruckt auf Wimmers Schreibtisch.
„Guten Morgen, die Herren", sagte Carstens.
„Morgen", sagten Giessner, Vettel, Wischnewski, Lassie, Pferdemann und Wimmer im Chor.
„Sie warten doch nicht etwa auf mich?", fragte Carstens.
„Scherze sind jetzt wohl nicht angebracht, Herr Carstens. Bitte nehmen Sie Platz und klären Sie uns auf", sagte Giessner ungeduldig.
Carstens setzte sich auf einen Klappstuhl und zog einige Blätter aus einer schwarzen, ledernen Mappe.
„Hier sind also die Ergebnisse des Speicheltests. Erstens: Die Probe mit Samenflüssigkeit, die wir aus Leopolds ... also von ihm genommen haben, ergab im Vergleich einen Treffer. Ihre DNA stimmt mit der DNA der Speichelprobe von Herrn Beschamel überein." Carstens pausierte und blickte in die Runde. In allen Gesichtern bis auf denen von Lassie und Wimmer stand blankes Erstaunen. Keiner sagte etwas, also fuhr Carstens fort. „Zweitens: Die DNA-Proben aus den Haarfunden am Tatort ergaben keinen Treffer mit den genommen Speichelproben der Clubmitglieder." Wieder machte er eine Pause. Giessner ließ demonstrativ den Kopf hängen. Immer noch konnte keiner der Männer etwas sagen.
„Drittens: Die Wahrscheinlichkeit der Vaterschaft ist bei Herrn Baumhammer mit 99,79 Prozent zu beziffern. Somit ist Herr Baumhammer der leibliche Vater von Konstantin Leopold."
Wimmer erhob sich langsam von seinem Stuhl. Mit einem Stift und dem Obduktionsbericht ging er an die Tafel.
„Und was bedeutet das jetzt?", fragte Giessner. „Wir haben nur den Sexualpartner von Leopold, aber nicht den Täter?"
„Genau", sagte Wimmer. „Wir haben den Sexualpartner identifiziert und damit den wichtigsten Zeugen in diesem Fall. Leider ist Beschamel spurlos verschwunden. Der Vaterschaftstest ist nur eine Bestätigung dessen, was wir ohnehin schon von Frau Leopold wussten."
„Also sind wir keinen Schritt weiter? Diese ganze Testaktion war für die Katz?", fragte

Wischnewski mit kaminrotem Kopf.

„Wir müssen dringend Beschamel finden. Er könnte der Schlüssel sein. Es macht ihn zwar verdächtig, dass er untergetaucht ist und dass in seinem Garten der Kopf gefunden wurde, doch nach den Spuren am Tatort kann er nicht gleichzeitig der Geliebte und der Täter sein. Er wird einfach kalte Füße bekommen haben."

„Aber wieso liegt Leopolds Kopf in seinem Garten?", wollte Vettel wissen.

„Ich habe da eine Theorie, die ich Ihnen kurz erläutern will. Allerdings muss ich dazu sagen, dass ich heute früh eine Information bekommen habe, die vielleicht noch eine zweite Theorie zulässt."

„Machen Sie's nicht so spannend, Herrgott", sagte Giessner.

„Frau Leopold gab mir vor einigen Tagen eine Liste mit den Namen der Männer, die als Vater von Konstantin infrage kommen. Auf dieser Liste stehen Beschamel, Baumhammer, Schlegel und Stefanidis. Wenn wir einen Blick auf die Tafel werfen, sehen wir, dass sämtliche Beweisstücke, die wir haben, bei dreien dieser Männer gefunden wurden."

„Und?", fragte Giessner und seine Blicke flitzten über die Zeichnung.

„Der Mörder verteilt die Beweise, um andere Personen verdächtig zu machen. Ich könnte wetten, dass wir auch bei Stefanidis ein Beweisstück finden werden."

„Und wer ist jetzt der verdammte Mörder?", rief Wischnewski.

„Ich denke, dass Frau Leopold sich nicht nur an ihrem Mann, sondern auch an den Männern gerächt hat, die in ihren Augen ihr Leben zerstört haben. Baumhammer ist laut seiner und ihrer Aussage im Hotel eingeschlafen. In dieser Zeit hätte Frau Leopold zurückfahren und ihren Mann umbringen können."

„Entschuldigung?", fragte Carstens und hielt eine Hand hoch.

„Was ist?", fragte Wimmer.

„Ich war noch nicht ganz fertig. Leider kann ich diese Theorie widerlegen. Die Proben vom Tatort stimmen nicht mit der Probe von Frau Leopold überein."

„Holy crap", sagte Wimmer und vergrub sein Gesicht in der Hand.

„Und was heißt das jetzt wieder?", fragte Wischnewski.

„Dass wir gar nichts haben", antwortete Giessner mit einem vorwurfsvollen Blick auf Wimmer. „Das heißt, doch: Wir haben zwei Unschuldige in U-Haft! Vielen Dank, Herr Wimmer. Sie und ihre Hirngespinste kosten mich noch meinen Job. Aber bevor ich gehe, werden Sie den Müll auf der Straße kehren, das verspreche ich Ihnen." Damit sprang er auf und stürmte hinaus. Vettel und Wischnewski folgten ihm brav.

„Das lief ja eher suboptimal", sagte Lassie. „Optimistisch betrachtet." Wimmer ließ sich erschöpft in seinen Bürostuhl fallen.

„Sagtest du nicht noch was von einer zweiten Theorie?", meinte Pferdemann.

„Ja, was hast du da?", fragte Lassie mit einem Blick auf den Ausdruck.

Wimmer rappelte sich wieder auf. „Das ist der Obduktionsbericht von Leinebold, den er damals bei Herrn Durstbach durchgeführt hat. Hier steht, dass subkutane Hämatome an Nacken und auch an der Stirn und am Wangenknochen gefunden wurden."
„Das hieße ja …", sagte Lassie.
„Dass jemand Durstbach in die Spüle gedrückt hat. Jemand hat ihn ertränkt. Und zwar Leopold."
„Aber in der Akte stand doch gar nichts von Hämatomen!"
„Eben. Jemand hat den Bericht in der Akte gefälscht. Ich glaube, wir müssen deinen ehemaligen Partner und seine liebliche Gattin noch mal besuchen."
„Scheiße", sagte Lassie.

56

Das kann doch nicht sein, warum sollte er das tun?" Lassie sah Wimmer auf dem Weg zum Parkplatz verzweifelt an. „Ich hab neun Jahre mit ihm Dienst geschoben, neun Jahre!"
„Neun Jahre reichen eben manchmal nicht aus, um einen Menschen wirklich zu kennen", sagte Wimmer.
„Aber warum?"
„Na, überleg mal. Gonzo untersucht den Fall und findet heraus, dass der Alte höchstwahrscheinlich ertränkt wurde. Leopold ist der Mörder. Irgendwie kriegt er Wind davon, dass Gonzo ihm auf der Spur ist, und überlegt sich, was er tun kann, um unerkannt zu bleiben."
„Er bittet, Gonzo den Bericht zu fälschen, und Gonzo macht das einfach?", fragte Lassie, der so wütend war, dass er die Lösung nicht erkennen konnte.
„Lassie, wann ist Durstbach gestorben?"
„Keine Ahnung, irgendwann im Frühjahr."
„Am 19. März."
„Und?"
„Wann hat Leopold die 100.000 abgehoben?"
Man sah an Lassies Augen, dass der Groschen gefallen war.
„Ende März, 28. oder 29."
„Und wann fingen Gonzos Depressionen an?"
„Scheiße. Du hast recht. Er hat im April seine erste Krankmeldung eingereicht. Das weiß ich noch. Danach ging's immer mehr bergab."
„Vielleicht sind seine Depressionen keine Depressionen, sondern einfach nur ein

schlechtes Gewissen."
Lassie ließ die Geschehnisse noch mal vor seinem inneren Auge passieren. „Lass uns hinfahren!", sagte er schließlich.
„Jetzt? Zu Gonzo? Nein."
„Ich will mit ihm sprechen."
„Das glaub ich, aber es wäre nicht so klug, das jetzt schon zu tun. Ich möchte erst vollkommen sicher sein."
„Aber wenn ich ihn frage, sehe ich, ob er mich belügt."
„Ja, aber wenn er dich belügt, haben wir noch keine Beweise, und du kannst dich nicht darauf verlassen, dass er alles gleich gesteht. Und wenn du ihm offenbarst, dass wir alles wissen, was denkst du, macht er dann?"
„Keine Ahnung. Er wird nervös werden, vielleicht hält er es nicht aus und redet doch."
„Ja, vielleicht. Aber er köchelt da schon eine ganze Weile in seinem schlechten Gewissen herum, dann kommst du und erzählst ihm, dass du ihn durchschaut hast, und er hat noch seine Dienstwaffe im Haus. Das ist mir zu riskant, ich will nicht, dass noch ein Unglück geschieht."
„Du meinst, er schießt auf mich?"
„Oder auf sich."
Lassie sah ein, dass Wimmer recht hatte.
„Also, was schlägst du vor?"
„Ich will, dass wir seine Bankgeschäfte überprüfen. Wenn jemand 100.000 Schleifen hat, vergräbt er sie nicht im Garten. Vielleicht in der ersten Zeit. Aber inzwischen hat er's mit Sicherheit auf die Bank gebracht."
„Okay, das klingt gut."
„Außerdem will ich Stefanidis fragen, ob er freiwillig sein Haus auf Spuren untersuchen lässt. Vielleicht ist es nur ein Zufall mit der Vaterschaftsliste, vielleicht aber auch nicht. Einen Durchsuchungsbefehl kriegen wir nicht, also frag ich ihn einfach direkt, ob wir mit dem Hund da durchlaufen dürfen."
„Du stehst auf den Hund, oder?"
„Der Hund findet alles, selbst wenn es in sechshundert Metern Tiefe in einem einen Meter dicken Bleigehäuse vergraben ist."
„Ah ja."
„Und wir müssen zu Frau Beschamel. Wir müssen ihren Mann finden. Seine Aussage ist entscheidend."
„Dann müssen wir ihr aber auch mitteilen, dass ihr Mann nur zum Anschein hetero ist und mit dem langjährigen Familienfreund Theo ‚Versteck die Salami' gespielt hat.
„Ja, das darfst du gern übernehmen", sagte Wimmer und klopfte Lassie auf die Schulter.
„Das dachte ich mir schon."

57

Lassie und Wimmer fuhren gemeinsam. Als sie aus dem Wagen stiegen und zur Haustür gingen, konnten sie sehen, wo die Kriminaltechnik den Garten umgepflügt hatte. Das hübsche Geranienbeet von Frau Beschamel existierte nicht mehr. An der Stelle klaffte jetzt ein tiefes, abgesperrtes Loch in der Erde, das aussah wie ein kleines Grab.

Eine junge Frau öffnete ihnen die Tür. Sie war groß und hager und hatte geschwollene Augenlider vom Weinen.

„Hallo, ich bin Kommissar Wimmer und das ist mein Kollege …"

„Szcenwioszki", ergänzte Lassie wie immer.

Das Mädchen blinzelte sie ängstlich an und machte einen Schritt zurück.

„Mama", rief sie und schon hörte man eilige, schwere Schritte und Frau Beschamel erschien in der Tür. Sie, ihre Riesenbrüste und ihre Tochter passten nicht nebeneinander in den Türrahmen, also zog sich ihre Tochter zurück.

„Ja, was ist? Haben Sie meinen Mann gefunden?"

„Nein, noch nicht. Wir würden Ihnen gern ein paar Fragen stellen, wenn das ginge", sagte Wimmer und versuchte, ihr nur in die Augen zu schauen.

„Kommen Sie rein", sagte sie und stellte sich seitlich in den Flur. Wimmer maß den Platz zwischen ihren Brüsten und der Flurwand ab und stellte fest, dass er nicht hindurchpassen würde. Also drehte er sich ebenfalls zur Seite, mit dem Gesicht zu Frau Beschamel, lächelte, zog den Bauch ein und schlüpfte an ihr vorbei. Erleichtert, sie nicht unsittlich berührt zu haben, erreichte er das Wohnzimmer. Eine große Fensterfront schaute auf den Garten hinaus. Eine Dreisitzercouch aus braunem Cord stand quer vor der Terrassentür. An den Abdrücken im Ikea-Teppich erkannte Wimmer, dass sie erst kürzlich umgestellt worden war.

„Nehmen Sie Platz. Ich würde gern auf der großen Couch sitzen, ich hab sie gestern da hingestellt, weil ich den Garten nicht mehr sehen möchte. Es ist einfach zu schrecklich. Das alles ist ein Albtraum, ein ganz furchtbarer Albtraum. Meine Tochter und ich haben kaum geschlafen, wir machen uns solche Sorgen."

„Das verstehen wir. Vielleicht können Sie uns ja helfen und wir finden Ihren Mann ganz bald wieder", sagte Wimmer und setzte sich mit Lassie auf eine Zweisitzercouch, die der anderen gegenüber stand. Frau Beschamel ließ sich nach vorn gebeugt auf dem großen Sofa nieder und ihre Brüste legten sich auf ihre Oberschenkel. Dadurch wurden sie etwas angehoben und eine tiefe Dekolletéfalte drückte sich aus ihrer Bluse heraus.

„Ich … ähm …", fing Wimmer an und verlor sich irgendwie in dem Dekolleté der Beschamel. „Ich … wir … ja, also wir bräuchten da ein paar Hinweise von Ihnen.

„Aber mein Mann ist doch kein Mörder, er hat damit nichts zu tun, das müssen Sie

mir glauben. Vielleicht ist ihm etwas zugestoßen oder er ist entführt worden oder ...“
„Frau Beschamel, das ist eher unwahrscheinlich. Wir haben heute Morgen die Ergebnisse eines DNA-Tests bekommen und müssen Ihnen eine Nachricht überbringen, die nicht einfach für Sie sein wird.“
„Eine Nachricht? Was für ein Test? Und was hat das mit meinem Mann zu tun?“
Wimmer saß etwas ratlos da, weil er nicht wusste, wie er einer Frau, die über eine solch unbändige Masse an weiblichen Geschlechtsmerkmalen verfügte, sagen sollte, dass ihr Mann insgeheim schwul war.
„Nun, wie wir mithilfe der DNA-Spuren rekonstruieren konnten, verhielt es sich in der Tatnacht so, dass ... dass ... also, Ihr Mann hat den Club gemeinsam mit Herrn Leopold betreten.“
„Mein Mann war im Club? Mitten in der Nacht? Was wollte er denn da?“
„Jaa ... er ...“ Wimmer blickte zu Lassie, der im Sofa immer tiefer gerutscht war, „er ging mit Herrn Leopold in die Dusche.“
„In die Dusche?“
„In die Dusche.“
„Wieso in die Dusche?“
„Ja, weil er dort ... nun, er und Herr Leopold hatten ...“ Wimmer dachte an das 18-Löcher-Spiel und überlegte, ob Frau Beschamel nicht doch von der Neigung ihres Mannes wissen könnte. Es war unter diesem Aspekt betrachtet sogar wahrscheinlich, dass sie es wusste. Unwillkürlich stellte er sich Frau Beschamel beim 18-Löcher-Spiel vor und versuchte, den Gedanken ganz schnell wieder zu verdrängen.
„Ihr Mann und Herr Leopold hatten in der Dusche Sex“, sagte er.
Frau Beschamel sah ihn an und tat etwas, was Wimmer eigentlich hätte erleichtern sollen, aber das tat es leider nicht: Sie lächelte.
„Was haben Sie gesagt?“
„Ihr Mann und Herr Leopold hatten Sex in der Dusche“, wiederholte er.
„Mit wem?“, fragte sie und Wimmer wurde klar, wie schwer dieses Gespräch werden würde.
„Mit... mit sich, also miteinander.“
Nun sagte sie nichts mehr. Ihr Brustkorb hob und senkte sich immer heftiger.
„Hhhnnn!“, piepste sie wieder wie nach ihrer Ohnmacht am Geranienbeet.
Ohnmacht, dachte Wimmer noch, nicht dass sie wieder... Doch da passierte es auch schon. Sie verdrehte ihre Augen und kippte kraftlos nach vorn. Wimmer sprang vorwärts und hielt seine Hände schützend unter ihren Kopf, bevor sie auf den Boden aufschlug. Es rummste, als der gesamte Körper folgte, und Wimmer ging ebenfalls auf die Knie.
„Ach du je!“, hörte Wimmer Lassie hinter sich sagen und im nächsten Moment kam

Beschamels Tochter die Treppe heruntergestürmt und schrie: „Mamaaaa!" Sie schien bereits am Geräusch erkannt zu haben, was ihrer Mutter zugestoßen war. Wimmer sah das Mädchen hilflos an.
„Wir müssen sie umdrehen", rief sie und mit ein paar geschickten Handgriffen hatte sie ihre Mutter auf den Rücken befördert.
Wimmer mochte kaum hinsehen, aber glücklicherweise hielt die Bluse und alles blieb da, wo es hingehörte.
„Wir müssen ihre Beine hochlegen", sagte das Mädchen und hob das rechte Bein ihrer Mutter auf die Couch. Wimmer versuchte, das linke Bein hochzuwuchten und wunderte sich, wie schwer so ein einzelnes Körperteil werden konnte. Jetzt lag Frau Beschamel wie nach einem Schock gelagert im Wohnzimmer. Und weil ihre Beine so viel höher lagen als ihr Kopf, schoben sich ihre Brüste so weit nach oben, dass man ihr Gesicht kaum noch erkennen konnte. Wimmer und Lassie standen entsetzt da und hätten alles dafür gegeben, jetzt sofort gehen zu können.
„Hhhnnn!", machte Frau Beschamel.
„Mama? Mama, alles in Ordnung? Wach auf."
„Hhhnnnhhn", machte sie und flatterte mit den Augenlidern.
„Mama?"
„Was ist?", fragte sie benommen.
„Du warst ohnmächtig."
„Ohh. Wer ist das?", fragte sie mit einem Blick auf Wimmer und Lassie und die zwei lächelten tapfer.
„Die Leute von der Polizei", sagte ihre Tochter. Frau Beschamel begann, sich zu erinnern und schlug die Hände vors Gesicht.
„Ohhhohhh!", jammerte sie.
„Tut mir leid, dass Sie das so erfahren müssen. Wussten Sie es nicht?"
„Was, ich? Neeeein!", weinte sie.
„Was ist denn, Mama?"
„Gar nichts, Schätzchen. Alles prima", sagte sie zu ihrer Tochter. „Geh doch rauf. Ich komme schon klar."
Wimmer war erleichtert, aber sie machte keine Anstalten aufzustehen. Die Tochter ging zögerlich nach oben.
„Oh Gott, wie soll ich ihr das nur erklären? Aber wir sind doch verheiratet, wir haben doch Verkehr miteinander!"
Bitte keine Details, dachte Wimmer. „Ich weiß, dass das ein Schock für Sie sein muss, aber um auf den Mordfall zurückzukommen: Es ist so, dass die Beweislage Ihren Mann als Tatverdächtigen entlastet."
„Trotz des Kopfes?", fragte sie halb erstickt.

„Trotz des Kopfes. Als Zeuge, der Herrn Leopold wahrscheinlich als Letzter lebend gesehen hat, ist er jedoch ungeheuer wichtig für uns. Haben Sie keine Ahnung, wo er sich vielleicht aufhalten könnte?"
„Glauben Sie nicht, dass ich ihn dann längst gefunden hätte?"
„Ja, aber vielleicht ist es ein Ort, der nicht unbedingt auf der Hand liegt. Gibt es einen Ort, den er gut kennt, vielleicht aus der Kindheit oder aus Ihrer beider Vergangenheit?"
Sie nahm die Hände vom Gesicht und blickte nachdenklich an die Decke.
„Das Einzige, was mir einfällt, ist der Golfclub."
„Der Club? Wo sollte er sich denn da verstecken?"
„Im Club gibt es doch diese Abschlaghäuschen. Da sind Sitzgelegenheiten und Polster drin. Da könnte man übernachten."
Wimmer und Lassie sahen sich an.
„Tja, Frau Beschamel, das war ein guter Tipp. Sollte sich Ihr Mann bei Ihnen melden, bitte ich Sie, ihm klarzumachen, dass wir ihn nicht als Täter in Betracht ziehen. Er muss keine Angst haben, verhaftet zu werden."
„Ja, mach ich."
„Gut, dann werden wir jetzt gehen. Kommen Sie klar? Oder soll ich lieber einen Arzt rufen?"
„Nein, danke. Ich werde öfter mal ohnmächtig."
„Ja, das leuchtet ein."

58

Guten Morgen, Frau Rechnin, schön, Sie zu sehen", grüßte Wimmer betont erfreut, als er Gonzos Frau im Sekretariat entdeckte.
„Gütiger Gott", klagte sie. „Verflucht sei derjenige, der Sie hier aufgenommen hat. Apropos, ich habe gerade Ihren Antrag vorliegen. Sie wissen schon, dass der Jahresbeitrag 1900 Euro beträgt? Können Sie sich das leisten?"
„Frau Rechnin, ich bin Beamter, alleinstehend und habe keine Zeit, mein Geld auszugeben. Natürlich kann ich mir das leisten."
Sie klappte eine Akte zu und steckte sie in den Schrank.
„Ich hätte gern einen Caddie, wir müssen den Platz abfahren", sagte Wimmer.
„Der Caddie kostet extra. 50 Euro die Stunde."
Wimmer grinste. „Ich bin leider beruflich auf den Wagen angewiesen."
Sie war kurz vorm Überlaufen. Widerwillig gab sie ihm einen Schlüssel.
Es gab sechs Häuschen auf dem Gelände. Im dritten fand Wimmer eine angerissene

Kondompackung und ein paar Taschentücher. Benutzte, versteht sich. Als er weiter hinten unter einer Bank ein zerrissenes Stück Papier entdeckte, klopfte Lassie, der sich draußen umgesehen hatte, an die Tür.
„Lotte? Wolltest du nicht noch mit Stefanidis sprechen?“
„Ja.“
„Da kommt er.“
Wimmer richtete sich auf und trat hinaus. Lassie deutete auf den wieder ganz in Schwarz gekleideten Stefanidis, der, seinen Caddie schiebend, direkt auf sie zumarschierte.
„Morgen, Dr. Stefanidis.“
„Guten Morgen.“
„Ganz allein unterwegs heute?“
„Ja, Lommel ist eingeschnappt wegen der Sache neulich.“
„Leuchtet ein. Gut, dass ich Sie hier treffe, ich habe da eine große Bitte an Sie.“
„Eine Bitte?“
„Ja. Zum einen möchte ich fragen, ob es richtig ist, dass Elena Leopold in der Mordnacht bei Ihnen gewesen ist, Herr Doktor.“
Stefanidis' Haaransatz zuckte erschrocken zurück und seine Stirn begann zu glühen. Er musste sich räuspern, bevor er sprechen konnte.
„Ja, stimmt“, sagte er kleinlaut und schlug die Augen nieder. „Hat sie es Ihnen gesagt?“
„Ja, es war ihr ähnlich unangenehm wie Ihnen, aber es ist ein Alibi. Meine eigentliche Bitte bezieht sich aber auf etwas anderes“, fuhr Wimmer fort. „Es geht darum, dass wir glauben, auf Ihrem Grundstück oder in Ihrem Haus könnte sich ebenfalls ein Beweisstück aus dem Mordfall Leopold befinden.“
„Bei mir?“ Er hob den Kopf und schob sein Käppi in den Nacken.
„Es ist nur eine Theorie. Sie sind kein Verdächtiger und wir sind daher auf Ihre Mithilfe angewiesen. Ich würde das mit einem Polizeihund erledigen lassen, der ein gutes Näschen hat, sodass Sie kaum davon betroffen wären.“
Stefanidis sah ihn zweifelnd an.
„Sicher. Ich hab nichts zu verbergen.“
„Was nicht ganz stimmt, aber trotzdem vielen Dank.“
„Tun Sie mir im Gegenzug auch einen Gefallen?“, fragte Stefanidis.
„Kommt drauf an …“
„Sie und ich. Nur ein Abschlag. Ich will sehen, ob Sie nur Glück hatten.“
Wimmer wägte das Angebot kurz ab. Es gab noch so viel zu erledigen. Andererseits würde ein Abschlag nur ein paar Minuten dauern.
„Okay, los!“ Er zog seine Jacke aus.
Lassie bedachte ihn mit einem mahnenden Blick.

„Bin sofort wieder da", sagte Wimmer und ging mit Stefanidis zum Tee. Der stellte seine Tasche ab und zog seinen Driver heraus. Er befreite den Schlägerkopf von der Schutzkappe und reichte ihn Wimmer wie eine Friedenspfeife.
„Nach Ihnen."
Wimmer nahm den Schläger entgegen.
„Ich brauche auch einen Ball und ein Tee", sagte er.
„Natürlich." Stefanidis öffnete den Reißverschluss einer Tasche und holte einen Ball heraus. Mit einem Edding, den er in der Brusttasche stecken hatte, schrieb er Wimmers Namen darauf. „Bitte sehr. Und ein Tee kriegen Sie auch noch. Alles soll regelgerecht ablaufen, nicht wahr?"
Er öffnete eine weitere Tasche und griff hinein. Als er Wimmer seine Hand hinhielt, lagen zwei Holztees, drei Plastiktees und ein Goldring darin. Wimmer streckte seinen Kopf vor.
„Was ist das?"
Auch Stefanidis reckte den Hals. „Ein Ring", sagte er verwundert.
Wimmer nahm den Ring vorsichtig in die Hand. Er war von einer braunen Kruste bedeckt.
„Ist das Rost?", fragte Stefanidis.
„Nein, Blut."
Wimmer las die Gravur auf der Innenseite.
„Ich denke, die Durchsuchung Ihres Hauses können wir uns sparen", sagte er. Lassie kam neugierig dazu und musterte den Ring.
„Ist das Theos Ehering?", fragte Stefanidis.
„Ja. Ich muss Ihre Schlägertasche konfiszieren."
„Machen Sie trotzdem noch den Abschlag?"
„Herr Dr. Stefanidis. Das ist Golf", sagte Wimmer und hielt den Schläger hoch, dann hielt er den Ring vor seine Nase, „das ist Mord. Was denken Sie?"
„Ich kann einpacken."
„Bingo."

59

Wimmer zog die Wagentür zu. Er starrte abwesend durch die Windschutzscheibe hinaus auf den Eingang des Golfclubs. Lassie beobachtete ihn eine Zeit lang.
„Lässt du mich an deinen Gedanken teilhaben, oder sind sie schmutzig?"

Diese Frage rief Wimmer Katharina zurück ins Gedächtnis. Katharina, die er fälschlicherweise verdächtigt und in U-Haft gebracht hatte, nachdem er sein Bett mit ihr geteilt hatte. Und vielleicht auch noch etwas mehr als das. Sein Gewissen nagte unangenehm an ihm und er wusste, dass er sich bei ihr entschuldigen musste.
„Halloo?“, fragte Lassie.
„Was meinst du?“
„Was dir gerade durch den Kopf geht?“
„Ach, nur dein Kollege. Weißt du, er scheint mir nicht der Typ zu sein, der 100.000 Euro Schweigegeld verlangt oder annimmt, wenn's ihm angeboten wird. Aber ich kenn ihn ja gar nicht richtig“, sagte Wimmer in erster Linie deshalb, weil er seine Katharina-Gedanken nicht preisgeben wollte.
„Nein. Da hast du schon recht. Ich würd's eher seiner Frau zutrauen.“
„Genau. Sie scheint mir der treibende Motor in der ganzen Beziehung zu sein.“
„Sie hat ihn schon immer dafür verantwortlich gemacht, dass sie nicht das Leben führt, das sie eigentlich haben will.“
„Ja, sie will sicher zu den oberen Zehntausend gehören, wie diese Typen in ‚Echo der Frau‘.“
„Echo der Frau?“
„Ja, die hab ich sie lesen sehen, als ich bei Lommel wa...“ Wimmers Augen begannen zu leuchten und ihm stockte für einen Moment der Atem.
„Lotte, alles klar?“
„Ich weiß, wo Baschamel ist.“
„Bitte?“
Wimmer drehte den Zündschlüssel herum und fuhr so hart an, dass Lassies Kopf gegen die Stütze knallte.
Sie hielten vor der Polizeiwache und stiegen aus. Wimmer blickte rüber zur Fahrschule, die sie natürlich bereits durchsucht hatten. Dort standen Bierdosen auf der Treppe und jemand hatte mit einer Spraydose „Fuck U“ auf die Scheibe geschmiert.
„Könntest du mich bitte endlich aufklären?“, fragte Lassie und war dabei, seine Geduld zu verlieren. Wimmer drehte sich zu ihm um.
„Ich finde, du könntest einen neuen Haarschnitt vertragen“, sagte er lächelnd.
Angesäuert, aber ohne zu widersprechen, folgte Lassie Wimmer in den Frisiersalon. Vier Damen saßen auf den Stühlen. Drei lasen Klatschblätter unter der dröhnenden Haube und einer Dame toupierte Lommel gerade die Haare. Sie war um die sechzig und sah aus, als trüge sie die Perücke von Falco aus seinem „Amadeus“-Video.
„Oh, hallo, die Herren Kommissare“, begrüßte Lommel sie.
„Hallo Herr Lommel, immer gut zu tun, was?“
„Ja, solange Menschen Haare haben, brauchen sie auch jemanden, der sie ordnen

kann. Wollen Sie doch mal was anderes ausprobieren oder benötigt heute vielleicht Ihr Kollege einen Schnitt?“
Wimmer blickte auf Lassies Haupt. „Das können Sie besser beurteilen. Ich bin eigentlich aus einem anderen Grund hier.“
Lommel ließ fahrig den Kamm fallen und hob ihn schnell wieder auf.
„Um was geht's denn?“
„Golf. Wir wollten doch eine Runde spielen“, sagte Wimmer. Er holte den Ball von Stefanidis aus seiner Tasche und hielt ihn zwischen Daumen und Zeigefinger in die Luft. Lommel stutzte und schielte unverwandt auf den Ball.
„Äh, ach so, ja, gern, von mir aus. Wann dachten Sie denn?“
„Jetzt gleich?“, fragte Wimmer und droppte den Ball.
„Jetzt? Ich habe Kundschaft, wie Sie sehen.“
„Ja, sehe ich. Aber Golf kann manchmal nicht warten.“ Wimmer schnappte sich den Driver-Besen und stellte sich wie zum Abschlag hinter den Ball. Lassie sah ihn an, als sei er nicht ganz dicht. „Ich möchte jetzt spielen. Meine Damen, es tut mir leid, aber ich muss Sie bitten, den Laden zu verlassen. Herr Lommel und ich haben eine wichtige Partie zu spielen“, sagte Wimmer laut und die Frauen glotzten ihn unter den Hauben mit offenen Mündern an. „Das ist kein Scherz! Bitte verlassen Sie den Laden.“
„Aber Herr Wimmer, das können Sie doch nicht ...“, beschwerte sich Lommel.
„Doch, doch, das kann ich.“
„Bei aller Liebe, Herr Kommissar, so geht es nicht“, sagte Lommel aufgebracht.
„Bei aller Liebe?“, fragte Wimmer. „Sie meinen wohl, bei alter Liebe?“
„Was?“
„Alte Liebe rostet nicht, oder?“, fragte Wimmer und puttete den Ball, der ganz gerade durch den Laden rollte und gegen die Bürotür stieß.
Plock!
Lommel begriff. „In Ordnung, Sie haben gehört, was der Kommissar gesagt hat. Es tut mir leid. Das geht selbstverständlich aufs Haus.“ Er entfernte die Hauben von den Köpfen der Damen, die entrüstet aufstanden. Mit Lockenwicklern, Papilloten, Alusträhnchen und toupierten Haaren verließen sie zeternd den Salon und standen aufgebracht schnatternd auf der Straße wie ein Frisuren-Flashmob. Unsicher stand Lommel an einer Frisierhaube und versteckte sich halb dahinter.
„Herr Lommel, dürfte ich mir das Bild noch mal anschauen?“
„Welches Bild?“
„Das Bild in Ihrem Büro. Meat Weapon.“
„Ich ...“ Seine Schultern fielen kraftlos herunter. „Woher wussten Sie es?“
„Alte Liebe rostet nicht.“ Wimmer ging auf die Tür zu und Lommel schloss ihm auf. Das Büro schien leer zu sein. Alles sah aus wie neulich, jedoch mit einem gravierenden

Unterschied: „Meat Weapon" hing nicht mehr an der Wand. Es stand direkt vor dem Schreibtisch und verdeckte den Fußraum. Lassie schaute sich irritiert das Foto an.
„Herr Beschamel, kommen Sie bitte raus? Sie brauchen keine Angst zu haben. Sie stehen nicht unter Verdacht."
Lassie starrte gespannt auf das Bild. Plötzlich hörte man ein Geräusch und Beschamel tauchte wie das Kasperle hinter dem Tisch auf.
„Ich war's nicht!", sagte er mit leiser Stimme.
„Das wissen wir."

60

Zum Verhör hatten sie es ja nicht weit. Als sie das Revier betraten, informierte sich Giessner gerade über den Aufenthaltsort von Lassie und Wimmer. Er stand an Pferdemanns Schreibtisch und drehte sich um, als Pferdemann mit dem Finger auf die drei Männer zeigte.
„Wimmer! Herr Beschamel! Wo haben Sie den denn gefunden?", fragte er überrascht.
„Beim Friseur", antwortete Wimmer.
Sie brachten Beschamel in den Verhörraum eins und Wimmer setzte sich zu ihm, während Lassie und Giessner das Gespräch durch den Doppelspiegel verfolgten.
„Herr Beschamel, wie Sie wohl schon geahnt haben, hat der Speicheltest Sie als denjenigen identifiziert, der am Abend des Mordes Geschlechtsverkehr mit Herrn Leopold hatte."
Beschamel vergrub sein Gesicht in den Händen und begann zu schluchzen.
„Die Spuren deuten allerdings recht deutlich darauf hin, dass Sie nicht der Täter sind. Es muss sich neben Ihnen und Herrn Leopold in dieser Nacht noch eine dritte oder gar eine vierte Person im Club aufgehalten haben. Mit Ihrer Hilfe möchte ich herausfinden, wer das gewesen sein könnte. Dieser Jemand hat übrigens versucht, Ihnen eine Schuld zuzuschieben, indem er den Kopf von Herrn Leopold in Ihrem Garten vergraben hat."
Beschamels Hände gaben sein entsetztes Gesicht frei.
„Wir haben den Kopf mithilfe eines Leichenhundes entdeckt."
„Bei mir zu Hause?" Er schauderte.
„Ja."
„Und meine Frau und meine Tochter?"
„Sie sind wohlauf. Sie machen sich natürlich Sorgen um Sie. Aber wir haben sie bereits benachrichtigt, dass es Ihnen gutgeht."

Wieder ließ Beschamel sein Gesicht in seine Hände sinken und murmelte etwas Unverständliches dabei.
„Herr Beschamel. Ich möchte, dass Sie mir jetzt genau erzählen, was in der Nacht vorgefallen ist. Versuchen Sie sich bitte an jede Kleinigkeit zu erinnern."
Wimmer drückte die Aufnahme-Taste am Mikrofon und Beschamel holte einmal tief Luft. Als er zu erzählen begann, schlug er die Augenlider so weit nieder, dass Wimmer dachte, er spräche mit geschlossenen Augen.
„Wir haben uns bei Schlegel getroffen. Das taten wir öfter. Schlegel ist selten zu Hause, und wenn es bei uns passte, trafen wir uns dort. Theo war zuerst da, er hatte seiner Frau irgendwas von einer Geschäftsreise erzählt, und ich hatte gesagt, dass ich am Samstag mit einem Freund zum Angeln gehe. Nach einer Überlandfahrt mit einem Schüler am Morgen bin ich stattdessen aber auch zu Schlegel gefahren und wir haben dort den Tag verbracht. Abends hatte Theo die Idee, noch mal in den Club zu fahren. Er ... er fand es irgendwie aufregend, sich dort zu ... treffen. Also sind wir hingefahren. Wir haben meinen Wagen genommen."
„Sind Sie unterwegs irgendjemandem begegnet?"
„Nein, nicht dass ich wüsste. Wir waren immer sehr vorsichtig. Ich hab ständig in den Rückspiegel geschaut, aber da war niemand. Theo hatte einen Schlüssel für den Club und ging vor, um die Kameras zu verstellen. Er war so aufgeregt. Wir gingen gleich in die Umkleide und zogen uns aus. Theo war völlig aufgedreht, er rannte vollkommen nackt los und ich sollte ihn jagen." Beschamel lächelte liebevoll bei dieser Erinnerung. „Also jagte ich ihn, und zwar durch den gesamten Club. Wir liefen auch raus aufs erste Grün, und als wir völlig aus der Puste waren, da ... na ja, da wollte er mich. Wir gingen runter in die Dusche und ... Sie wissen schon."
„Haben Sie die Eingangstür wieder abgeschlossen?"
Beschamel überlegte kurz. „Nein, als ich ging, war sie offen."
„Sie gingen und Leopold blieb im Club?"
„Ja, es war so, dass ich wieder nach Hause musste. Ich hatte meiner Frau gesagt, dass es spät werden würde. Aber ich kann nicht so oft über Nacht wegbleiben, dann würde sie misstrauisch werden. Theo hatte es da einfacher. Am nächsten Morgen wollten wir uns wieder treffen. Ich hätte gesagt, dass ich noch Fahrschüler habe, und wäre dann zu Schlegel gefahren."
„Und als Sie rausgingen, haben Sie niemanden bemerkt?"
„Nein, natürlich nicht."
„Auch sonst nichts Auffälliges?"
„Nein."
„Okay, und was war mit Herrn Leopold, als Sie gingen?"
„Er wollte noch dableiben und in Ruhe duschen. Ich war ohnehin schon spät dran. Er

wollte dann zu Fuß nach Hause. Und ich ..." Er stockte. „Doch, da war was Merkwürdiges."

„Ja?"

„Als ich hochkam, ging ich noch mal zur Terrassentür, um sie zu schließen."

„Und?"

„Sie war schon zu. Ich hatte sie aber nicht geschlossen und ich meine mich zu erinnern, dass Theo vor mir reingegangen ist, klar, schließlich habe ich ihn ja gejagt."

„Die Tür war also zu?"

„Ja, und verschlossen. Da ist innen so ein Hebel."

„Interessant."

„Ja, ich war aber so in Eile, dass ich einfach ging. Meine Frau schlief natürlich schon, als ich heimkam. Ich legte mich zu ihr und erfuhr dann am nächsten Tag, was passiert war."

„Herr Beschamel, wie lange hatten Sie eine Beziehung zu Herrn Leopold?"

„Ungefähr ein halbes Jahr."

„Wussten Sie, dass er sich scheiden lassen wollte?"

„Ja."

„War das wegen Ihnen?"

„Nein. Theo hatte diese heimlichen Treffen einfach satt. Er wollte frei sein. Die Ehe mit seiner Frau war schon lange am Ende. Das belastete ihn, und sich ständig verstecken zu müssen, wollte er einfach nicht mehr."

„Und der Vaterschaftstest?"

„Ach, na ja, er hatte da schon länger so einen Verdacht. Und er brauchte ja ein Druckmittel für die Scheidung. Schließlich wollte er nicht sein ganzes Vermögen an Katharina verlieren, also ließ er den Test machen."

„Und die Fotos."

„Ja, aber er wusste, dass sie nichts mit Kevin hatte. Er wollte Fotos, die einen falschen Eindruck erwecken würden."

„Dann wusste er also nichts von Frau Leopolds Beziehung zu Martin Baumhammer?"

„Was? Nein!"

Wimmer sah zu, wie Beschamel seine Gedanken ordnete.

„Hat Leopold Ihnen gegenüber jemals etwas über Herrn Durstbach verlauten lassen?"

„Oh, ja, sicher."

„Inwiefern?"

„Na, er hasste den alten Griesgram! Die beiden haben sich noch nie verstanden. Durstbach war ein Kerl der alten Schule und völlig vernarrt in seine Tochter. Er wollte sie unbedingt behüten und beschützen und dachte, dass Theo nicht der Richtige für sie war."

„Und was war mit dem Outlet-Center?"

Beschamel senkte seinen Kopf und sprach nicht weiter.

„Herr Beschamel?"

„Ja, es war nicht in Ordnung. Wir haben ... Wischnewski und Schlegel mit ins Boot geholt, also Theo hat das gemacht. Er konnte mit jedem gut und Schlegel kannten wir ja schon lange. Das Ding war ausgemachte Sache. Ich habe mitgemacht, weil er mir guten Profit versprochen hat. Wissen Sie, die Fahrschule ist keine Goldgrube. Ich muss ein Haus abbezahlen, ich habe eine Tochter, die Miete für die Schule ... Ich wollte, dass das ewige Rechnen und Knausern und Sich-Sorgen-Machen endlich ein Ende hat. Theo meinte, das würde alles klappen. Tat es auch."

„Und Durstbach?"

„Ach der, der führte diese Proteste an, aber bestimmt nur, weil Theo seine Finger mit im Spiel hatte."

„Und was hat Herr Leopold dagegen unternommen?"

„Na, nichts. Das war doch gar nicht erforderlich. Der Alte hat sich ja sogar persönlich an einen Baum gekettet, der arme Irre. Aber natürlich nützte das nichts. Schlegel sorgte dafür, dass wir recht bekamen, und damit war die Sache gegessen."

„War sie das?"

„Ja, wieso?"

„Wussten Sie von dem Verdacht, den Frau Leopold hatte?"

„Welcher Verdacht?"

„Sie dachte, Leopold hätte etwas mit dem Tod ihres Vaters zu tun."

„Ach Quatsch. Der Alte war wunderlich! Hat sich seine Haare in der Küche gewaschen." Beschamel schüttelte verständnislos den Kopf.

„Haben Sie sich nie gefragt, was für ein komischer Zufall das ist? Dass Herr Durstbach auf merkwürdige Weise verstirbt, während er im Rechtsstreit mit Ihnen und Leopold war?"

„Nein. Er war immerhin schon zweiundneunzig Jahre alt. Hab mich eher gewundert, wie er die Demos überlebt hat."

„Ja, aber er ist ermordet worden. Von Herrn Leopold", sagte Wimmer und Beschamel entgleisten die Gesichtszüge.

„Das ist 'n Witz." Er lachte unbehaglich.

„Kein Witz."

„Gott, dann hatte er recht!", rief Beschamel.

„Womit?"

„Na, Theo hatte Angst. Vor seiner Frau. Fühlte sich ständig verfolgt von jemandem. Mein Gott. Sie hat ihn umgebracht!"

„Nein, ich denke nicht. Aber das scheint Sie mehr zu schocken, als dass Leopold einen Mord begangen hat."

Darauf antwortete Beschamel nicht. Wohl aus Scham, wie Wimmer vermutete.
„Herr Beschamel, Sie sind einer der Männer, die nach Frau Leopolds Aussage als Vater für Konstantin infrage kommen. War Ihnen und Herrn Leopold das bewusst?"
„Ja, wir haben drüber gesprochen. Damals haben wir ..."
„Das 18-Löcher-Spiel, ich weiß", sagte Wimmer und Beschamel wurde rot.
„Wir waren jung und ... wild. Theo war wild."
„Ist er das nicht immer noch gewesen? Oder wollte er sich mit Ihnen zur Ruhe setzen?"
„Nein. Dessen war ich mir auch immer bewusst. Ich wusste, dass er andere Frauen hatte. Das störte mich weniger. Bei Männern wäre es etwas anderes gewesen, doch das passierte eher selten."
„Eine letzte Frage habe ich noch. Dann sollten Sie erst mal nach Hause fahren."
„Oh, nein, nein, wie soll ich meiner Frau das alles erklären? Weiß sie, dass Theo und ich ..."
Wimmer nickte.
Wieder verschwand sein Gesicht hinter seinen Händen.
„Sie wird das nicht verstehen. Sie wird, sie wird ..."
Ohnmächtig werden, dachte Wimmer.
„Sie wird mich hassen dafür."
„Lieben Sie Ihre Frau oder lieben Sie Herrn Leopold?", fragte Wimmer und erntete einen überraschten Blick.
„Ich weiß nicht genau. Meine Frau und ich ..."
„Nein, nein. Wen lieben Sie?"
„Kann ich so nicht sagen ..."
„Doch, können Sie. Wen?"
„Nein!"
„Doch, wen lieben Sie? Ganz einfache Frage, ganz einfache Antwort."
Beschamel dachte nach.
„Jetzt. Wen?"
„Meine Frau. Trotz allem", sagte Beschamel.
„Sehen Sie? Jetzt wissen Sie, was Sie tun müssen."
„Sie haben gut reden!"
„Ja, hab ich. Ich seh so was nicht zum ersten Mal, wissen Sie? Ich komme aus Berlin, da gibt es alles. Absolut alles. Und nach 'ner Zeit wird man so was wie ein Sozialarbeiter und Therapeut."
„In Ordnung", sagte Beschamel.
„Aber meine letzte Frage habe ich noch nicht gestellt. Was wissen Sie über Kommissar Gonzales?"
Als Giessner den Namen hörte, blickte er verständnislos zu Lassie, der eine beschwich-

tigende Geste machte.
„Er ist bei der hiesigen Polizei. Seine Frau ist Sekretärin im Club. Mehr weiß ich eigentlich nicht über ihn."
„Wusste Leopold etwas?"
„Was meinen Sie?"
„Hatten Sie das Gefühl, dass er Gonzales besser kannte? Haben Sie ihn je über ihn reden hören oder haben Sie die beiden je zusammen gesehen?"
„Nein."
„Okay, vielen Dank."

61

Wimmer betrat den Abhörraum. Es war dunkel und stickig. Giessner machte sofort einen Schritt auf ihn zu.
„Würden Sie mir bitte erklären, warum Sie den Kollegen Gonzales ins Spiel gebracht haben?"
„Es gibt da gewisse Verdachtsmomente gegen Kommissar Gonzales."
„Und warum weiß ich, bitteschön, nichts davon?"
„Hat sich erst vor Kurzem ergeben. Wir lassen ihn gerade überprüfen."
„Und was soll er mit der Sache zu tun haben, wenn ich fragen darf?"
„Wir denken, dass er Geld genommen hat, um dafür den Bericht zum Mordfall Durstbach zu fälschen. Vermutlich angestachelt durch seine Frau."
„Geld? Von wem?"
„Von Leopold."
„Wir gehen in Ihr Büro. Erklären Sie mir das noch mal an der Tafel!", sagte Giessner bestimmt und ging voraus. Kurz bevor sie das Büro betraten, rief Pferdemann nach ihnen.
„Lotte? Wart mal! Ich hab da was Wichtiges."
Wimmer, Giessner und Lassie blieben stehen. „Was gibt's?", fragte Wimmer.
„Ich habe Gonzales' Bankdaten überprüfen wollen. Ich kenne den Bankdirektor ganz gut, ist ein Cousin von mir."
„Schön, und?"
„Ich fragte ihn nach Gonzales' Bankunterlagen. Da sagte er, dass Gonzales' Frau gerade in der Bank sei und ihre Fondsdepots auflösen will."
„Ach? Ich will Unterlagen darüber sehen. So schnell wie möglich."
Es gab ein piependes Geräusch und dann ein Sirren und aus dem Faxgerät schoben

sich drei Blätter.
„Voilà!", sagte Pferdemann und grinste. Wimmer schnappte sich die Blätter und las. Lassie und Giessner kamen näher.
„Und?"
„Es gab bis eben drei verschiedene Fondsdepots auf ihren Namen. Eins über zwanzigtausend Euro, eins über fünfzehntausend Euro und eins über dreißigtausend Euro. Macht fünfundsechzigtausend Euro. Ihr Girokonto weist ein Guthaben von knapp zwölftausend Euro auf. Macht siebenundsiebzigtausend Euro. Das wird für einen Haftbefehl reichen", sagte Wimmer und das Bedauern in seiner Stimme galt Lassie, der enttäuscht den Kopf hängen ließ.
Giessner riss Wimmer die Unterlagen aus der Hand. „Das gibt's doch nicht."
„Wo ist die Strychnin jetzt?"
„Sie muss gerade eben aus der Bank raus sein", sagte Pferdemann.
„Was hat sie mit dem Geld gemacht?"
„Auf ein anderes Girokonto transferiert", sagte Giessner, ohne von den Unterlagen aufzusehen.
„Wem gehört das?"
„Einer Firma Matuschek."
„Finde raus, was das für eine Firma ist und wem sie gehört", sagte Wimmer zu Pferdemann. „Und schick jemanden zu der Strychnin. Die sollen sie beobachten."
„Alles klar."
„Wir haben da übrigens noch was", meinte Wimmer zu Giessner.
„Oh, bitte nicht", sagte der.
„Wir haben heute Morgen den Ehering von Leopold gefunden. In der Golftasche von Georgos Stefanidis"
„Was bedeutet das denn nun wieder?"
„Kommen Sie, ich mal's an die Tafel", sagte Wimmer.

62

Jedes Mal, wenn sich wieder eine neue Aufgabe vor ihm auftat, musste er an Katharina denken und daran, dass die Chance, sie heute noch zu sehen, immer mehr dahinschmolz. Der Tag neigte sich dem Ende zu und sie warteten auf den Haftbefehl für Gonzo. Giessner war inzwischen verschwunden. Über Funk hatten sie erfahren, dass Frau Rechnin zunächst zum Einkaufen und dann nach Hause gefahren war. Pferdemann hatte die Heizungsbau-Firma Matuschek in Varel ausfindig gemacht.

Geschäftsführer war ein Herr Sebald Rechnin, der Vater von Frau Rechnin.
„Lassie, ich bin gleich wieder da, okay? Ruf mich sofort an, wenn der Haftbefehl durch ist." Wimmer zog seine Jacke über.
„Wo gehst du hin?"
„Ich will noch einer Sache nachgehen", meinte Wimmer, doch Lassie hatte ihn durchschaut.
„Viel Glück", wünschte er und Wimmer lief hinaus zu seinem Wagen.
Dunkelblaue Wolken schoben sich wie ein Dach über den Himmel, als Wimmer die Leopold-Villa erreichte. Zu seinem Erstaunen war das Tor geöffnet. Geöffnet war allerdings der falsche Ausdruck. Es war aufgebrochen und verbeult und hing an der rechten Seite nur noch schief in einer Angel. Wimmer trat aufs Gaspedal und erkannte in der Auffahrt einen dunklen 5er BMW. Der Kühler war verbeult und dampfte still vor sich hin. Aus der offen stehenden Haustür vernahm er laute Stimmen. Wimmer zog seine Dienstwaffe und lief die Stufen hinauf. Er horchte ins Haus hinein und hörte die aufgebrachte Stimme von Frau Baumhammer und Kevin, der mit einem strengen Bariton versuchte, sie zu beruhigen. Wimmer betrat die Eingangshalle und folgte dem Lärm bis ins Wohnzimmer, wo Frau Baumhammer, ihr Gatte, Katharina, Kevin und Konstantin standen. Frau Baumhammer drohte Katharina mit dem Zeigefinger, wobei ihre Armmuskeln so angespannt waren, dass einige Sehnen und Adern hervortraten. Ihr Mann stand wie ein nasses Handtuch neben ihr und – es war nicht schwer zu erraten: Er weinte. Leise immerhin.
„Du billige kleine Hure! Du glaubst, du kannst mein Leben zerstören? Du und dein Mann, ihr seid doch das menschliche Sodom und Gomorra! Nichts als Betrug und Schweinereien im Kopf. Ihr seid so schmutzig und dein Mann hat gekriegt, was er verdient hat. Und du, du wirst auch kriegen, was du verdienst!"
Katharina stand recht gelassen vor ihrer Angreiferin und sah ihr müde in die Augen.
„Ella, lass gut sein. Ich weiß, du bist verletzt, und es war falsch, aber du kannst deinen Mann behalten."
„Ooh, Ihre Hoheit überlässt mir sogar meinen Ehemann, vielen Dank! Deine beschissene Güte kannst du dir da hinschieben, wo dein Mann es am liebsten hatte! Ich sage dir, du wirst dafür bezahlen. Alles rächt sich einmal."
„Frau Baumhammer, würden Sie jetzt bitte gehen? Ich sage das zum letzten Mal. Und für das, was Sie da draußen angerichtet haben, werde ich die Polizei alarmieren", sagte Kevin und schob sich zwischen die beiden Frauen und drohte Frau Baumhammer mit seinem Handy.
„Du hast dich doch auch von ihr ficken lassen, Muskelprotz!"
„Frau Baumhammer!" Kevin baute sich zu voller Größe auf, doch Katharina legte ihm eine Hand auf den Arm.

„Schon gut, Kevin.“
„Ja, schon gut, Kevin, alles ist guuut!“, rief Frau Baumhammer theatralisch.
„Ella“, flüsterte ihr Mann.
„Hast du was gesagt? Wolltest du auch etwas dazu beitragen? Du hältst besser deine dreckige Klappe du … du … Pimmelkopf! Wie konnte ich nur so eine Heulsuse von Mann heiraten?“
Jetzt bemerkten Kevin und Katharina Wimmer. Er wollte zur Begrüßung lächeln, doch da fiel ihm ein, dass das nicht die angebrachteste Geste war, also nickte er ernst und sah dabei nur Katharina an.
Frau Baumhammer erkannte, dass ihre Widersacherin nicht mehr bei der Sache war, und drehte sich zu Wimmer um. Irgendwie schien Wimmers Anblick sie einzuschüchtern.
„Wir gehen“, sagte sie zu ihrem Mann und stampfte an ihm vorbei.
„Frau Baumhammer, waren Sie das mit dem Tor?“, fragte Wimmer.
„Vergessen Sie das Tor, Herr Wimmer. Darum kümmere ich mich“, rief Katharina.
„Sehen Sie, sie bezahlt!“, keifte Frau Baumhammer ihn an. Und an Katharina gewandt fauchte sie: „Dann kannst du gleich ‚Leopolds Dreckspuff‘ ans neue Tor schreiben!“
Gefolgt von ihrem Mann verließ sie das Haus. Wimmer ging zu Kevin, Konstantin und Katharina.
„Hallo, ich … ich würde gern mit dir sprechen“, meinte Wimmer.
„Was, jetzt? Hast du doch noch einen Beweis gegen mich gefunden? Werde ich angeklagt, weil ich fünfzehn Motive hatte, meinen Mann umzubringen?“
„Katharina, bitte. Ich will mich entschuldigen. Und dich um deine Hilfe bitten.“
Sie verschränkte die Arme vor der Brust und blickte demonstrativ zur Seite.
„Was soll ich denn sagen?“, fragte Wimmer und warf seine Arme in die Luft.
„Konni, wir beide gehen mal nach … äh … wir gehen“, sagte Kevin und zog den Jungen mit sich.
„Was hätte ich denn deiner Meinung nach denken sollen?“, fragte Wimmer und ging näher zu ihr hin, jetzt, wo sie allein waren. Katharina machte einen Schritt zurück.
„Du hättest überhaupt denken sollen.“
„Hör zu, dieser Fall ist sehr komplex und ufert irgendwie aus. Und wenn du mir nicht die Wahrheit sagst, was soll ich denn dann machen? Ich musste das tun. Ihr beide wart die plausibelste Antwort auf alle Fragen.“
„Ich dachte, wir beide hätten etwas. Ich dachte, dass ich dir vertrauen könnte“, sagte sie.
„Das ist auch so. Aber Vertrauen bedeutet auch, ehrlich zu sein. Und du warst es nicht.“
Sie zog eine Schnute und hob ihren Kopf wie ein störrisches Pferd.
„Es tut mir leid. Aber wenn man Privates und Berufliches so vermischt, wie wir das

getan haben, dann ist das nicht gut. Erst recht nicht in meinem Job."
Sie lächelte.
„Was ist?"
„Du hast ‚Jaab' gesagt. Dein Akzent kommt immer raus, wenn du erregt bist."
„Bin ich nicht. Viellaischt ain klaines biss-schen", sagte er und brach damit das Eis. Sie lachte und versteckte es hinter ihren Händen. Wimmer ging auf sie zu und legte beide Arme um sie. Sie drückte ihre Stirn an seine Brust, löste ihre Arme aus der Verschränkung und schlang sie um seinen Körper.

63

Sie waren in ihr Schlafzimmer gegangen, hatten sich aber nur nebeneinander aufs Bett gesetzt und Wimmer hatte sie über den Stand der Ermittlungen aufgeklärt.
„Die Strychnin", sagte sie mit Verachtung in der Stimme. „Sie und Gonzales waren sogar auf der Beerdigung und haben kondoliert."
„Ich warte nur noch auf den Haftbefehl ..." Sein Handy klingelte. Er ging ran, lauschte kurz und legte gleich wieder auf. „Da ist er. Ich muss los."
Wimmer fuhr mit seinem Taunus direkt zu Gonzales' Haus. Er und Lassie trafen sich beim Einparken. Wimmer stand zehn Meter näher an der Lücke als sein Partner.
„Das war mein Parkplatz", sagte Lassie.
„Ich dachte, du parkst in der Auffahrt", sagte Wimmer.
„Ich dachte, du machst das."
„Egal, lass uns reingehen und es hinter uns bringen."
Schulter an Schulter marschierten sie den leichten Anstieg zum Haus hinauf und Wimmer klingelte. Lassie hielt den Umschlag mit der richterlichen Anordnung in der Hand. Er würde Gonzo sehr bekannt vorkommen.
Frau Rechnin öffnete die Tür. Sie erstarrte für einen Moment. Nur ihre Augen rollten in den Höhlen hin und her.
„Hallo Heike. Wir würden gern mit deinem Mann sprechen."
Langsam ging sie rückwärts, hielt aber die Türklinke noch in der Hand.
„Gonzo?", rief sie, diesmal nicht ganz so laut.
Er kam von oben herunter. Sein Schritt klang zögerlich. Er kam zur Tür, sah Lassie an, sah Wimmer an und entdeckte schließlich den Umschlag.
„Ja? Was ist los?"
„Hallo Gonzo. Können wir reinkommen?"
„Sicher." Er drückte die Tür weiter auf und seine Frau verschwand ins Wohnzimmer.

Wimmer und Lassie gingen durch und warteten auf einen fast gebückt gehenden Gonzo, dessen Gesicht sie kaum erkennen konnten.
„Gonzo, wir sind heute hier, weil wir dich in U-Haft nehmen müssen."
Gonzo sagte nichts, schielte nur kurz zu seiner Frau, die schräg hinter den Männern am Wohnzimmerschrank stand.
„Warum?", fragte er substanzlos.
„Du hast den Bericht von Dr. Leinebold gefälscht und dafür von Leopold 100.000 Euro kassiert. Gonzo, wie konntest du das tun?" Kaum hatte Lassie das gefragt, hörten sie hinter sich ein Klicken. Sie kannten das Geräusch. Es war das Entsichern einer Dienstwaffe. Frau Rechnin zielte mit ausgestrecktem Arm auf die beiden.
„Frau Rechnin, das würde ich Ihnen nicht raten. Bitte legen Sie die Waffe runter. Sie machen alles nur noch viel schlimmer", sagte Wimmer mit erhobenen Händen.
„Halt's Maul. Gonzo, los, in den Wagen", befahl sie und ihr Mann tat, was sie wollte. Sie ließ Wimmer und Lassie abwechselnd in das Mündungsloch schauen und bewegte sich vorsichtig zum Ausgang.
„Frau Rechnin, das ist doch kein Film hier. Sie sind nicht Bonnie und Clyde. Sie werden nur genauso enden wie die beiden, wenn Sie das jetzt durchziehen", sagte Wimmer. Doch es fruchtete nicht. Sie entfernte sich rückwärts durch den Flur und stieg in das Auto, das Gonzo bereits gestartet hatte. Dann hörten Lassie und Wimmer die Reifen quietschen und rannten los. Gonzo fuhr rückwärts auf die Straße, schleuderte das Auto herum und fuhr an Lassies Dienstwagen vorbei. Seine Frau streckte den Arm aus dem Fenster und schoss treffsicher in den Vorderreifen des Passats. Lassie und Wimmer bremsten ihren Lauf.
„Los, wir nehmen deinen Wagen", rief Lassie und sie sprinteten zurück. Wimmer warf den Motor an und drückte das Gaspedal durch.
„Wow!", entfuhr es Lassie. „Wie viel PS hat die Kiste?"
„Hundertfünf. Und jetzt schnall dich an", sagte Wimmer.
Hundertfünf PS waren nicht viel, aber Wimmer und sein Auto wussten, wie man sie auf die Straße bringt. Die Reifen quietschten sogar, als er in den zweiten Gang schaltete und anfuhr. Sie rasten die Straße hinunter, die eine leichte Kurve beschrieb, und erkannten die Rücklichter von Gonzos Mondeo. Sie leuchteten auf und verschwanden nach links. Wimmer beschleunigte noch mehr.
„Links! Breems!", schrie Lassie und dann riss Wimmer das Lenkrad herum. Der Ford brach hinten aus, die Reifen quietschten und Wimmer lenkte gegen, sodass sich der Wagen schlingernd wieder in eine Linie fügte. Zwischen ihnen und Bonnie und Clyde waren ungefähr vierzig Meter Abstand. Sie befanden sich jetzt in einer Einbahnstraße, die auf eine Hauptstraße mit S-Bahn-Schienen mündete. Gonzo musste anhalten. Wimmer holte auf, doch kurz bevor sie sie erreicht hatten, preschte der Mondeo wieder

los und bog rechts ab. Wimmer sah die Schnauze einer S-Bahn auf sich zukommen, doch er trat trotzdem aufs Gas.
„Lotteeee!“, schrie Lassie und versuchte, sich irgendwo festzuhalten. Wimmer erkannte, dass er es nicht schaffen würde, zog noch weiter nach rechts und fuhr, kurz bevor die Straßenbahn in sein Hinterteil rauschte, hupend auf den Fußweg. Die Menschen, die an der Haltestelle standen, liefen schreiend auf die Straße. Für kurze Zeit fuhren sie so parallel mit der Bahn und Lassie konnte den wild gestikulierenden Lokführer sehen. Dann schloss er die Augen und das Auto hob ab, als Wimmer vom Bürgersteig herunterfuhr. Die alten Stoßdämpfer schaukelten den Wagen beim Aufsetzen unregelmäßig hin und her.
Jetzt waren sie wieder an Gonzo dran. Die Straße führte geradewegs hinaus aus dem Ort und über Land ins nächste Dorf. Es gab keinen störenden Verkehr vor ihnen, sodass beide Wagen immer schneller dahinschossen. Wimmer und Lassie holten auf.
„Los, fahr näher ran“, rief Lassie, der sich jetzt wieder sicherer fühlte. „Ramm ihn hinten am Heck!“
„Bist du verrückt?“, schrie Wimmer.
„So haben wir das doch gelernt in der Fahrprüfung.“
„Ja, aber mit Dienstwagen. Das hier ist ein 73er Ford Taunus GXL, das ist ein verdammtes Juwel! Den ramm ich nirgendwo rein“, schrie Wimmer.
„Wie willst du ihn dann zum Halten kriegen?“
„Die Strychnin ist anscheinend ’n bisschen cleverer als du.“
Lassie verstand, grinste aufgesetzt und zog seine Dienstwaffe. Wimmer wechselte auf die Gegenfahrbahn, sodass Lassie freies Schussfeld auf die Reifen hatte. Sein Arm schwankte hoch und runter. Er schoss und verfehlte. Wimmer sah, wie Gonzo in den Rückspiegel schaute. Wieder schoss Lassie. Vorbei. Beim dritten Mal traf er. Der Reifen explodierte förmlich und riss auseinander. Der Wagen schleuderte nach rechts auf ein angrenzendes Feld zu und flog quasi in den Acker. Die Nase des Mondeo tauchte ab und das Auto stieß in den Sand, woraufhin es sich sofort nach links überschlug. Wimmer trat voll in die Bremsen, blickte aber gleichzeitig in den Rückspiegel, dass ihm auch ja keiner hinten drauffuhr. Er lenkte den Taunus an den Rand und sie stiegen aus.
„Wir müssen ihm helfen!“, rief Lassie.
Da hörten sie den ersten Schuss.
„Was war das?“, fragte Lassie.
„Die Alte schießt auf uns.“ Wimmer deutete auf Frau Rechnin, die hinter der geöffneten Beifahrertür kauerte und auf sie zielte. Lassie lief hinter den Ford und duckte sich.
„Bist du bescheuert? Komm da weg!“, rief Wimmer. Wieder fiel ein Schuss und Wimmer zog den Kopf ein.
„Geh in Deckung!“, schrie Lassie.

„Doch nicht hinter meinem Auto!"
„Bitte? Die knallt uns einfach ab!"
„Ja, komm hinter einen Baum. Los!" Wimmer winkte Lassie zu sich und der erhob sich fluchend. Sie suchten Schutz hinter einer Buche und drängten sich dicht aneinander.
„Bei dir stimmt doch was nicht. Das ist nur 'n verdammtes Auto."
„Für mich aber nicht."
„Es ist egal für wen. Das ist Blech mit vier Reifen und einem Lenkrad. Ein Auto!"
„Es ist noch mehr als das. Es gibt auch so was wie ..."
„Sag nicht Liebe."
„Nein, Zugehörigkeit. Das Auto und ich sind gleich alt, wir sind uns sehr ähnlich."
„Ach ja? Du bist dem Kühler wie aus dem Gesicht geschnitten. Gott, krieg endlich Kinder und komm in der Realität an."
Während sie noch stritten, hörte Wimmer ein vertrautes Geräusch. Der Motor des Taunus sprang an. Wimmers Augen weiteten sich und er lugte hinter dem Baum hervor.
„Mein Wagen!", sagte er geschockt.
Gonzo saß jetzt am Steuer, seine Frau neben ihm.
„Meine Schlüssel ..." Wimmer befühlte seine Hosentaschen. „Sie stecken!", jammerte er verzweifelt.
Die braune Sportlimousine brauste an ihnen vorbei. Gonzo blutete am Kopf und die Rechnin grinste hämisch.
„Mein Wageeeen!", schrie Wimmer und sprintete hinter dem Ford her.
„Lotte! Hör doch auf mit dem Scheiß. Die sind weg." Lassie glitt am Baumstamm hinunter und saß mit ausgestreckten Beinen im Gras neben der Landstraße. „Das darf man keinem erzählen", murrte er, während Wimmer immer noch auf der Landstraße seinen Taunus verfolgte.

64

Es hatte Zeiten gegeben, da war Wimmer etwas über zweiundfünfzig Sekunden auf vierhundert Meter gelaufen. Das war kurz nach der Highschool gewesen, doch diese Zeiten waren ein für alle Mal vorbei. Vor allem schien sein Lungenvolumen seitdem um die Hälfte geschrumpft zu sein. Er spürte, wie die Kraft aus seinen Beinmuskeln wich und sie immer schwächer wurden. Doch er wollte nicht aufgeben. Die Landstraße bog sich um ein kleines Kiefernwaldstück herum und noch in der Kurve sah er, dass die nächste Ortschaft nicht mehr weit war. Seine Lungen brannten und pfiffen ungesund, doch als er die Rücklichter seines Fords in einem Verkehrskreisel wiedererkannte, schöpfte er neuen Mut. Ein großer Laster hatte den Verkehr aufgehalten und fuhr jetzt direkt vor Gonzo und Rechnin. Wimmer sah, wie Gonzo an dem Anhänger vorbeifahren wollte, jedoch keine Möglichkeit fand. Jetzt hatte Wimmer den Kreisel erreicht und etwa einhundert Meter später erkannte er eine Ampel über der Straße. Sie zeigte grün. Der Laster hatte sie fast erreicht. Nur noch fünfzig Meter, vierzig, dreißig. Die Ampel sprang auf Rot. Und der Laster bremste. Wimmer war kurz vor der Ohnmacht. Er hatte das Gefühl, dass er kein Blut mehr im Kopf hatte. Sein Herz versuchte nur noch, seine Lungen und seine Beine zu versorgen.

„Scheiße", kommentierte Gonzo die Rotphase der Ampel im Innern des Taunus.

„Bleib um Gottes willen ruhig. Wir müssen ruhig bleiben. Es ist alles in Ordnung", sagte seine Frau streng.

Gonzo blickte nervös in den Rückspiegel.

„Nichts ist in Ordnung!", rief er laut und drehte sich um.

„Dieser verdammte Punk!", wetterte seine Frau. Sie stieg aus, zielte mit Gonzos Walther PPK auf den heranstürmenden Wimmer und drückte ab. Wimmer lief weiter.

Gleich hatte er sie erreicht. Nur noch ein paar Meter. Seine Beine konnten seinen Körper bald nicht mehr tragen. Er strauchelte und fiel nach vorn, als er den zweiten Schuss hörte und die Kugel an seinem rechten Ohr vorbeisauste. Zzznnng! Mit ausgestreckten Armen ließ er sich einfach gegen Frau Rechnin fallen, die noch mal abdrücken wollte. Der Schuss ging irgendwo über seinen Kopf hinweg. Den Zusammenprall und den Aufschlag auf den Boden spürte er kaum. Nur wie die Waffe auf dem Asphalt aufschlug, hörte er und ein dumpfes Keuchen unter ihm. Er lag direkt auf Gonzos Frau und war zu erschöpft, um auch nur einen Finger anzuheben.

„Hhhhhrrr", machte es unter ihm.

„Gehen Sie von meiner Frau runter", sagte Gonzo über ihm.

„Ich kann nicht", ächzte Wimmer. Gonzo setzte sich verzweifelt und völlig überfordert neben die beiden. Hinter ihnen hatte sich ein kleiner Stau gebildet. Die Fahrer der ersten Wagen stiegen aus und glotzten mit offenen Mündern auf diese für sie doch recht ungewöhnliche Szene im Berufsverkehr. Von weiter hinten hörte man jetzt wütendes Hupen, denn die Ampel war wieder auf Grün umgesprungen. Aber auch der Laster bewegte sich nicht von der Stelle. Der Fahrer kam hinter seinem Sattelschlepper hervor und blickte entsetzt auf den auf einer Frau liegenden, schwer atmenden Mann, die Waffe und den daneben sitzenden anderen Mann.

„Was ist passiert?", fragte er mit russischem Akzent.

Gonzales hatte nicht die geringste Ahnung, was er auf diese Frage antworten sollte.

„Deutschland", sagte der Brummifahrer und winkte kopfschüttelnd ab.

65

Kaum eine Minute später kreuzte ein Streifenwagen auf, den Lassie per Handy gerufen hatte. Er selbst saß auf der Rückbank und stieg aus, während der Wagen noch rollte.
„Ist er tot?", fragte er Gonzo.
„Wer?", fragte Gonzo zurück.
„Nehmt endlich den verdammten Punk von mir runter!", motzte Frau Rechnin.
Lassie rollte seinen Partner zur Seite.
„Lotte, alles klar, bist du verletzt?" Er suchte nach Schusswunden an Wimmers Körper.
„Nein ... nur ... schwindelig ...", meinte Wimmer.
„Du hast sie tatsächlich eingeholt." Lassie konnte es kaum glauben.
Wimmer rappelte sich auf. „Ja. Hast du meine Lungen unterwegs irgendwo gesehen?"
Lassie lachte und klopfte ihm auf die Schulter. Die beiden Streifenbeamten hatten Gonzo und der Strychnin inzwischen Handschellen angelegt. Lassie half Wimmer auf die Beine.
„Wir sehen uns auf dem Revier", sagte er mit bösem Blick zu seinem Expartner und dessen Frau. Wimmer taumelte unterdessen zu seinem Wagen und untersuchte ihn auf irgendwelche Kratzer oder Blessuren. Als er nichts fand, ließ er sich auf den Fahrersitz plumpsen.
„Hey! Punk klaut Auto!", rief der Brummifahrer. Lassie ging zur Beifahrerseite.
„Dem Kommissar gehört der Wagen", sagte er.
„Häh?"
Lassie stieg ein und sagte durch das noch geöffnete Fenster: „Fahren Sie bitte weiter, es ist alles in Ordnung."
Der Mann verstand die Welt nicht mehr, aber er ging zurück. Im Vorbeigehen begutachtete er den Kühler und zog seine Unterlippe anerkennend nach oben.
„Schöne Auto, deutsche Polizei", sagte er.
„Siehste?", meinte Wimmer.

Auf dem Revier hatte man Gonzo und seine Frau in getrennte Verhörräume gebracht. Lassie befragte seinen auf Abwege geratenen Partner und Wimmer hatte das Vergnügen mit der Clubsekretärin, die kurz zuvor noch auf ihn geschossen hatte. Wie es nicht anders zu erwarten gewesen war, kam von Frau Rechnin nicht viel an Information oder Bedauern über irgendeine der begangenen Straftaten. Ihr Mann, der ohnehin schon am Ende seiner mentalen und auch körperlichen Kräfte war, brach im Verhör zusammen und gestand, dass er den Bericht gefälscht hatte. Aber er schwor, nichts mit dem Mord an Leopold zu tun gehabt zu haben.

In Wimmers Büro hatte sich das Dreigestirn der Polizei- und Stadtoberen eingefunden und wartete auf die Ergebnisse des knapp zweistündigen Verhörs. In einer Stunde sollte eine weitere Pressekonferenz stattfinden und sie wollten der Öffentlichkeit die neuen Ergebnisse vorstellen.
Es roch nach Kaffee und einer alkoholhaltigen Aftershave-Mischung, als Wimmer zusammen mit Lassie den kleinen Raum betrat.
„Guten Tag, die Herren“, grüßte Wimmer.
„Tag, Sie Sprinterkönig“, meinte Giessner ungewöhnlich entspannt und aufgeräumt. „Wir haben schon von Ihrer Glanztat vorhin gehört. Muss ja ein tolles Auto sein, für das Sie sich so verausgaben.“
„In der Tat. Möchten Sie auch etwas über den Fall hören oder soll ich Ihnen lieber die Daten meines Wagens näher erläutern?“
Giessner grinste.
„Also, um es kurz zu machen: Kommissar Gonzales hat gestanden. Seine Frau hat kein Wort gesagt, aber das war nicht anders zu erwarten.“
„Dann haben wir endlich den Täter? Es ist Gonzo?“, fragte Wischnewski aufgeregt.
Wimmer nahm einen Stift zur Hand.
„Wir haben noch keinen Täter im Mordfall Leopold. Aber wir haben einen Mordfall gelöst, der ein halbes Jahr zurückliegt, den Mord an Herrn Durstbach.“
„Herr Wimmer, was bedeutet das genau? Wollen Sie damit sagen, dass wir in Sachen Leopold immer noch nicht weiter sind?“
„Doch, doch. Aber es geht nur Schritt für Schritt. Wir haben vorhin auch vom Ehepaar Gonzales/Rechnin Speichelproben genommen, die wir mit den Proben vom Tatort vergleichen werden. Ich bin mir jedoch sicher, dass sie nicht übereinstimmen werden.“
„Wie kommen Sie darauf?“
„Nun, weil das eine mit dem anderen nichts zu tun hat. Ich hatte das zu Beginn der Ermittlungen schon einmal erklärt. Das, was mit Herrn Leopold geschehen ist, war eine Beziehungstat. Der Mörder schnitt seine Hoden ab. Das war keine wahllose Tat im Blutrausch, sondern ein Zeichen, ein Symbol. Der Täter verachtet Leopold und das, was er getan hat, zutiefst. Und er will es allen zeigen. Gonzo und Rechnin hingegen haben lediglich Schweigegeld für den Mord an Frau Leopolds Vater angenommen. Selbst wenn sie darüber mit Leopold in Streit geraten sein sollten oder ihn erpressen wollten, glaube ich nicht, dass sie ihn auf diese Art und Weise ermordet hätten.“
„Bei der Strychnin bin ich mir da nicht so sicher“, sagte Wischnewski und es klang nicht mal wie ein Witz.
„Der Mörder ist jemand, der eine persönliche Beziehung zu Leopold hatte. Dass er Kopf, Ehering und Werkzeuge bei verschiedenen Clubmitgliedern versteckt hat, damit wir sie dort finden, ist kein Zufall. Er wusste von der Vaterschaftsgeschichte. Und er

will auch die anderen Männer bestrafen, indem er sie verdächtig erscheinen lässt. Er hatte Zugang zu Leopolds Haus. Die Tatwaffe stammt daher. Er weiß vielleicht auch von dem Mord an Durstbach. Und er ist nicht Mitglied im Club."
Alle blickten gespannt an die Tafel, auf der Wimmer die einzelnen Punkte mit dem Stift andeutete.
„Es bleibt also nur noch ein kleiner Kreis an Personen übrig." Wimmer zog einen grünen Kreis um Leopolds Haus. „Der Täter müsste hier zu finden sein."
Keiner sagte etwas.
„Also doch Frau Leopold", flüsterte Vettel.
„Nein, die ist durch den DNA-Test entlastet. Bleiben noch Elena, Konstantin und Kevin Krüger."
„Also wieder ein DNA-Test? Und dann haben wir ihn?", fragte Giessner, dessen Entspannung sichtlich nachgelassen hatte.
„Zur Überprüfung müssen wir das tun. Aber ich denke, dass ich Ihnen schon heute Abend den Mörder nennen kann."
„Wie bitte?" Giessner beugte sich vor und seine linke Augenbraue schob sich amüsiert nach oben. „Sie scherzen."
„Sie haben richtig gehört. Ich werde gleich noch mal zu den Leopolds fahren. Ich habe eine Vermutung, und bis heute Abend wissen wir sicher mehr."
„Das kann ich heute so in der Pressekonferenz sagen?"
„Was Sie in der Pressekonferenz machen, geht mich nichts an. Sagen Sie's oder lassen Sie's. Die neuen Fakten sind: Leopold ermordete Durstbach, Gonzo vertuschte die Sache und kassierte hundert Mille. Der Kopf und der Ehering von Leopold wurden seit der letzten Pressekonferenz gefunden, ebenso wie die Tatwaffe. Das ist doch schon was."
Wimmer blickte lächelnd und selbstsicher in die Runde.
„Noch Fragen?"
Fragen hatten alle, aber keiner stellte sie.

66

Während sein Kollege und die Polizeioberhäupter samt Bürgermeister im Fernsehen live übertragen wurden, fuhr Wimmer in seinem Ford Taunus zur Villa der Leopolds. Er fühlte sich wohl so. Irgendwie glaubte er, mehr erreichen zu können, wenn er allein war. Er hatte ein gutes Verhältnis zu Kevin und Konstantin, ein sehr gutes zu Katharina und ein … na ja, Elena zählte irgendwie nicht.

Er bog in das Villenviertel des Ortes ein und passierte die teils geschmacklos pompösen Häuserfassaden, in deren Auffahrten zumeist schwarze Porsches, BMW, Audis und Mercedes geparkt waren. Als Zweitwagen, versteht sich.
Da entdeckte Wimmer ein junges Mädchen, das ein Fahrrad am Straßenrand entlangschob. Das Fahrrad hatte hinten einen Platten und das Mädchen war Melissa Baumhammer. Wimmer überholte sie, hielt an und beugte sich über den Beifahrersitz, um das Fenster runterzukurbeln.
„Hallo, Melissa“, rief er. Sie lächelte zu ihm ins Auto.
„Hallo.“
„Soll ich dich mitnehmen? Du willst sicher zu Konstantin, oder?“
„Ja, Sie auch?“
„Ja, steig ein. Soll ich dein Fahrrad in den Kofferraum legen?“
„Nein, ich schließ es hier an, sonst muss ich zurück noch länger schieben.“
Melissa sicherte ihr Rad an einer Laterne und stieg zu Wimmer in den Wagen.
Sie sah sich aufmerksam um.
„Der ist schön, der Wagen. Irgendwie anders, aber cool.“
„Danke. Wie geht's dir? Das mit deinem Vater tut mir leid, wir mussten ihn mitnehmen und verhören.“
„Schon gut. Ist ja auch alles etwas komisch. Die Säge bei uns im Gartenhaus. Ich trau mich da gar nicht mehr da rein.“
„Kann ich verstehen. Und deine Eltern? Meinst du, Sie kommen klar?“
Melissa zuckte nur stumm mit den Schultern.
„Das wird schon. Deine Mutter ist nur sehr wütend, ich hab sie heute gesehen. Aber das vergeht auch wieder.“
„Sie sind vorhin zu den Leopolds gefahren. Mama und Papa. Ich dachte, sie bringt ihn um und Frau Leopold gleich dazu.“
„Ja, ich hab's live mitansehen dürfen.“
Melissa blickte aus dem Fenster, um Wimmer nicht ihre Tränen zu zeigen.
„Sag mal, bist du eigentlich nur eine Freundin von Konstantin oder bist du seine Freundin? Kevin konnte mir das nicht so genau sagen.“
„Ich war seine Freundin“, sagte sie leise.
„Ach so. Aber du triffst dich trotzdem noch mit ihm?“
Es war ihr unangenehm, darüber zu sprechen. Sie senkte ihren Kopf so, dass ihre langen Haare sich wie ein Vorhang vor ihr Gesicht schoben.
„Wir sind noch Freunde. Denk ich. Ich ...“ Sie beendete den Satz nicht.
„Er hat's ziemlich schwer in letzter Zeit, was?“
„Ja. Ich hab solche Angst, dass ...“
„Dass er sich was antut?“

„Mmmh." Sie wischte sich eine Träne aus dem Auge und rieb ihre Hand an der Jeans ab.
„Kevin meinte, das mit den Selbstmordversuchen fing so vor ein paar Monaten an. Weißt du, was der Auslöser war?"
Sie schüttelte den Kopf und Wimmer konnte ihr süßes Shampoo riechen.
„Sein Großvater starb im März War es das? Mochte er ihn?"
„Ja, sehr", sagte sie und steckte sich die Haare hinter die Ohren. „Er und sein Opa kamen wirklich gut miteinander aus. Er hat ihn sehr lieb gehabt, glaub ich. Doch, ja, irgendwie ging das alles nach seinem Tod los. Das hat ihn wirklich sehr mitgenommen."
Wimmer passierte die immer noch lädierte Tordurchfahrt der Leopolds.
„Was ist denn da passiert?", fragte Melissa erschrocken.
„Deine Mutter."
Sie legte staunend eine Hand vor ihren offen stehenden Mund.
„Wir sind da", sagte Wimmer, als er den Motor abstellte. Sie blieben noch einen Augenblick sitzen. „Melissa, ich ... ich bin hergekommen, weil ich vielleicht weiß, wer Herrn Leopold umgebracht hat. Du kannst mit reinkommen. Du wärst sicher eine Hilfe für Konstantin. Aber du kannst auch ebenso gehen."
Sie sah ihn ängstlich und unsicher an. Sie war zwar achtzehn Jahre alt, doch Wimmer blickte in das Gesicht eines kleinen Mädchens.
„Ich geh mit."

67

Wimmer und Melissa trafen die Leopolds beim Abendessen an. Elena hatte ihnen geöffnet und war ohne ein weiteres Wort zurück ins Esszimmer gegangen, als sie die beiden erkannt hatte.
„Wer ist es?", fragte ihre Mutter.
„Der Bulle und die Schlampe von Konni."
„Elli, ich will nicht noch mal so etwas von dir hören, kapiert?", zischte Katharina und stand auf. Wimmer und Melissa betraten das Esszimmer.
„Hallo, zusammen. Ich störe beim Essen", sagte Wimmer fast wie ein Nachbar, der auf ein kurzes Hallo vorbeigekommen war, wenn da nicht dieser Unterton in seiner Stimme gewesen wäre.
„Macht nichts, wir sind so gut wie fertig", sagte Katharina und lächelte. Das Lächeln verging ihr, als sie Wimmers Gesicht länger studierte. „Hallo Melissa. Wollt ihr euch setzen?", fragte sie und bot ihnen Plätze am Tisch an.

Auch Kevin hatte sich erhoben. Nur Elena saß über ihren Teller gebeugt und stocherte lustlos in kaltem Braten herum.
„Melissa, Konstantin ist noch oben. Irgendwie wollte er nichts essen. Willst du zu ihm gehen?"
Melissa nickte.
„Könntest du ihn bitte fragen, ob er runterkommt, ich möchte gern mit allen sprechen", bat Wimmer und sie verschwand leise, aber schnell vom Tisch.
Katharina sah ihn abwartend an.
„Tja, wie gesagt, ich bin hier, weil ich mit Ihnen allen ... euch allen ... sprechen muss", begann Wimmer. „Wie ihr von Katharina vermutlich schon wisst, ist es leider tatsächlich so, dass Herr Leopold ihren Vater, Herrn Durstbach, ertränkt hat. Kommissar Gonzales, der damals die Untersuchungen leitete, hat gestanden, dass er den Obduktionsbericht gefälscht und dafür 100.000 Euro von Herrn Leopold erhalten hat. Wir haben ihn und seine Frau heute festnehmen können."
Jetzt legte sogar Elena ihre Gabel zur Seite und lauschte interessiert.
„Auch im Fall Leopold haben sich Neuigkeiten ergeben. Die DNA-Spuren am Tatort zeigten, dass Herr Leopold vor seinem Tod mit Herrn Beschamel Geschlechtsverkehr in der Dusche des Clubs hatte."
Katharina und Elena senkten gleichzeitig ihre Köpfe.
„Herrn Beschamel, der nach einem DNA-Test aus Angst geflüchtet war, haben wir heute ausfindig machen und befragen können. Laut seiner Aussage fuhren die beiden zusammen in den Club. Beschamel verließ ihn aber früher als Herr Leopold. Die Vordertür war die ganze Zeit über und auch danach noch geöffnet, der Mörder hatte also jederzeit ungehindert eindringen können. "
Im ersten Stock rumpelte es. Wimmer fuhr fort.
„Herr Beschamel glaubte außerdem, dass die Terrassentür während seines Aufenthalts geöffnet gewesen war. Als er ging, war sie jedoch verschlossen. Was den Schluss zulässt, dass sich der Mörder bereits im Club aufhielt und dies kein zufälliges Zusammentreffen mit seinem Opfer war, sondern dass die Tat geplant war und Leopold und Beschamel schon vorher beobachtet wurden. Der Mörder ging in die Umkleide, zog sich aus und erstach Herrn Leopold in der Dusche. Er wusch sich das Blut vom Körper, holte die Säge und zerteilte die Leiche."
Elena begann zu weinen. Katharinas Hand wanderte zu ihr herüber und legte sich auf ihren Arm. Sie griff danach und hielt sie fest.
„Der Mörder packte die Leichenteile in Säcke und verfrachtete sie in einen Caddie. Dann verteilte er alles auf dem Golfplatz und fuhr nach Hause."
Wimmer machte eine Pause. Alle am Tisch mussten diese Information, auch wenn sie sie größtenteils schon kannten, erst mal verarbeiten. Kevin warf Wimmer einen fra-

genden Blick zu. Er wusste nicht, was Wimmer mit seinen Ausführungen bezweckte.
„Im Laufe der Ermittlungen haben sich viele Zusammenhänge, Motive und Verdachtsmomente ergeben. Es kamen viele Dinge ans Tageslicht, die lange verschwiegen worden waren. Die Vorgehensweise des Mörders lässt eindeutig auf eine sehr persönliche Tat schließen, eine Beziehungstat. Damit warst du, Katharina, unsere Verdächtige Nummer eins. Du hattest die Motive und du hattest ein falsches Alibi. Und es tauchten immer mehr Beweise auf. Auch die Tatwaffe, die wir in deinem Zimmer fanden, Elena. Ich weiß, du bist noch jung, aber du liebst Waffen und bist eine sehr wütende junge Dame. Katharina konnte durch die Spuren am Tatort aber inzwischen als Täterin ausgeschlossen werden. Bleiben also nur noch du, Elena, dein Bruder und Sie, Kevin. Sie sind nicht nur Angestellter hier im Haus, Sie sind Freund, Bodyguard, Babysitter, Vertrauter. Theoretisch hätten Sie auch ein Motiv gehabt. Sie wurden von Herrn Leopold gefeuert, er misstraute Ihnen, benutzte Sie, um eine Scheidung zu erwirken, und behandelte seine Frau schlecht. Die Frau, auf die Sie ein Auge haben, seit Sie ihr damals das Leben retteten. Die Frau, mit der Sie mehr als nur ein Arbeitsverhältnis verbindet."
Katharina zog ihre Hand zurück und blickte zu Kevin. Dessen Gesicht glühte. Seine Augen schimmerten fiebrig.
„Dennoch sind Ihre Motive zu schwach. Katharinas Motive sind immer noch die stärksten. Aber es sind nicht allein ihre. Wer hier im Haus könnte so ähnliche Motive haben wie du, Katharina?"
Katharina setzte sich kerzengerade auf. Da hörten sie von oben ein Rufen.
„Herr Wimmer!"
Es war Melissa. Gleichzeitig schoben alle ihre Stühle zurück und liefen in die erste Etage, wo Melissa vor dem Zimmer von Konstantin kniete und ihr linkes Ohr an die Tür presste.
„Was ist?", rief Katharina.
Ein Quietschen drang aus Konstantins Zimmer. Er schien da drin irgendwelche Möbel zu bewegen. Seine Mutter schlug gegen die Tür.
„Konni? Mach sofort die Tür auf. Konni! Was machst du da?"
Alle horchten, doch er antwortete nicht.
„Oh Gott, er tut sich sicher was an", jammerte sie und griff dabei Wimmer fest an die Jacke. Wimmer wartete nicht lange. Er wusste, dass sie recht hatte.
„Geh weg, Melissa", sagte er und fixierte das Schloss der Tür. Das Mädchen ging zur Seite und Wimmer trat mit voller Wucht gegen die Tür unterhalb der Klinke. Es krachte und splitterte und die Tür sprang auf. Der Anblick, der sich ihnen bot, war so grotesk, dass Wimmer einen Augenblick brauchte, um zu verstehen. Konstantin hatte seine Kommode ans Fußende des Bettes gestellt. Aus der Matratze ragte das Schwert von Elena, mit dem sie neulich im Schlafzimmer ihrer Mutter aufgekreuzt war. Kon-

stantin hatte es von unten durch die Matratze gestoßen und jetzt ragte es gefährlich blitzend aus dem weißen Laken heraus. Er selbst war auf die Kommode geklettert und stand mit nacktem Oberkörper und kahl rasiertem Schädel wie auf einem Sprungbrett darauf und fixierte die Klinge.

„Konni. Komm runter", sagte Wimmer.

„Oh Gott, Konni, nein, bitte, bitte, komm da runter! Komm zu mir, komm da runter", flehte seine Mutter ihn an.

Wimmer sah an Konstantins Blick, dass dieser jenseits von Gut und Böse war. Er würde sich auf keine Argumente einlassen. Er würde springen. Die Frage war also nur noch: Wie konnte er es ihm unmöglich machen, den Sprung auszuführen? Wimmer ging alle Lösungsmöglichkeiten, die ihm einfielen, in einer Sekunde durch und entschied sich für die wohl einfachste und schnellste: Er zog seine Waffe und schoss Konstantin ins Bein. Katharina schrie erschrocken auf. Ein kleines Loch klaffte in Konstantins Hose. Der Junge blickte an sich herunter.

„Sie haben mir in die Wade geschossen. Wieso haben Sie das gemacht?", fragte er unbeeindruckt, ja, fast unbeteiligt.

Wimmer hatte eine andere Wirkung erwartet und stand mit seiner rauchenden Waffe in der Hand da.

„Springen tue ich doch", sagte Konstantin und ging in die Knie, um sich abzustoßen. Wimmer hob seine Waffe erneut, da hörte er einen grellen Schrei und etwas flog durch sein Gesichtsfeld. Es war Elena, die drei Schritte Anlauf nahm und wie ein Geschoss vom Boden abhob. Ihr rechtes Bein ausgestreckt, ihr linkes angewinkelt, die Hände zu Fäusten geballt lag sie seitlich in der Luft und traf ihren Bruder, der gerade abheben wollte, mit einem gewaltigen Sprungtritt am oberen Rippenbogen und fegte ihn von der Kommode. Konstantin landete mit einem lauten Krachen an der Wand neben seinem Bett und fiel dann zu Boden. Seine Schwester verschwand hinter der Kommode und kam mit einem ähnlich lauten Rummsen auf dem Boden auf. Das Schwert steckte immer noch kerzengerade in der Matratze. Niemand hatte es berührt.

Katharina und Wimmer liefen ums Bett herum zu den beiden Geschwistern. Elena krabbelte auf ihren Bruder zu. Auch Melissa kam dazu. Kevin ging zum Bett, hob die Matratze an und zog das Schwert mit einem metallischen Kratzen heraus.

„Bist du okay?", fragte Elena. Konstantin war noch etwas benommen und wusste nicht, wie er so schnell von da oben nach hier unten gekommen war, doch sein Gesichtsausdruck war jetzt klarer. Fast, als hätte der Tritt ihn aus einem Traum gerissen.

„Konni! Was machst du denn", rief Katharina und nahm ihn in den Arm. Wimmer untersuchte sein Bein. Es war glatter Durchschuss. Den Knochen hatte er nicht getroffen.

„Melissa", sagte Konstantin überrascht.

„Ja, ich bin hier", entgegnete sie leise und setzte sich auf die andere Seite.

„Ich hab meinen Kopf rasiert", sagte er.
„Ja, hab ich schon gesehen." Sie schluchzte.
„Sieht scheiße aus, oder?"
Melissa nickte, und in ihr Weinen mischte sich ein erleichtertes Lachen. Wimmer hatte seinen Gürtel aus der Hose gezogen und band ihn um Konstantins Unterschenkel.
„Was machen Sie da?"
„Ich binde dein Bein ab."
„Ach so."
So, wie Konstantin da in den Armen der drei Frauen lag, wurde Wimmer unwillkürlich an die Szene von Jesus unter dem Kreuz erinnert.
„Warum seid ihr alle hier?", fragte Konstantin.
Erst konnte keiner so recht darauf antworten. Dann sagte seine Mutter: „Wir sind doch immer hier. Es gab Abendbrot."
„Ich mag keinen Braten", sagte Konstantin.
„Und ich wollte dich einfach besuchen", sagte Melissa. Dann schauten plötzlich alle Wimmer an.
„Ich bin hergekommen, um zu sagen, dass ich weiß, wer deinen Vater getötet hat."
Konstantin nickte.
„Du warst es, stimmt's?"
Konstantin sah Wimmer tief in die Augen. Dann nickte er erneut. Erschrocken und entsetzt fuhren die drei Frauen zurück.
„Du wusstest von dem Vaterschaftstest", sagte Wimmer.
„Ja. Papa hat ... er hat ihn im Wagen liegen gehabt. Manchmal durfte ich zum Einkaufen den Range Rover fahren. Da hab ich den Brief entdeckt. Na ja, geahnt hab ich es ja immer schon. Die perversen Spielchen unserer Eltern, wir wussten davon. Sie glaubten immer, wir wären völlig ahnungslos, aber wir sind nicht taub und auch nicht blind. Was für 'ne beschissene Familie. Irgendwie hab ich nie dazugehört. Trotz allem wollte ich das, mehr als alles andere. Aber ich war immer ein Außenstehender. Der Alien." Er lächelte traurig.
„Und du wusstest, dass deine Mutter dachte, dass dein Vater deinen Opa getötet hat."
„Sicher. Ich hab auch sofort das Gleiche gedacht, als ich gehört habe, er sei in seiner Spüle ertrunken. Was für ein verdammter Quatsch."
„Und du mochtest deinen Opa."
„Er war mein einziger Halt. Er war der Einzige, der mich normal behandelt hat. Bei ihm gab es keinen Unterschied. Er ... war einfach nur der netteste Mensch, den ich kannte. Und Papa hat ihn mir weggenommen. Ich sage immer noch Papa. Albern, oder?"
Katharina streichelte sein Gesicht.

„Aber das war noch nicht alles. Kann es nicht gewesen sein", meinte Wimmer.
„Nein. Er hat mir die zwei Menschen weggenommen, die ich am meisten geliebt habe."
„Zwei? Wen meinst du noch?", fragte Wimmer.
Jetzt verdeckte Melissa ihr Gesicht und weinte noch heftiger.
„Es tut mir leid, Konni, es tut mir so leid!", heulte sie. Keiner verstand, was sie meinte.
„Schon als sie das erste Mal zu mir nach Hause kam, hab ich seinem Blick angesehen, was er wollte. Der Vater ist scharf auf die Freundin seines Sohnes. Ich empfand das als pervers. Aber ..." Er lachte. „Das ist es ja gar nicht, er ist ja nicht mein Vater! Na ja, egal. Jedenfalls hatte ich die ganze Zeit Angst, dass es passieren könnte, und dann passierte es auch. Mein ... Theo konnte nicht anders, Theo dachte nicht an mich, Theo dachte wie immer nur an das, was er braucht, und Melissa ... keine Ahnung, was sie gedacht hat. Sie haben gefickt. Er hat meine Freundin gefickt und wir waren selbst noch nicht mal so weit gewesen. Er hat sie vor mir gehabt, der beschissene Wichser!"
Melissa verdeckte jetzt ihr Gesicht mit beiden Armen. Man konnte nur noch ihren verzerrten Mund erkennen.
„Sie hat's mir gebeichtet. Das war ... keine Ahnung, ich bin völlig durchgedreht. Es ging nicht mehr. Ich konnte keine Minute mehr klar denken oder schlafen oder ... es gab nur diesen einen Gedanken, die ganze Zeit."
Wimmer drückte das T-Shirt von Konstantin auf dessen Schusswunde. Er bemerkte es gar nicht.
„Dann hab ich bemerkt, dass er sich nebenan mit Beschamel getroffen hat. Direkt nebenan! Was für ein verdammtes Arschloch. Ich schnappte mir das Messer aus Ellis Zimmer und fuhr den beiden mit dem Fahrrad hinterher. Sie hängten mich schnell ab, aber ich dachte mir schon, dass sie in den Club fahren. Ich war ganz allein zu Haus. Da war niemand, der mich hätte aufhalten können. Ich schlich mich rein, während die beiden noch zugange waren. Wie krank muss man eigentlich sein? Beschamel ging irgendwann und Theo und ich waren allein. Es gab in dem Moment nur eine Möglichkeit, den ganzen Schmutz in meinem Kopf zu stoppen. Ich wäre sonst durchgedreht. Ich ging runter. Ich dachte noch, prima, in der Dusche, ich kann mich abwaschen hinterher. Dann ging ich rein. Na ja, den Rest kennt ihr. Ich kann mich nicht mal mehr an alles erinnern."
Katharina schluchzte laut auf. Elena klammerte sich an sein rechtes Bein und weinte. Melissa drückte ihren Kopf auf seinen Bauch und weinte. Sogar Kevin hatte Tränen in den Augen. Wimmer atmete tief durch. Draußen näherte sich ein Krankenwagen, den Kevin in der Zwischenzeit gerufen hatte. Das Blaulicht pulsierte auf der Fensterscheibe. Sie hörten die Sanitäter ins Haus laufen.
„Hier oben!", rief Wimmer und wünschte sich, er wäre nie hierher versetzt worden.

68

Es war früher Morgen. Tau lag auf dem Gras und man konnte Tausende von kleinen Spinnweben sehen, die zwischen den Grashalmen gespannt waren. Die Sonne stand noch tief. Es würde warm werden heute, doch jetzt war es noch so kühl, dass Wimmers Atem kondensierte.

Er ging über das dritte Grün hinüber zum Abschlag des vierten Grüns. Er parkte seine Golftasche, zog seinen Driver heraus und stellte sich auf das Tee. Er dachte an Konstantin, als er das Tee in den Boden steckte und den Ball darauf platzierte. Er dachte an Melissa und Elena, an Kevin und an Katharina. Alles war inzwischen Vergangenheit und doch wieder nicht. Es gab eine neue Sekretärin im Club. Baumhammer war nicht mehr Manager und war mit seiner Familie weggezogen. Beschamel und seine Frau waren noch zusammen. Lommel hatte noch seinen Friseursalon. Lassie war noch Wimmers Partner. Schlegel nicht mehr Minister. Das Eingangstor der Leopold-Villa war erneuert worden. Konstantin war zu einer Jugendhaftstrafe verurteilt und in einer Jugendpsychiatrie untergebracht worden. Die zweite DNA vom Tatort gehörte zu Melissa, die aber nicht als Mittäterin in Frage kam. Konstantin hatte sie vermutlich an seiner Kleidung gehabt. Im Revier gab es eine neue Kaffeemaschine und Wimmer hatte sich einen Schlägersatz und Golfschuhe gekauft. Jetzt wollte er abschlagen.

Das Geräusch war angenehm, aber nicht perfekt. Der Ball flog hoch, aber leicht nach links. Vielleicht hundertzwanzig Meter. Vielleicht weniger. Es war okay. Von hier aus sah alles gut aus. Hier auf dem Platz stand er erhöht und sah auf all diese kleinen Welten hinab, die zerstört worden waren. All die Familien in diesem merkwürdigen kleinen Ort und vor allem Katharinas Familie. Er wusste nicht, ob er Teil dieser Welt werden wollte. Ob er eintauchen wollte in all das, was von diesem Abschlaghügel aus so weit entfernt aussah. Der Platz hatte sich nicht verändert, hier war alles beim Alten geblieben.

Wimmer packte zusammen und blickte von dem kleinen Hügel zurück über den weitläufigen Platz. Es war herrlich ruhig. Von Osten her schoben sich plötzlich schwere, bleiblaue Wolken vor die Sonne. Es könnte Regen geben früher oder später. Ein Golfspiel im Regen war kein Vergnügen. Sollte er weitermachen oder doch besser zum Clubhaus zurückkehren und trocken nach Hause fahren? Allerdings wusste man nie, was man verpasste, wenn man eine Partie einfach so abbrach. Vielleicht würde er den besten Abschlag seines Lebens schlagen, vielleicht den kniffeligsten Putt machen oder einen genialen Chip. Vielleicht würde er eine Rekordrunde spielen. Er strich sich mit einer Hand über seine hochstehenden Haare. Spielen oder nicht? Die Wolken würden ihn einholen. Angefangen hatte er schon. Was sollte er tun?

– ENDE –

LV·Buch im Landwirtschaftsverlag GmbH, 48084 Münster

Lektorat: Marit Obsen, Berlin
Korrektorat: Dorothea Raspe, Münster
Gestaltung: KreaTec – Grafik, Konzeption und Datenmanagement im Landwirtschaftsverlag GmbH, Münster
Druck: Westermann Druck Zwickau GmbH

ISBN 978-3-7843-5299-2